KB157595

나는 마인드맵퍼가 되기로 했다

나는 마인드맵퍼가 되기로 했다

초판인쇄	2022년 4월 14일
초판발행	2022년 4월 22일
지은이	오소희 외 9인
발행인	조현수
펴낸곳	도서출판 더로드
기획	조용재
마케팅	최관호
편집	이승득
디자인	토 닥
주소	경기도 고양시 일산동구 백석2동 1301-2 넥스빌오피스텔 704호
전화	031-925-5366~7
팩스	031-925-5368
이메일	provence70@naver.com
등록번호	제2015-000135호
등록	2015년 6월 18일
ISBN	979-11-6338-252-2 03810

정가 15,000원

나는 마인드맵퍼가 되기로 했다

김 민 · 김선아 · 김연정 · 김재인 · 김준희
염혜원 · 오소희 · 이혜령 · 차혜경 · 허필선

들어가는 글

성실하기만 하면 통하는 시절이 있었다.

시대가 변했다. 판단력이 있어야 한다. 대처 능력이 있어야 한다. 관찰력도 필요하다. 상상력과 탐구력도 요구된다. 이 많은 능력을 어떻게 키우고 발전시켜야 하는가?

누구나 시작은 동일하다. 낯설고 두렵다. 결과를 예측할 수 없기에 계획하는 것도 힘들다. 하지만 누군가는 도전한다. 누군가는 성장하고 누군가는 성공한다. 수많은 자기 계발서에서 성공스토리를 이야기한다. 너도 할 수 있다고 동기를 부여한다.

이 책은 거기에서 한 단계 더 진화했다. '동기'에 '도구'를 더하였다. 우리가 손에 쥐었던 '그 도구'는 우리 모두를 변화시켰다. 과거도 다르고 꿈도 다른 우리 모두를 성장할 수 있게 만들어 주었다. '도구'를 만난 이후 생각이 변했고 행동이 변했다. 그리고 결과를 만들어 냈다.

마인드맵.

우연히 접했던 이 기막힌 도구는, 꿈은 있지만 실현 방법을 몰라 답답해했던 우리들을 변화시켰다. 학문적 이론으로 접근하기보다는, 종이위에 수없이 부딪치고 깨져가며 배워나가는 도구다. 길을 찾았다. 아무도 알려주지 않았던 길이기에 그 기쁨과 뿌듯함이란 이루 말할 수가 없다.

마인드맵은 스토리다. 중앙 이미지에 담긴 주제에 대한 스토리. 가지를 뻗어가며 뒷받침하고 싶은 스토리. 여백에 담긴 스토리와 지우고 다시 써 내려간 자국의 스토리다. 어떤 생각을 갖고 종이 위를 누볐는지 가감 없이 보여주는 기록의 스토리다.

명확한 해답만을 쫓는 사람은 이기적이다. 머리가 나쁘고 외롭다. 스토리를 담지 않은 사람은 인기가 없다. 오래 사랑받을 수 없다. 누구나 책을 읽고 공감하고 글을 쓰며 나를 표현하는 시대다. 과정을 남기고 성장 스토리를 만들어내는 마인드맵은 이 시대 최고의 도구다.

많은 교육들이 있다. 방법을 알려준다. 알려주는 방법을 배우기 위해 기꺼이 수강료를 지불한다. 〈맵스쿨〉은 다르다. 알려주는 것이 아니라 '과정'을 함께 한다. 잘하고 있다며 격려한다. 환불을 요구한 사람도 있었고, 불편한 후기를 남기는 이들도 적지 않았다. 그럼에도 불구하고 억척스럽게 3년 넘게 방식을 고수했다. 셀프리더십과 마인드맵 교육으로 인정받은 나의 방법과 도구를 그대로 알려주고 싶었다. 마인드맵 교육 15년, 나만의 노하우다. 이해하기 힘든 교육 방식. 수강료를 받고도 '방법을 알려주지 않는' 〈맵스쿨〉 수업. 의도를 알아채고 묵묵히 따라 와준 이들과 공저를 출간하게 되었다.

함께 책을 쓰며 감사는 배가 되었다. 그들의 성장 스토리를 읽는 동안 심장에서 빨간 파도가 일렁였다. 콧등이 시큰거렸다. 따뜻했다. 각자의 경험과 상황은 달랐지만 과정 속에서 발견한 '답'은 같다는 사실에 기쁨과 희열을 느꼈다. 감사하고 행복했다.

'사랑하는 나' 이며 '가능성 있는 나' 이다.

마인드맵을 통해 우리 모두는 '나'를 더 사랑하는 방법을 찾았다. 꿈을 '꾸고 관리하고 계획하는' 사람이 되었다. 사랑을 주고, 받는 사람이 되었다. 감사를 찾고 감사하며 감사를 만드는 사람이 되었다. 마인드맵만 있으면 무엇이든 생각하고 행동 할 수 있는 사람이 되었다.

2018년 8월 〈매일마인드맵 오픈채팅방〉이 만들어졌다. 3년이 지난 지금, 약 800명의 맵퍼들이 함께 하고 있다. 마인드맵을 알리기 위해 더 많은 마인드맵을 그릴 것이고, 더 많은 글을 쓸 것이다. 더 많은 분들과 마인드맵 스토리를 이어가고 싶다.

소중한 분들과 함께 공저를 할 수 있게 기회주신 자이언트 북 컨설팅 이은대 작가님에게 감사드린다.

마인드맵의 가치와 비전을 어떻게 알릴 수 있을까? 이 책이 많은 이들에게 좋은 도구를 알릴 수 있는 '크리티컬 매스'가 되길 바란다. 두려움과 외로움 속에서 힘들고 어려운 시간 보내고 있는 사람들에게 희망의 스토리가 되길 소망한다.

매일 마인드맵으로 생각하고,

샤넬보다 마인드맵이 좋은 여자 오소희

차 례

제3장 마인드맵의 활용

제4장 마인드맵을 통한 인생 비전

제5장 마인드맵퍼가 되는 길

제1장

한 장의 그림을 만나다

01
생각이 복잡해

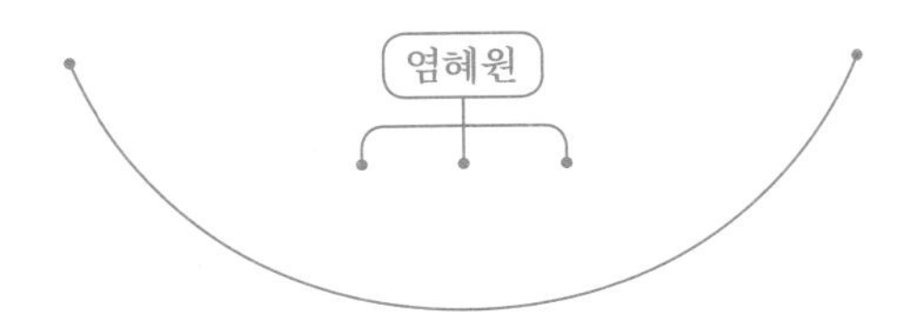

벌써 10월. 한 해가 금방이다. 이뤄놓은 것도 없이 바쁘기만 했다. 머릿속만 복잡했다.

"지금 너희들의 시간은 10km로 가지만 20대에는 20km, 30대에는 30km로 점점 더 빨라질 거야."

머리를 단정히 묶은 사회 선생님께서 책에서 눈을 떼 반 학생들을 둘러보시며 말씀하셨다. 중학교 2학년. 기말고사를 마치고 겨울방학을 기다리던 시간이 어찌나 길었던지. 지루해하던 학생들을 집중시키며 하신 말씀이었다. 그땐 시간이 빨리 가면 좋겠다고 생각했다. 한량같이 시간을 보내던 학생이었기에 할 수 있는 생각이었다.

결혼 6년 차. 강사 생활과 교회 리더, 교사 봉사를 한 지 10년이

훌쩍 넘었다. 1월에는 이거, 2월에는 저거, 3월에는 ……. 매년, 매달 똑같은 일정으로 살았다. 시간은 내 나이보다 더 빨리 흘러갔다. 감당할 수 없는 속도가 되니 삶에 진절머리가 나기 시작했다.

나만의 공간이라고 여겨 결혼할 때 가장 신경 썼던 책상. 그 위에는 읽어야 할 책과 읽은 책, 학원장 연수에 가서 받아 온 유인물들과 때 지난 겉옷들로 쌓여갔다. 책상이 제 역할을 하지 못하고 방치되어 가는 동안 나는 점점 무기력해졌다. 처리해야 하는 업무들은 나의 기력 따윈 안중에도 없었다. 일어나기 싫어도 일어나서 해야 할 일들을 마쳤다. 밤이 되면 하루를 마감하는 게 싫어서 sns를 뒤적이며 잠을 미루곤 했다. 그러니 아침마다 일어나는 게 고역이었다. 무기력은 우울을 가져왔다.

무탈한 하루, 건강한 몸, 소중한 가족과 고마운 공동체. 감사할 것으로 가득한 인생인데 나는 왜 헛헛한 마음이 드는 걸까? 삶의 의욕이 없어져 갔다. 우울할 일이 없는데 우울하다니? 말할 수 없었다. 나를 사랑하는 가족을 걱정하게 하고 싶지 않았다. 온전히 공감받지 못할 것 같다는 두려움이 고립되게 만들었다. 풀리지 않은 생각들은 점점 더 엉켜버렸다.

뇌는 익숙한 것에 대해서는 자연스럽게 흘려보낸다. 그래서 나이 먹을수록 시간이 빠르게 가는 것처럼 느낀다는 내용의 책을 읽었다. 시간을 늦추고 싶다. 늘 해왔던 것이 아닌 새로운 무언가를 해야만 했다.

그때 우연히 맵스쿨 광고를 봤다. 마인드맵은 '북라이트 독서모임'에서 '토니 부잔의 마인드맵 마스터'라는 책을 보고 한 번 그려봤지만 내 스타일이 아니어서 잊고 있었다. 삼색 펜으로 줄에 맞춰 필기하는 것이 익숙한 나에게 색칠까지 해서 완성해야 하는 마인드맵이 시간 낭비처럼 보였기 때문이다.

익숙하지 않은 것을 해보자고 다짐했기에 바로 등록했다.

뇌는 문장보다는 키워드를, 키워드보다는 이미지를 좋아한다. 그동안 문장으로만 적어왔었다. 들은 그대로 받아 적으면 되니 속도만 받쳐주면 쉬운 일이었다. 뇌의 뉴런을 닮은 마인드맵은 줄기 위에 키워드와 이미지를 그린다. 강의나 설교를 들으면서 키워드를 뽑아내 분류하는 것은 새로운 시도였다. 일단 그리라고, 화이트 칠 많이 한 마인드맵이 좋은 거라고, '그지같이' 그리라는 강의를 들으며 마음을 편하게 먹을 수 있었다.

마인드맵을 그리면서 알게 된 게 있다. 모든 것을 완벽하게 적으려는 욕심이 있다는 것. 놓치는 내용이 있을까 봐 바로 마인드맵을 그리지 못하는 모습에서 발견했다. 받아 적는 필기로도 모든 것을 다 적을 수는 없는데 스스로를 과대평가하고 있었다. 모든 사람을 이해시키고 싶어 한다는 욕심도 발견했다. 암호처럼 보일까 봐 나만의 키워드로 나타내는 걸 주저하고 있었다. 사람들이 어떻게 볼까? 사람들에게 도움이 될까? 마인드맵뿐 아니라 무엇을 하든 내 기분보다는 다른 사람이 우선이었다. 도움이 되었는지, 좋은 평가를 받았는지가 더 중요했다. 다른 사람에게 도움이 되어야만 존재의 의미가 있다고 생각하며 살았다. 흠이 있으면 도움이 되지 않을 거라 생각했다. 내가 좋으면 되는 건데. 때로는 어설픔과 흠이 다른 사람에게 도움이 될 수도 있는 건데 완벽하려고 애썼다. 그러니 경직되고 예민해질 수밖에 없었다.

맵스쿨 과제로 매일 3개의 마인드맵을 그리고 맵스쿨 카페에 올려야 한다. 장수를 채우기 위해 다양한 주제로 그렸다. 읽은 책을 소개하거나 강의를 정리했다. 나의 장점과 단점, 일정과 감사한 것 등을 그렸다. 나에 대한 내용이든 아니든 마인드맵을 그리는 모든 순간은 나에게 집중하는 시간이었다.

자를 사용해 줄을 긋지 않고 자유롭게 가지를 뻗어내며 해방감을 느꼈다. 종이 정중앙에 맞추지 못한 중심 이미지, 좌우 균형이 안 맞는 가지. 완벽하지 않은 마인드맵이어도 완성하고 나면 예뻐 보였다. 완벽한 마인드맵은 없고 각각의 마인드맵이 있을 뿐이라는 것을 알았다. 상품이 아니라 단 하나의 작품인 내 인생처럼.

하나뿐인 작품이라는 '인생의 가치'를 되새기게 되었다. 생각이 명료해졌다. 내면에 쓰레기가 쌓인 거였다. 잡동사니에 쌓여 방치된 책상처럼. 책상 정돈하듯 '생각'을 '마인드맵'으로 정리했다. 엉켜있던 생각들이 마인드맵 줄기를 따라 가지런해졌다. 완성된 마인드맵은 성취였고 성공이었다. 아무것도 이룬 것 없이 시간만 보낸다는 생각이 사라졌다. 날아가던 시간들이 마인드맵에 머물렀다.

02
위기라고 생각할 때

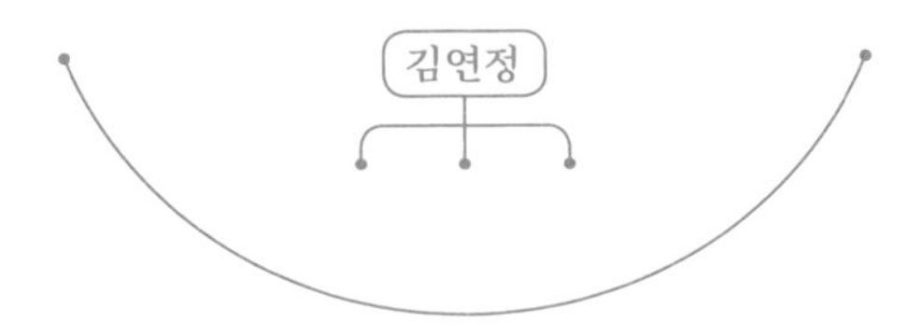

"선생님!"

"선생님!"

"선생님!"

하루에도 수십 번, 돌아서기 무섭게 오늘도 여전히 나를 부른다. 아이는 한 달 동안 진행되는 학교 입학 적응 캠프에 참여 중이었다. 입학 상담 시 부모님은 아이를 간결하게 설명했다.

"우리 애는 학습 능력이 조금 느리고 ADHD 성향이 있어요."

나는 ADHD 학생들을 지도해 본 경험이 있기에 마음의 준비를 했다. 하루가 채 지나지 않아 알았다. 준비만으로 부족함을.

"선생님, 선생님은 아빠랑 살아요?" 뜬금없는 질문에 지금은 하늘나라에 있다고 답했다.

"선생님, 저는 선생님 아빠를 만나고 싶네요."

"나도" 순간 목이 멨다.

"에이, 5년 전에 돌아가셨다면서요."

나는 모든 관계에 '적당한 거리'가 필요하다고 생각한다. 서로를 존중하는 건강한 방법이라 믿는다. 학생과 교사 사이도 마찬가지다. 그러나 이 아이와는 거리를 유지하기 어렵다고 느끼고 있었다.

"선생님, 선생님은 날 힘들게 해요"

"선생님, 선생님이 싫어요."

"선생님, 제 마음이 아파요."

교사로 맡은 책무를 다하기 위해 훈육했으나 아이로부터 돌아오는 반응은 거부였다. 매시간 긴장하며 씨름하는 수업 시간은 길고 길었다.

"어이, 아가씨!"

화장실에 다녀오겠다던 아이의 목소리가 학교 건물 밖에서 들렸다. 아이는 교문 앞에 서서 지나가는 어르신에게 손짓했다. 지나가는 사람이 무시하자 더 과하게 몸을 사용해서 상대방의 이목을 집중시켰다. 아이는 혼자서 신나게 웃었다.

"야이, 꺼져, 미쳤어?" "널 가만두지 않겠어."

어느 아침에는 매체로 보았던 장면을 아이가 교실에서 연출했다. 한 편의 모노드라마였다. 아이는 주변 상황을 생각하지 않았다. 오로지 자신에게만 집중하는 것 같았다. 그래서일까. 아이는 상대방의 감정과 상관없이 늘 즐겁게 웃고 노래하고 춤추었다.

아이가 문제를 일으킬 때마다 나는 단호하게 말했다. 처음에는 아이에게 지킬 수 있는 공동체 규칙을, 다음은 외부 활동 및 교내 안전 수칙을, 그리고 다른 학생과 선생님에 대한 예의를 말해주었다, 끝으로 부탁했다. 꼭 지키자고. 그러나 아이는 통제가 어려웠고 끝내 내 믿음을 져버렸다.

"네! 다시는 하지 않겠습니다. 엄마한테 전화하지 마세요."

손가락 걸고 약속한들 뭐 하랴. 내 훈육은 아이의 머릿속에 저장되지 않았다.

1, 2, 3초, 또다시 액션!

일 년 같은 한 달, 교사 생활 15년 차 위기였다. 맥락 없는 질문은 끝이 없었다. 돌발적인 행동을 예측할 수 없었다. 아이는 선을 넘었다. 내 마음속 응급 사이렌이 24시간 울렸다. 특히 외부 수업에서 혹 누군가 오해를 하고 경찰에 신고할까 노심초사했다. 아이는 팡팡 터지는 폭죽처럼 날뛰었다. 엄청난 에너지로 내 혼을 쏙 빼놓았다. 나날이 내 정신과 육체는 너덜너덜하지만 그 순간에도 아이는 해맑게 웃었다. 당혹스러웠다.

아이의 언어와 행동은 나를 힘들게 했다. 아이를 품어야 한다는 부담감이 나를 짓눌렀다. 내 역할에 충실할수록 나는 상처를 받았다. 아이는 온몸으로 내 벽에 구멍을 냈고 나는 필사적으로 막았다. '아이가 힘든 거니? 아이를 보는 네가 힘든 거니?' 내 마음이 나에게 물었다. 대답할 수 없었다. 꺼림칙했다. 아이를 원망하고 싶은 마음을 들켰다.

순간 나의 밑바닥을 보았다. 벌거벗은 내 모습이 부끄러워 몸이 떨렸다. '너 교사 맞니?' 신랄하게 비난하면서도 동시에 방어했다. '내가 신이야? 나도 한계가 있어!' 마음속 불협화음이 거친 소음을 냈다. 죄책감이 쌓였다. 교사라면 인내와 오래 참음은 기본 아닌가? 내 이름 석 자 앞 교사 직함이 나를 부끄럽게 했다.

백지 한 장 펼쳤다. 아무렇게나 구겨진 마음 한 조각을 꺼냈다. 가공 없이 툭. 불안한 마음, 속 시끄러운 생각, 머릿속 떠도는 질문. 징검다리 건너듯 따라갔다. 조심스럽게 천천히. 숨겨진 마음을 하나 둘 보았다. 마침내 생각의 시작점에 닿았다. 잘하고 싶었다. 어떤 상황에서도 이겨내리라는 믿음. 그것이 흔들렸다. 실패와 더불어 부족한 인격과 역량에 좌절했다. 가지 위 생각의 파편들을 응시했다. 단어 하나하나 유심히 보았다. 대화하듯이, 속삭이듯이. 날것인 단어들은 살아 움직여 생각의 가지 위에 열매처럼 달려있었다.

선위에 드러난 내가 부끄럽기는커녕 오히려 편안했다. 놀랍게도 자유로웠다.

> 감정, 고통스러운 감정은 우리가 그것을 명확하고 확실하게 묘사하는 바로 그 순간에 고통이기를 멈춘다. – 스피노자 〈윤리학〉

우여곡절 끝에 아이는 입학했고 고민 끝에 나는 담당 업무를 내려놨다. 나의 본질적인 모습을 제대로 찾아야 할 때였다. 내가 누구인지, 무엇을 원하는지, 어떤 삶을 살고 싶은지, 어떤 존재가 되고 싶은지 질문했다. 내면 깊은 곳에 목소리를 듣기 위해 나에게 집중했다. 귀를 기울이며 흰 여백에 마구잡이로 생각을 적었다. 마인드맵 여행을 시작했다.

올해로 교사 생활 17년이다. 바다의 파도처럼 때론 태풍처럼 삶에 크고 작은 일은 변함없이 찾아온다. 망망대해 조각배 타는 기분이다. 마인드컨트롤 작동 개시. 〈위기는 삶의 한 자락이다〉 〈나를 만날 기회다〉 되뇌어보지만, 생각만큼 마음이 움직이지 않는다. 여전히 버겁고 낯설다. 능숙하지도 익숙하지도 않은 위기 속 한 가지 북극성처럼 '긍정적 신호'를 찾는다. 그것은 박제되지 않은 감정이다. 모든 감정을 마인드맵에 쏟는다. 복잡하게 얽힌 마음을 한 장에 담는다. 드러난 감정과 감추어진 속내를 씨줄과 날줄로 엮는다. 두부처럼 담백하다.

03
할 일이 너무 많아

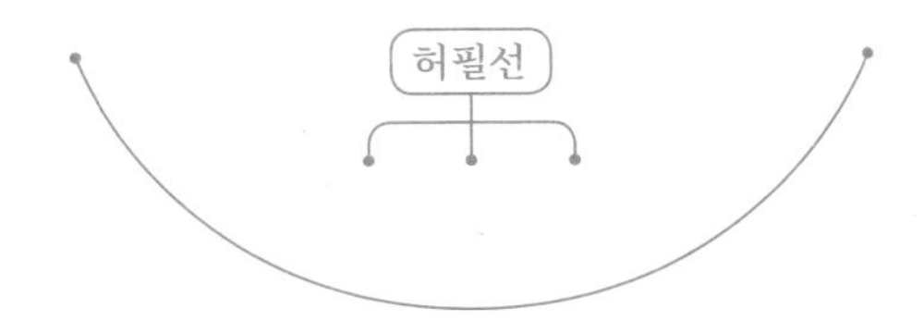

나는 직장인이다. 매일 똑같은 일과가 반복된다. 아침에 일어나면 자동으로 씻고, 옷을 입고 집을 나선다. 회사에서도 매일 비슷한 일을 톱니바퀴 돌듯이 처리한다. 분명 매일 바쁘게 살지만, 일이 줄어드는 경우는 거의 없다. 아무리 열심히 해도 일은 늘어날 뿐이다. 근무 시간이 끝나면 지친 몸을 이끌고 집에 온다. 저녁을 먹고 유튜브를 잠깐 보고 SNS를 조금 보면 금세 10시가 넘고, 게임을 잠깐 하면 어느새 12시다. 그제야 미끄러지듯이 이불 속으로 들어간다. 잠시 눈을 감았다가 뜨면 아침이다. 오늘도 어제와 같은 하루가 펼쳐진다.

나만 그런 것이 아닐 것이다. 대부분 직장인은 매일 반복되는 하루의 일과 속에서 별다른 특이점 없이 살아간다. 그러다 하루는 직장 상사에게 정말 심한 욕을 들은 적이 있다. "너는 일 처리가 그렇게 늦어서 어떡해. 일이 생기면 바로바로 처리해야지." 나는 아무 말 못 하고 듣기만 했다. 물론 화가 나서 한 소리겠지만 내가 회사를 망치고 있다는 얘기를 듣자 억울해졌다. 조금이라도 더 좋은 성과를 내기 위해 매일 열심히 살아왔다고 자부했지만, 직속 상관이 그렇게 나를 판단한다는 것에 서운하기도 했고, 자책도 들었다. 그리고 무엇보다 오기가 발동했다. '내가 무슨 일이 있어도 지금보다 훨씬 잘하리라. 두고 봐라!'

그때부터 나는 다양한 방법으로 내가 하는 일의 방식을 바꿔보기로 했다. 우선, 일을 30분 단위로 하는 일을 분석하고, 내가 처리하는 일의 양을 확인하고 기록했다. 점심 먹는 속도도 빨리했다. 밥을 먹는다기보다 그냥 밀어 넣고 나왔다. 쉬는 시간을 줄이고 자투리 시간에는 빨리 끝낼 수 있는 일을 끝냈다. 일을 빨리해야겠다는 마음을 먹고 나니 큰 문제점 하나가 눈에 들어왔다. 다음에 할 일이 무엇인지 모른다는 점이었다. 그저 지금 하는 일에만 집중하고, 그저 급하다고 생각되는 일을 하고 있었다. 우선순위도, 중요도도 없었다. 변화의 필요성을 느꼈다. 하지만 무엇을 해야 할지 몰랐다. 그때 우연히 알게 된 것이 토니 부잔의 마인드맵이었다. '세상에서 가장 효율적인 필기도구'라고 했다. '세상에서 가장 효율적인 필기도구라고?' 지금 나에게 꼭 필요한 것이라는 직감이 들었다. 도서관에서 '토니 부잔의 마인드맵 두뇌 사용법'이라는 책과 다른 책 몇 권을 빌렸다. 책을 읽으며 감탄이 나왔다. '우와. 이거 내가 찾던 방법이네'. 많은 정보를 한 페이지에 정리하는 방법이었다. 물론 필기 방식이 내가 지금까지 해오던 방식과는 완전히 달랐다. 필기라고는 하지만 선도 들어가고, 그림도 들어가고, 방사형 구조 등 일반적인 필기 방식과는 완전히 다른 모습이었다. 마인드맵이라는 새로운 방식으로 내가 해야 할 일을 정리하고, 우선순위를 매겨 놓으면, 내가 하루 동안 해야 할 일을 한눈에 볼 수 있을 것 같았다. 나는 마음속으로 '유레카'를 외쳤다.

절실해서인지 한 글자도 놓치지 않고 책을 정말 꼼꼼히 읽었다. 다 읽고 이해가 안 되는 부분은 다시 읽었다. 그렇게 3번을 읽자 '마인드맵'이 대충 무엇인지 알 수 있었다. 내 삶에 어떻게 적용할지도 보였다. '마인드맵'을 그려보기 시작했다. 처음에는 익숙하지 않았다. 선을 긋는 것도, 그림을 그리는 것도 어색하기만 했다. 가장 어색했던 점은 노트의 중앙에서 시작한다는 점이었다. 지금까지 필기는 왼쪽 위에서부터 시작했는데 마인드맵은 중앙에서 시작해야 한다고 한다. 수십 년간 해오던 노트 습관을 송두리째 바꿔야 했다. 나는 나름대로 타협점을 찾았다. 기존과 같이 왼쪽 위에 메모에 제목을 달아준다. 그리고 다시 가운데에 똑같은 제목을 적는다. 그리고 큰 제목 몇 가지를 분류하며 적었다. 큰 제목을 적을 때는 예전처럼 긴 문장으로 쓰지 않고, 최대한 짧은 키워드로 적었다. 키워드만 보면 문장이 떠올릴 수 있게 하려고 노력하며 적었다. 역시나 익숙하지는 않았다. 좌측은 비어있기 일쑤였고, 우측으로만 가지를 그리는 것이 편했다. 나의 첫 마인드맵은 기존의 메모를 약간의 선과 문장을 키워드로 바꾼 딱 그 정도의 변형된 메모로 바뀌게 되었다. 그렇게 나의 마인드맵 생활이 시작되었다.

마인드맵을 사용했다고 업무가 많이 줄지는 않았다. 하지만 분명 달라진 것은 있었다. 내가 해야 할 일 리스트를 안다는 점과 메모를 보는 시간이 줄어들었다는 점이다. 할 일 리스트가 한 페이지에 정리되어 있으니, 효과적인 계획을 세울 수 있었다. 긴급한 일이 무엇이고, 중요한 일이 무엇인지 알게 되었다. 일하다 다음 할 일, 긴급한 일 생각이 잘 나지 않으면 바로 마인드맵을 확인한다. 키워드 형태로 정리되어 있으니, 메모를 보는 시간이 줄었다. 한 번 쭉 훑어보면 메모의 전반적인 내용이 파악되었다. 그리고 메모가 잘되어있으니, 굳이 기억하지 않고 잊고 있어도 됐다. 마인드맵이 기억을 대신 해주는 느낌이었다. 기억해야 하는 것이 적어지자, 머릿속에 조금은 여유가 생겼다. 그렇게 나는 마인드맵에 조금씩 익숙해져 갔다. 그리고 시간이 지날수록 업무 속도는 빨라졌다. 단순히 마인드맵을 그려서는 아니다. 마인드맵이 메타인지를 높여주는 데 도움을 주었기 때문이다. 마인드맵을 그리며, 일정 시간 동안 할 수 있는 일의 양을 판단하는 능력이 높아졌다. 다른 말로는 '딱 보면 아는 능력' 직관력이 높아진 것이다.

이제 마인드맵을 사용한 지 10년이 넘었다. 마인드맵은 이제 내 삶의 일부분이 되었다. 그리고 제2의 뇌가 되었다. 지금은 거의 모든 필기에 마인드맵을 적용하고 있다. 하지만 토니 부잔의 마인드맵과는 다르다. 마인드맵을 오래 사용하다 보니 나만의 마인드맵 방식이 생겼다. 좀 더 자유롭고, 틀에 얽매이지 않고 상황에 따라 여러 가지 필기법을 사용한다. 결코, 고전적인 마인드맵을 고수하지는 않는다. 새로움을 만들어주는 틀이 새로움을 방해하면 안 된다고 생각한다. 나에게 맞고, 상황에 맞게 자유롭게 변형해서 사용하면 그만이다.

만약 마인드맵을 사용하지 않았다면 지금도 나는 일에 파묻혀 있었을 것이다. 마인드맵을 사용하며 할 일이 줄어들고, 정말 중요한 것, 꼭 해야 하는 것을 알게 해주었다. 마인드맵은 이제 내 삶의 일부분이 되었다. 그리고 제2의 뇌가 되었다. 마인드맵은 나의 삶을 정말 많이 바꾸어 주었다.

04
지치고 힘들어

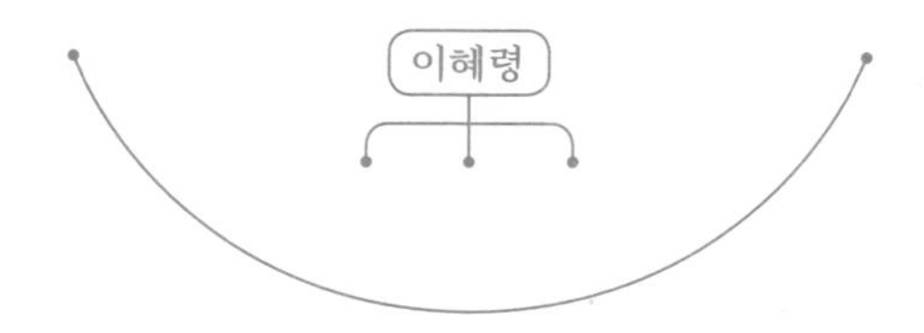

초등학교 3학년 때 부모님이 사업을 시작하셨다. 그때부터 부모님은 집에 늦게 들어오시기 시작했다. 자연스럽게 한 살 터울인 동생과 나는 집에 남겨졌다. 나도 어렸지만 동생이 있다보니 학교가 파하면 집으로 바로 와서 동생을 돌봐야 했다. 다른 아이들과 놀고 싶은 마음도 많았지만 항상 집에서 동생과 함께 해야 했다.

다른 아이들은 학원도 다니고 했지만 나는 그럴 수 없었다. 내가 학원에 가면 동생이 집에 혼자 있어야 하기 때문이었다. 그래서 알아서 학습을 잘했어야 했다. 그 당시 부모님이 학습지를 통해서 채워 주시려고 노력하셨다. 사업을 시작하시면서 경제적으로 부족하시진 않으셨기에 뭐든 최신 트랜드 교육에는 맞춰서 해주시려고 노력하셨다.

마인드맵을 알게 된 것도 부모님의 그런 노력 덕분이었다. 당시에 집에서 하는 교육은 학습지나 과외 정도가 전부였다. '뇌를 깨워주는 학습'을 하신다는 분이 집에 오셨다. 긴 생머리의 하얀 얼굴의 선생님이 어린 나에게는 너무 예쁘셨다. 마르고 키가 큰 선생님은 옷도 멋지게 입었다. 지금까지 내가 봐온 사람들과는 사뭇 다른 모습과 차림새였다. 동생과 거의 매일 집에만 있던 나에게 예쁘고 멋진 옷을 입은 선생님이 집으로 들어오자 마치 내가 집이 아닌 다른 곳에 있는 것 같은 느낌이었다. 수업도 시작하기 전에 빨리 수업을 하고 싶어졌다. 선생님의 멋진 외모와 말투도 신기했지만, 수업의 주제도 신기했다. '뇌를 깨워주는 학습기법'이 어떤 걸까? 내심 설렜다.

선생님과 작은 테이블을 두고 마주 앉았다. 선생님은 단어 카드를 빠른 스피드로 보여 주었다. 마치 카드놀이를 하는 것 같았다. 하얀 종이에 생각나는 것을 적고, 그것에 연상되는 단어들을 적어 보았다. 하나의 단어를 적으면 그 단어와 관련이 있거나 비슷한 단어 또는 그 단어로 인해 생각이 나는 단어를 적었다.

단어를 쓰기도 하고, 때로는 그림으로 그리기도 하면서 연상 놀이를 하였다. 하나의 단어에서 시작한 단어들은 선생님과 연상 놀이를 하다보면 자연스럽게 여러 단어로 늘어나 있었다. 그리고 그 단어들을 관계에 따라 줄을 긋고 어떤 형태로 만들고 나면 그럴싸

한 맵이 되었다. '뇌를 깨워주는 학습기법'은 바로 '마인드맵'이었던 것이다. 그렇게 마인드맵을 놀이로 배웠다.

처음 수업을 하고 나서 엄마는 나에게 물어봤다.
"혜령아, 오늘 수업 어땠어? 재미있었어?"
"정말 재미있었어. 그림도 그리고 글씨도 그리고 그랬어."
"선생님은 괜찮고?"
"응. 선생님 완전 예뻐."
"엄마보다 더?"
"음… 엄마가 더 예쁘지."
엄마보다 더 예쁘냐고 물었을 때, 살짝 망설였던 건 비밀로 하고 있다. 선생님은 일주일 중 목요일 딱 하루만 오셨다. 그래서 나는 수요일부터 기분이 좋아졌다. 하루만 지나면 선생님을 만날 수 있는 날이기 때문이었다. 나에게는 마인드맵보다 예쁜 선생님과 함께 놀 수 있는 마인드맵 시간이 정말 좋았다.

마인드맵 수업이 나에게 더욱 특별했던 이유는 어린 나이였지만 상당히 힘든 시기였기 때문이다. 부모님은 매일 늦어서 얘기할 시간도 없고, 집에서는 동생과 둘만 있어야 했다. 어리고 하고 싶은 말 많을 나이에, 고민을 나눌 사람도, 함께 놀 사람도 없었다. 매주 나와 함께 놀면서 재미있는 학습을 가르쳐주는 선생님의 등장은 지치고 힘들었던 내 작은 일상에 신선한 기쁨이었다. 매 수업시간 마다 선생님이 해주시는 칭찬은 나에게 생명수 같았다.

'이런 단어로 이야기 하는 건 너가 처음이야! 이건 다른 아이들에게도 알려 줘야겠어!' 이런 칭찬을 들을 때마다 나의 어깨는 으쓱해졌다. 나는 신이 나 더 많은 얘기를 했고, 그때마다 선생님은 최고의 호응을 해주셨다. '왜 이렇게 생각했는지. 본사에 물어 볼게! 이것도 답이 될 수 있는지! 정말 좋은 생각이야!' 이런 얘기를 들으면서 나는 내가 남들보다 탁월하고 창의적인 생각을 가지고 있다고 믿게 되었다. 한참 우울하고 주눅 들어있던 나를 나는 특별한 아이라고 믿게 해 주었다. 어쩌면 그때부터 나의 자존감이 높아진 것일지도 모른다.

마인드맵을 생각하면 기분이 좋아진다. 처음부터 그랬다. 힘들거나 우울해질 때면 나는 마인드맵을 그린다. 시작은 내 어릴 적 마인드맵과의 첫 만남 때문임이 분명하다. 그리고 나는 지금 마인드맵을 다시 어린 아이들에게 가르치고 있다. 아이들이 마인드맵으로 성적이 향상되고, 창의성이 향상되는 것보다 다른 것을 기대한다. 마인드맵에 대한 좋은 기억을 남기는 것이다.

요즘 아이들은 매일 공부에서 공부로 이어지는 삶을 산다. 그 속에서 아이들이 얼마나 힘들까? 라는 생각을 한다. 나처럼 어린 마음으로 견디기 힘든 아이도 많이 있을 것이다. 이런 아이들이게 마인드맵이 자신의 능력을 믿게 해주고, 자존감을 올려줄 수 있는 툴이 되었으면 좋겠다. 내가 힘들고 지칠 때 마다 문득 문득 떠오르는 추억의 한 페이지 속 마인드맵처럼 우리 아이들에게도 마인드맵이 그런 것 이이었으면 좋겠다.

학교와 학원을 오가는 아이들. 얼마나 힘들까. 안쓰럽고 안타깝다. 자신의 능력을 믿고, 자존감을 올려줄 수 있는 도구. 힘들고 지칠 때마다 용기와 희망 줄 수 있는 한 페이지. 마인드맵이 그런 것이었으면 좋겠다.

05
사람이 두려운 시간

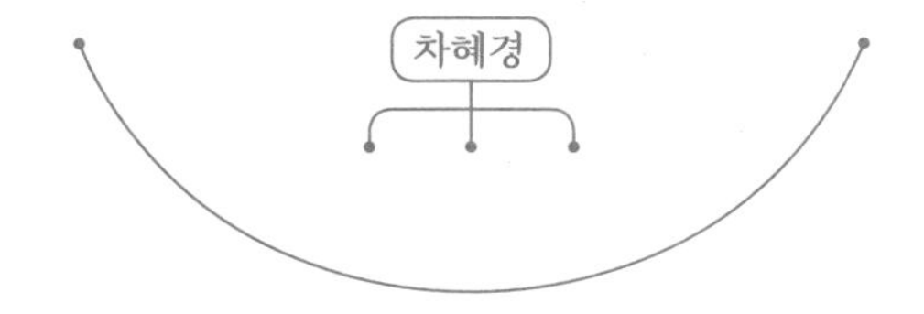

사람을 좋아한다. '친구', '함께', '소속감'. 내가 아끼는 단어들이다. 유난히 외로움을 타는 편이다. 그래서인지 '내 편'이 생기면 든든하고 편안했다. 좋은 사람 만나면 잘해주려 애썼고, 더 많은 사람과 함께 하려고 서로 소개도 해주었다.

3년간의 연애를 마치고 스물일곱 살에 결혼을 했다. 경기도 화성에서의 신혼생활. 아는 사람이라곤 남편뿐이었다. 사람을 좋아하던 나는 처음부터 다시 시작해야 했다. 신혼의 단꿈이 채 가시기도 전, 첫째를 임신했다. 결혼하고 1년 만에 아이를 낳고 공동 육아를 해보겠다며 또래 엄마들을 만났다. 타지에서 겪는 외로움도 달래가며 몇몇 엄마들과 친하게 지냈다. 같이 이유식도 만들어 나눠 먹고 함께 아이를 돌보았다. 그러던 어느 날, 함께 육아하던 동지에게서 뜻

밖의 말을 들었다. 육아 동지는 나에게 상처받았다고 했다. 나의 말 한마디가 가슴에 비수로 날아와 꽂혔고, 마음이 상했다고 했다.

'내가 무슨 말을 어떻게 한 걸까?' 기억이 나질 않았다. 좋지 않은 기억력을 탓해야 할지, 출산 때문이라고 해야 할지. 아무 생각 없이 나온 나의 말에 육아 동지는 상처를 받았단다. 일단 육아 동지에게 미안하다고 했다. 차마 내가 무슨 말을 했느냐고 물을 수 없었다. 기억에 없는, 내 입에서 나간 말과 육아 동지가 받았을 상처, 그것은 충격이었다.

손해를 좀 보더라도 다른 사람 입장을 먼저 헤아리려 애썼고, 상처를 주지 않고 배려하며 싫은 소리도 참아가며 살아왔다고 생각했는데……. 정말 큰 일이었다. 많은 생각이 들었다. 이렇게 이야기해준 육아 동지가 오히려 고마웠다. 기억하지 못하는 일로 '또 다른 누군가에게 상처를 줬다면 어쩌지? 그 사람들은 나를 어떻게 생각하고 있을까?' 온갖 걱정들이 몰려왔다. 그런데 사건은 거기서 끝나지 않았다. 육아 동지는 나와 있었던 일을 다른 사람들에게 전하고 있었다. '이건 뭐지? 무슨 일이 일어나고 있는 걸까?' 육아 동지는 상처받은 마음을 다른 사람들에게 이야기하고 나니 마음이 편해졌다고 했다. '그럼 나는? 내 마음은? 내가 받을 상처는?' 내 이야기가 입에서 입으로 전해지며 가십거리가 되고 있었다. 육아 동지가 받았다던 상처는 그렇게 풀렸다. 그렇지만 이번엔 내가 마음에 상처를 받았다. 사람이 두려워지는 시간이었다. 돌이켜보니 내 마음은 돌보지 못한 채, 언제나 다른 사람 마음부터 헤아린 탓이었다.

오래된 친구의 손을 놓아버렸다. 천진했던 어린 시절을 같이 보냈고, 결혼 전의 연애사까지 세세하게 아는 친구. 폭로전을 시작하면 서로 자폭하게 될, 오랜 시간을 함께한 친구였다. 비슷한 시기에 결혼했고, 또래 아이를 낳았다. 사는 곳은 멀었지만 우리는 자주 연락하며 지냈다. 육아하면서 감정과 공감을 나눌 사람이 필요했고, 친구도 같은 마음일 것으로 생각했다. 그런데 연락할 때마다 친구는 다른 사람들과 자신을 끊임없이 비교하고, 삶을 늘 비관했다. 고향에서 가끔 만날 때엔 본인 신세 한탄하기 바빠 내 이야기는 꺼낼 수조차 없게 만들었다. 감정 쓰레기통, 그게 나였다.

"옆 동에 사는 친구가 있는데, 그 동은 큰 평수거든. 남편이 돈도 잘 번대. 차도 두 대인데다 외제 차더라. 부러워 죽겠어."

"우리 애는 친구가 없어. 놀이터에 가도 다른 애들이 우리 애랑만 안 놀아 주고. 그러니까 애가 나만 찾아. 너무 힘들다. 너희 애는 친구 많니?"

"옆집 사람들은 쓰레기를 왜 현관 밖에다 모으는지. 밖에 내다 버리면 안 되나? 남의 쓰레기라 함부로 하지도 못하겠고. 집 앞에서 쓰레기 냄새가 나고 정말 싫다. 들어갈 때도 쓰레기를 피해서 들어가야 한다니깐. 이사하고 싶은데 돈도 없고."

"오늘은 옆집 사람들이 부부싸움을 했나 봐. 얼마나 크게 싸웠으면 동네에 경찰이 와서는 우리 옆집 사람들 어떤 사람들이냐고 묻더래. 이 동네 무서워서 못 살겠다."

친구라는 이름으로 오래도록 붙잡고 있었다. 그런데 내가 힘들고 지쳤을 때 친구를 찾으면 늘 시큰둥한 반응이거나 바쁘다는 핑계로 연락을 피하는 상황이 자주 생겼다. 반복되는 상황을 통해 알게 되었다. '아! 나는 너에게 감정 쓰레기통 그 이상도 이하도 아니구나.'

육아하면서 지쳤던 마음에 사람의 존재는 큰 힘이 됐다. 상황이 비슷한 사람들에게 마음을 주고 기대어 지냈다. 믿는다는 것, 마음을 준다는 것, 좋아하지 않으면 하지 못할 일. 그런데 사람이 두려워졌다. 무서웠다. 그들의 시선과 말투, 모든 게 신경 쓰이기 시작했다. 다들 나를 못되고 나쁜 사람으로 바라보거나 감정 쓰레기통쯤으로 여기는 것 같았다. 우울했다. 사람들과의 관계를 서서히 끊어냈다. 혼자 육아를 했다. 아이들은 보채고, 떼쓰고, 말을 안 들었다. 남편의 귀가 시간도 늦어지는 듯한 착각이 들었다. 버겁고 힘들었다.

그렇게 사람에, 관계에, 얽매이고 싶지 않은 시간이 늘어났다. 그래서 찾아낸 돌파구는 책이었다. 어릴 때부터 도서관을 매일 갈 정도로 책을 좋아했다. 큰아이 태교를 책으로 했다. 태백산맥 전권을 읽고 뿌듯했던 기억이 있다. 육아를 핑계로 뒷전으로 미뤄두었던 책을 뽑아왔다. 무작정 읽기 시작했다. 소설을 읽었다. 소설 속에는 다양한 사람들이 나온다. 나랑 닮은 사람, 내가 닮고 싶은 사람, 나와 정반대인 사람, 육아 동지 같은 사람, 오랜 친구 같은 사람. 여러 인물에 나를 대입해가며 책을 읽었다. 책을 계속 읽다 보니 정리를 하고 싶었다. 인물에 따라, 이야기에 따라 여러 방법으로 정리하고 싶었다. 그런데 정리하는 법을 몰랐다.

3년 전, 인스타그램에서 한 장의 그림을 만났다. 알록달록 예쁘고, 깔끔하게 정리가 되어있는 그림. 호기심이 생겼다. 카카오톡에 오픈채팅방이 있다기에 찾아 입장했다. "어서 오세요~ 매일 마인드맵 습관 만들기 오픈채팅방입니다." '마인드맵?' 종이의 중앙에 그림이 그려져 있고, 그 옆으로 그림과 관련 있거나 비슷한 의미의 단어들이 가지치기하듯 뻗어있는 듯한 그림이었다. 생각의 꼬리 물기를 그림으로, 단어들로 표현한 것 같았다. 마인드맵이었다.

마인드맵 오픈채팅방의 유령회원이 된 건 그날부터였다. 1년이 넘도록 눈팅만 했다. 매일 각양각색의 마인드맵이 올라왔다. '그림 잘 그리는 사람들만 있어야 하는 방인가?' 싶을 정도로 잘 그려진 중심 이미지의 마인드맵들. 볼 때마다 감탄했다. '나도 그려볼까?' 마음에 드는 한 장을 저장해 두고 따라 해봤는데 잘되지 않았다. 방법이 있을 것 같았다. 잘 그리고 싶었다. 배우고 싶어졌다.

06
참 열심히 살았는데 내 인생은 어디에

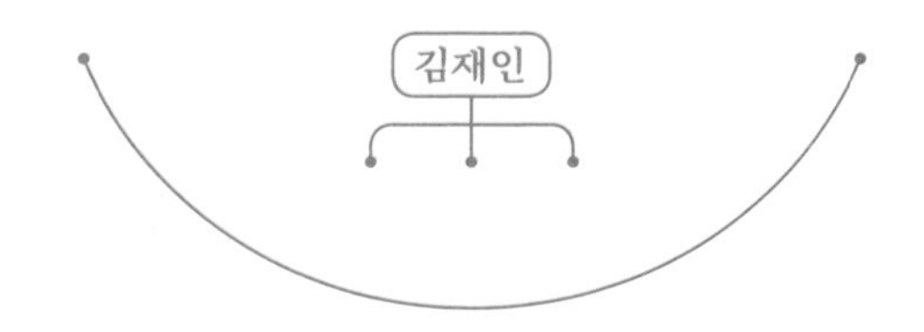

'내가 서른이라니, 믿고 싶지 않아! '

스물아홉을 지나 앞자리 3자를 달았다. 지난 3년 동안 혼자 운영하던 온라인 의류 쇼핑몰도 마음 같지 되지 않던 나의 이십 대 후반. 내가 꿈꾸던 멋진 삼십 대가 되기 위해서 변화가 필요하다고 생각했다. 그런데 덜컥 아이가 생겼다. 혼전임신이라니. 머릿속이 하얘졌다.

"자기야, 나 임신했어."

"……."

"왜 말이 없어."

"생각 중이야. 걱정하지 마, 내가 너랑 아이는 꼭 지킬게. 우리 결혼하자."

나보다 4살이나 어리지만, 훨씬 어른스러운 남편과 그렇게 미래를 약속했다. 온전히 아이 때문만은 아니지만 서른이 된 그해에 결혼하게 되었다. 그리고 결혼과 출산이 내 인생을 이렇게 힘들게 만들 것이라고는 상상도 못 했다.

나의 이십 대도 나름 우여곡절이 많았다. 아니, 우여곡절이라기보단 틀에 박힌 생활을 하지 못하는 나의 성향이 문제였지 싶다. 대학 시절 화학과를 수석으로 졸업하고 자신감이 넘쳤다. 그 뒤 지방 국공립대학 생명화학공학부 대학원 석사, 박사 통합 과정 입학 후 1년 뒤 자퇴. 외국계 석유회사에 정직원으로 취직 후 1년 만에 퇴사. 대학 졸업 후 나는 내 길이 아니다 싶으면 빠르게 그만두기를 반복했다.

'뿌옇고 숨 막힌 공장지대에서도 이제 자유다. 뭘 해야 행복할까?'

그렇게 회사를 그만두고 고민하다 시작한 게 여자들의 로망인 온라인 의류 쇼핑몰이다. 울산에서 서울까지 동대문 새벽 도매시장에 발품 팔며 옷 구매하기. 직접 모델을 자처하여 삼각대 두고 사진 찍고 보정하여 사이트에 올리기. 택배 포장하고 보내기. 모든 일을 혼자 했다. 쇼핑몰을 운영하는 게 대학원이나 회사생활보다 힘들었지만 잠을 못 자도 피곤하지 않고 즐겁게 일했다. 하지만 3년 정도 하다 보니 사업이란 것에 큰 지식 없이 시작했던 터라 대박이 나진 못했다. 그래도 그 경험으로 지금의 내가 있을 수 있었다. 더 큰 세상을 보는 눈이 생겼다.

내 이십 대가 성공적이지 못했다는 나의 판단 하에 삼십 대는 더 나은 삶이길 바랐다. 그런데 서른이 되자마자 결혼하게 되었다. 결혼 후 남편은 책임감에 더 바쁘게 일만 하게 되었다. 나도 백수가 되었지만 배 속의 아이에게 온전히 집중했다. 상상했던 알콩달콩한 신혼생활보다는 나날이 부풀어 오르는 배를 보며 우울해지기 시작했다. 그렇게 나의 서른은 임신과 결혼이라는 큰일을 치르며 보내게 되었다. 서른한 살에 첫째 아이를 출산했다. 아이는 예쁘지만, 육아는 너무 힘들었다. 잠도 잘 못 자는데 수유하느라 커피도 마음대로 못 마셔. 제대로 씻지도 못해. 내가 목이 늘어난 티셔츠를 입고 있다니. 이런 게 현실 육아다. 아무도 알려주지 않았다. 그저 하루하루 우울했다. 아이가 돌이 지나 어린이집을 가면 어떤 일이든 다시 시작해야겠다고 마음을 먹었는데, 첫째가 돌도 되기 전에 둘째가 바로 들어섰다. 물론 감사하고 축복할 일이다. 하지만 눈앞이 깜깜했다.

둘째 출산 후 진정한 연년생 헬 육아가 시작되었다. 나의 산후우울증은 하루가 멀다고 심해졌다. 조그만 아이들이 무슨 죄가 있다고 소리치고 짜증내는 나날을 보냈다. 남편은 일이 바빠 육아를 도와주지도 못했고 주말에도 일하고 지방 출장도 잦았다. 난 독박 육아에 늘 시달렸다. 시댁과 친정이 가까이 있지만 모두 바쁘셔서 도움도 크게 바랄 수 없었다. 아이들을 위한답시고 그림책도 한가득 사들였지만 읽어줄 마음도 생기질 않았다. 하루하루가 그저 지옥이었다.

결국 신경정신과에 갔다. 상담을 받으면 희망이 생길 줄 알았다. 하지만 아이들이 크기 전까지는 상황이 나아지지 않을 것이고 우울증이 생각보다 오래갈 수 있다는 말을 들었다. 더 우울했다. 약을 먹어도 욱하는 감정이 온전히 조절되지 않았다. 나의 분노가 신경안정제와 항우울제도 이겨버렸다.

'약물과 상담도 나의 산후우울증을 해결해주지 못해. 아이들의 엄마가 아닌 온전한 나를 찾아야겠어.'

혼자 다짐했다. 나를 찾기로. 그래서 자기 계발이라는 것을 시작했다. 책을 읽기 시작했고 묵혀두었던 바인더를 꺼내어 나의 하루를 기록하기 시작했다. 하지만 무언가 채워지지 않는 공허함은 여전히 사라지지 않았다.

그러다 하루는 유튜브 김형환 교수님의 경영 인사이드 채널에서 오소희 강사님의 강의를 들었다. 오소희 강사님은 셀프리더십과 마인드맵 강사다. 나처럼 연년생 육아 맘에 심한 산후우울증을 겪었지만, 마인드맵을 통해서 이를 극복하셨다. 마인드맵이 도대체 뭐길래 자살까지 시도하게 만든 어마무시한 산후우울증을 극복하게 했을까. 단순히 나는 그게 궁금했다. 마지막 희망이라 생각하며 그날 강의를 듣고 강사님이 운영하시는 맵스쿨 과정을 신청하게 되었다. 마인드맵과의 인연은 그렇게 시작되었다.

그 뒤로 맵스쿨 10기를 시작으로 15기까지, 미션을 완수하지 못한 기수도 있었지만 한 번도 빠지지 않고 쭉 참여했다. 지금까지 내가 그린 마인드맵이 500개가 넘는다. 마인드맵이라는 도구가 뭐 길래, 결국은 나도 변화시켜주었다. 여전히 나의 연년생 육아는 진행중이지만, 마인드맵은 나의 삶과 마음을 긍정적인 방향으로 이끌어주었다. 채워지지 않던 공허함이 마인드맵으로 채워지기 시작했다. 그렇게 나는 마인드맵퍼가 되었다.

07
무엇이 문제인지

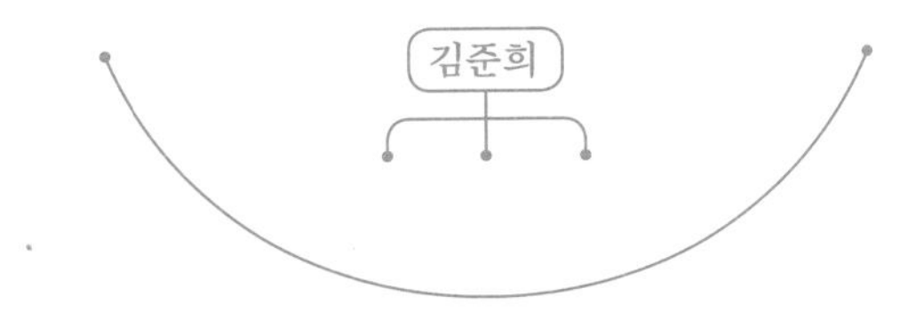

아이들과 자주 여행을 다닌다. 경상북도에 있는 문경으로 갔을 때의 일이다. 문경새재도립공원을 들렀는데, 그곳에는 작은 미로 공원이 있었다. 책에서만 봤던 미로가 있다고 하니 아이들은 신이 나서 뛰어 들어갔다. 출발은 함께였다. 하지만 갈림길이 나올 때마다 각자 가고 싶은 방향으로 가기 시작했다. 그러다 결국 뿔뿔이 흩어졌다. 미로 안은 길과 벽뿐이었다. 돌아서면 나오는 갈림길들 때문에 방향감각도 사라졌다. 지금 지나는 길이 이미 지나온 곳인지, 처음 온 곳인지 헷갈렸다. 방향을 찾을 수 없었다. 미로 속에서 한참을 헤매고 있는데 아이들의 목소리가 들렸다.

"엄마 그쪽이 아니에요!", "왼쪽으로 가야 해요!", "엄마! 이번에는 오른쪽이에요!", "앞으로 쭉 나오면 출구에요!" 아이들의 목소리에 의지해 다시 방향을 찾았다. 일사천리로 밖으로 나올 수 있었다. 내가 꼴등이었다. 전망대에 오르니 미로가 한눈에 내려다보였다. 아이들은 이곳에서 미로를 내려다보며 애타게 엄마를 불러댔다. 출구를 찾지 못하고 돌아서는 엄마를 보며 얼마나 답답했을까? 눈에 보이는 길과 보이지 않는 길을 가는 것은 큰 차이를 가져온다. 지도가 있다면 가야 할 방향을 헤매지 않을 것이다.

미로는 전망대에 오르면 길을 파악할 수가 있지만, 고민이 생겼을 때는 무엇이 문제인지 알아채기도 쉽지 않다. 생각은 끊임없이 떠올랐지만 제대로 파악하기도 전에 금방 사라졌다. 결국, 해결하지 못한 채 끌어안고 있는 경우가 많았다. 생각의 미로에 빠져서 문제의 원인조차도 잃어버렸다.

한번은 직장동료에게 영어에 대한 흥미도를 알아보는 검사지 한 장을 받았다. '영어를 왜 배워야 한다고 생각합니까?'라는 제목의 설문지였다. '학교 교육과정이라서, 외국인 친구를 만들 수 있어서, 해외여행을 갈 때 사용하니까' 등등 영어를 사용해야 하는 여러 상황 중 해당하는 답을 고르면 되는 것이었다. 초등 아이들을 키우고 있던 터라 관심이 갔다. 아이들에게 설문지를 주고 체크 해보게 했다. 그런데 두 아이가 가져온 설문지의 답안은 아이들의 성향만큼이나 각각 달랐다. 초등 6학년인 큰딸은 적극적인 성격이다. 뭐든 해보려 한다. 초등 3학년인 둘째 아들은 잘하고 싶은 욕심은 있으나 쉽게 도전하지 않는 편이다. 역시나 적극적인 큰아이는 답안에 동그라미가 많았다. 그런데 둘째의 답안은 전부 가위표였다. '해외여행을 갈 수 있어서'라는 답안까지도 가위표를 했다. 화가 났다. 문제를 제대로 보지도 않은 것 같아 답답했다. '그냥 다 하기 싫다는 것인가?' 하는 생각이 들었다. 속상한 마음에 아이에게 해외여행은 절대 데려가지 않겠다며 화를 냈다. 여권도 갱신 해주지 않겠다고 엄포를 놓았다. 나를 화나게 한 것은 영어가 아니었다. 평소 둘째의 마음 키우기가 늘 고민이었다. 무엇인가를 하자고 하면 미리 걱정하며 하지 않으려 할 때가 많았다. 그런 상황에서 둘째의 답안지는 미로의 벽처럼 암담하고 답답했다. '대체 왜 하지 않으려 할까?', '큰애보다 덜 적극적인 이유는 뭘까?', '정말 성향 탓일까?' 아이에게 찾던 문제점은 화라는 감정과 함께 속상함, 답답함, 서운함까지 불러왔다. 어떻게 해줘야 할지 몰라 답답했다.

아이들이 잠든 후 책상에 앉아 노트를 폈다. 종일 길을 알 수 없는 미로를 헤맨 기분이었다. 답답함을 쏟아내고 싶었다. 답을 찾아야 했다. 변화를 만들어 내고 싶었다. 하얀 종이를 바라보다가 손을 번쩍 든 아이의 모습을 그렸다. 그 밑에 '도전하는 서준'이라고 쓰니 마음이 좀 좋아진다. 아이에게 바라는 모습을 그린 것만으로도 숨쉬기가 한결 편하다. 그리고 가지를 내어 '왜 안 하려 할까?'라는 질문을 던졌다. 그러자 '그냥'이라는 키워드가 떠올랐다. 이제 10살이다. 아직은 마냥 노는 게 좋은 나이이다. 나 혼자 다 컸다고 생각하고 기대했었나 보다. 그다음으로 두려움이라는 키워드가 생각났다. 큰애는 어렸을 때부터 만들기나, 체험, 그룹 활동 등 다양한 경험을 시켜줬다. 둘째는 그런 누나의 일정을 따라만 다녔다. 누나가 수업하는 동안 대기실에서 기다리는 것이 그 아이의 일이었다. 혼자 새로운 것을 하기가 겁이 났을 수 있다. 또 자기보다 늘 잘하는 누나와 비교도 했을 것이다. 잘 해내지 못할까 두려웠을 수 있겠다 싶었다. 아이의 행동이 이해되기 시작했다.

그렇게 문제의 원인을 찾아서 떠오르는 생각들을 놓치지 않고 받아 적었다. 답답함과 속상함으로 얼룩져있던 생각의 더미들을 가지 위에 하나씩 풀어내었다. 그러자 화라는 감정이 사그라졌다. 오히려 미안한 마음이 들었다. "그랬구나."라는 말이 입 밖으로 흘러나왔다. 쉽사리 도전하지 못했던 이유를 알 것 같았다. 적극성은 아이의 성향일 수도 있다. 하지만 도전하지 못하는 이유가 성향만은 아니었다. 할 수 있는 환경을 만들어주지 못한 내가 문제였다. 두려움은 예측할 수 없을 때 나오는 감정이다. 어떻게 해줘야 할지 몰라서 불안했다. 걱정들에 휩싸여서 정작 진짜 문제를 알아보지 못했다. 쌓여있던 감정들을 걷어내고 나니 그제야 문제를 바로 볼 수 있었다. 길이 보였다. 이제는 미로 한가운데 있던 아이의 손을 잡고 밖으로 나올 수 있을 것 같았다. 정신이 번쩍 들었다. 마인드맵에 그려진 키워드 중 당장 바꿀 수 있는 것들을 찾았다. 마인드맵의 다른 가지에 경험을 만들어 줄 계획을 하기 시작했다. 그리고 아이에게 해줘야만 하는 따뜻하고 예쁜 말들도 써보았다. 마인드맵을 완성하고 나니 문제의 원인과 해결방안이 한눈에 보였다. 답답한 미로를 헤쳐 나올 수 있는 지도가 만들어진 것이다.

마인드맵을 알게 된 후로는 고민이 생겼을 때마다 종이를 꺼내서 마인드맵을 그린다. 머릿속이 엉킨 실타래처럼 복잡할 때면 '지금, 이 순간' 머릿속에 떠오른 걱정과 근심을 키워드로 써본다. 그리고 가만히 들여다본다. 내 안에서 일어나는 감정들을 하나씩 들여다볼 수 있다. 감정이 파생된 '시작점'을 찾았다는 것이 중요하다. 시작점을 알게 되자, 진짜 문제가 무엇인지 알 수 있었다. 그러니 답도 구할 수 있던 것이다. 문제가 무엇인지, 실마리는 어떤 것인지, 하나씩 풀어낼 수가 있다. 뭔가 일이 꼬인 것 같을 때, 무슨 문제가 생겼다 싶을 때, 나는 망설이지 않고 종이를 꺼내 마인드맵을 그린다. 진짜 문제가 무엇인지 찾아낼 수 있다. 이제는 두렵지도 않고 불안하지도 않다.

08
어디서부터 시작해야할까

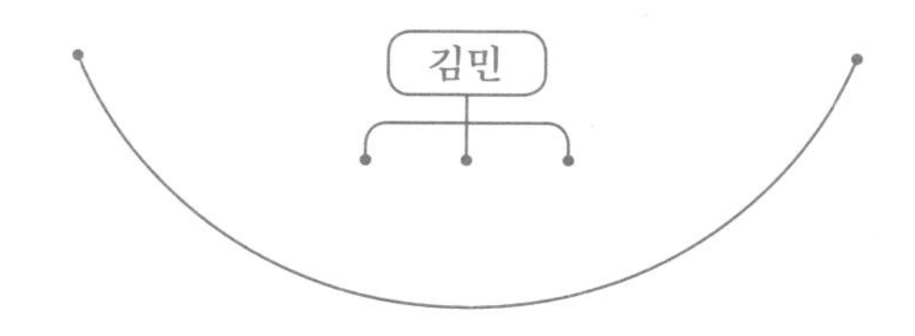

19개월 터울 연년생 삼남매의 엄마가 되었다. 엄마의 역할이 이렇게 어려운줄 모르고 셋이나 낳았다. 사남매의 막내로 자라면서 형제가 많을수록 좋다고 생각했기에 결혼을 하게 된다면 넷을 낳아야지 했다. 두 살 연하의 남편은 나의 의견을 존중해 주었고 셋을 연년생으로 줄줄이 낳았다.

터울이 있게 난다면 육아 기간이 너무 길어지는 것을 걱정해 서두르기도 했다. 늦둥이의 입장에서 볼 때 터울이 적은 언니오빠가 부러워 보여서이기도 하다. 19개월 터울의 연년생을 셋을 용감하게 낳았지만, 키우면서 보니 도저히 넷째를 낳을 용기는 생기지 않았다. 아이는 낳기만 하면 자라는 것이 아니고 하나부터 열 까지 엄마의 손이 안 닿는 곳이 없고 정과 성을 다해 키워야 했다.

나는 부족한 것 없이 자랐지만 늘 외로웠다. 언니오빠와는 12살, 10살, 8살 차이가 났다. 각자 자신의 생활이 바빠 동생과 놀아 줄 시간이 없었다. 엄마는 수험생인 자녀가 우선이었고, 아빠는 약국을 운영하시느라 자녀들에게는 신경 쓸 틈이 없었다. 주변에 친구가 많았지만 마음을 깊이 나누는 친구는 없었다. 내 아이들에게만큼은 빈틈을 주고 싶지 않았다. 현실은 마음 같지 않았다.

우선, 생활환경이 문제였다. 결혼생활을 보증금 500만원에 월세 40만원의 허름한 다세대 주택에서 시작했다. 2층 집의 2층. 여름엔 에어컨이 꺼지면 잠이 저절로 깰 정도로 무척 덥고, 겨울에는 이불을 덮지 않은 얼굴의 코끝이 빨개지고 입에서 김이 나올 정도로 무척 추웠다. 한쪽 방에서는 물이 자꾸 새서 사계절 내내 곰팡이와 함께 생활을 했었다. 아이들이 아토피가 심했는데, 곰팡이와 함께 생활하는 것이 몹시 속상했다. 네 번의 이사를 다녔다. 2층인데 1년 내내 빛이 안 드는 빌라에도 살았었고, 방이 3개이지만 먼지와 소음이 심해 창문을 열 수 없는 곳에도 살았다. 아이들에게 곰팡이가 없고 햇빛 잘 드는 집에서 살게 해주고 싶었다.

외벌이 4인 가족 수입 120만원. 그 다음해 5인 가족 수입 150만원. 일주일 식비 5만원으로 지냈다. 겨울철 실내온도는 21도, 여름에는 24도. 가계부는 필수, 할 수 있는 한 절약하며 돈을 모아갔다.

조금 더 좋은 환경에서 지낼 수 있기 위해서 말이다. 간절한 마음이 하늘을 감동 시켰는지 셋째를 낳을 때쯤엔 34평의 아파트를 분양받아 이사를 갔다. 거실에 햇빛이 가득 들어오고, 창문을 마음껏 열 수도 있는 쾌적한 환경에서 아이 셋과 지낼 수 있게 되었다.

둘째, 교육이 문제였다. 요즘은 엄마의 정보력이 아이들 학교를 결정한다고 한다. 부모님은 두 분 다 서울에 있는 대학교를 졸업하셨다. 공부는 알아서 하는 거라며 그냥 두셨다. 어디서부터 무엇을 도와줘야할지 몰랐다. 혹시 엄마인 내가 무지해서 아이를 잘 교육시키지 못할까 걱정 되었다. 육아서를 보기 시작했다. 일주일에 두세권씩 읽어갔다. 육아서를 100권 이상 읽었다. 아이 교육에 대한 자신이 생겼다. 내가 도와 줄 수 있는 것은 후천적인 좋은 학습습관을 만들 수 있는 환경 설정을 해주는 것이라고 생각했다. 어떤 방향으로 아이들을 교육 시켜야할지 신생아부터 대학까지 로드맵을 그려보았다. 타고난 지능은 엄마아빠를 닮았을 테니 아이들이 배움에 관심을 가지고 즐겁게 느끼도록 돕고 싶었다.

아이들이 배우는 것을 즐겁게 느끼며 커갈 수 있도록 도와주기 위해서 어떤 것부터 시작해야 좋을까? 많은 책에서 이야기 했던 것처럼 무작정 책을 집에 사다 나르기 시작했다. 빠듯한 살림에도 매달 책을 사는 데에는 돈을 아끼지 않았다. 전집을 들이기도 했고 낱

권을 들이기도 했다. 책 보는 환경을 만들기 위해서 거실에 텔레비전을 없앴다. 커다란 8인용 식탁을 놓고 거실을 도서관화 했다. 도서관도 자주 이용했다. 가족 모두의 이름으로 대출증을 만들었다. 1명에 5권씩 빌릴 수 있으니 한번 가면 25권씩 빌려다 보았다. 방학동안에는 1인당 10권으로 한도가 늘어 수 십 권 씩 빌려다 보았다. 늘 책과 함께하는 시간을 보냈더니 아이들이 책을 좋아하게 되었다. 놀다가도 책을 집어 들었다. 여행을 갈 때에도 책을 챙겨 갔다. 이것으로 나의 할 일은 끝났다고 생각했다. 하지만 이것은 초보 엄마의 오만한 생각이었다. 물론, 책을 좋아하는 것은 무척 좋은 습관이었다. 그것만으로는 2% 부족했다. 학교에 입학 하고나니 생각을 정리하고 표현하고 확장해 나가는 것들을 해야 했다. 단순히 책을 읽는 것 이상의 활동이 필요했다.

생각을 정리하고 확장해나가며 시각적으로 표현하고 기억을 잘하는 방법이 어디 없을까? 나는 또 책을 찾아보기 시작했다. 도서관 서고 사이사이를 먹이를 찾는 하이에나처럼 어슬렁거리며 돌아다녔다. 평소에는 잘 가지 않는 100번대 서고를 돌아다니고 있었다. 기억력, 암기법에 관한 책들도 생각보다 많이 있었다. 그 중에 눈에 띄는 책이 있었다. '공부, 하려면 똑똑하게 하라!' '생각의 지도 위에서 길을 찾다.'이다. 공부에 도움이 되는 것일까? 생각도 키울 수 있는 것일까? 그 자리에 서서 책을 읽기 시작했다. 아이들이 자기들 책을 다 골라오고 집에 가자고 바짓가랑이를 잡아 끌 때까지 한자리에 서서 책을 보았다.

낙서 같은데 생각이 뻗어나가는 노트 방법이었다. 마인드맵. 머릿속의 물음표가 느낌표로 바뀌는 순간이었다. 어려워 보이지는 않았다. 당장 책을 빌려 집으로 갔다. 책에 있는 맵들을 따라 그려보려 했지만 잘 안되었다. 나의 상황에 맞추어 적용하는 것은 더더욱 힘들었다. 기록하기만 하던 노트나 생각정리보다 훨씬 재미있고 쉽게 할 수 있을 것 같았는데. 잘 알고 싶었다. 내가 먼저 잘 배운 후에 아이들에게도 알려주어야겠다고 생각했다. 마인드맵퍼가 되기로 결심했다.

09
가지 위에서 나를 만나다

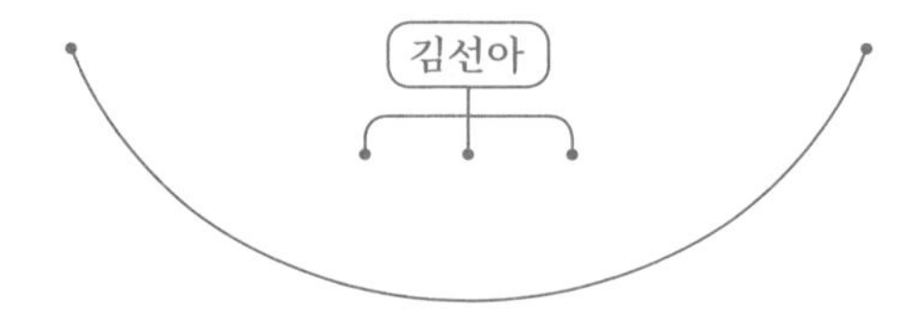

"여기는 누가 살아? 집이 너무 예쁘다."

예뻤다. 계단이 있었고 사람들이 부러워하는 집에 살았던 때가 있었다. 온전히 할아버지 덕분으로.

부유한 가정에서 자란 아빠는 결혼 후에도 할아버지에 기대어 살았다. 엄마는 생활력 장착이 필요한 아빠를 위해 할아버지의 지원을 거부했다. 부족함 없이 살던 우리는 하루아침에 180도 다른 삶이 되었다. 그렇게 만이의 무게에서 벗어나자마자 누군가 채우지 못한 가장의 무게까지 엄마는 자신의 어깨에 올려야 했다. 가난을 선택한 엄마를 이해할 수 없어 원망도 많이 했다. 하루라도 빨리 어른이 되고 싶었다. 엄마를 돕고 싶었다. 엄마의 짐을 나누고 싶었다. 아니 나라도 엄마의 어깨에서 내려오고 싶었다.

이름만 거창한 대학에 합격했다. 꿈꾸던 교대 입학에 실패했기에 전혀 즐겁지 않았다. 미래를 책임져 주지 못할 것 같은 전공. 입학 포기는 당연했다. 재수학원을 등록한 엄마 몰래 아르바이트를 다녔다. 스무 살, 어설픈 어른 행세를 시작했다. 할 수 있는 아르바이트는 모두 했다. 친구 엄마가 운영 하는 공장에서 한과를 포장했고, 작은엄마 추천으로 백화점에서 옷을 판매했다. 방문했던 가게나 혹은 거리를 걷다 사장님과 관계자의 눈에 띄어 아르바이트를 시작하기도 했다. 그렇게 공장, 백화점, 편의점, 카페, 입시학원, 분식집, 일식집 등 단 하루도 쉬지 않고 일했다. 힘들지 않았다. 경험하는 모든 일이 새롭고 재밌었다.

백화점 아르바이트를 시작한지 1년이 다 되어 갈 때쯤 엄마는 입학 원서를 건네셨다. 엄마에게 취직하겠다고 말했다. 하지만 엄마의 반대는 생각보다 강했고 날 스카우트하려고 했던 업체 사장님의 설득은 생각보다 약했다. 다수의 시도에도 번번이 실패 했다. 나라고 딱히 다르지 않았기에 결국 집에서 가까운 대학을 가기로 했다.

기대했던 장학금을 받았다. 장학금을 놓치지 않기 위해 열심히 공부했고 돈을 벌기 위해 열심히 일했다. 졸업 전 취업에 성공했지만 녹록치 않았던 사회생활로 치열한 20대를 보냈다. '젊어 고생은 사서라도 한다.'라는 말을 21세기 최고의 망언이라 여기면서도 고진감래(苦盡甘來)를 붙들고 살았다. 끓어오르는 열정이 아니었다면 버티지 못했을 것이다.

옮기는 회사마다 최 단시간 승진을 하고 최고 매출을 기록했다. 겁 없이 도전한 의류 사업까지 승승장구했다. 고생이 낙이 되려는 즈음 작은 생명이 찾아왔다. 내 안에 다른 생명이 숨 쉬고 있는 경이로움은 매일 나를 성장시켰다. 마치 모성애는 내가 엄마 뱃속으로 출입을 승인받은 순간부터 생겨난 것 같았다.

하지만 막상 아이를 낳으니 전혀 다른 세상이 펼쳐졌다. 언젠가부터 나는 사라지고 엄마의 이름만 자리 잡고 있었다. 꽉 찬 하루 중 나를 생각할 시간은 조금도 없었다. 아이와 함께 하는 시간은 아이만을 위한 시간이 되었고 그런 나를 지켜보는 남편은 아이처럼 칭얼거리며 서운함을 표현했다.

아이가 초등학생이 되어도 삶은 크게 달라지지 않았다. 어쩌면 너무나 당연했다. 10년 넘게 나를 버리고 엄마로서만 살아왔으니까. 엄마 선아의 삶도 충분히 매력적이었지만 아이들을 통해 내 삶의 성과를 찾으려고 할까봐 두려웠다.

'나'를 찾고 싶었다. 엄마로 사는 것도 중요하지만, 진짜 내 모습을 찾는 일도 절실했다. 무엇을 어떻게 해야 하는 건지. 답답하고 막막했다. 엄마라는 이름에 익숙해진 탓일까. 무슨 일을 해도 '내 것'이라는 생각이 들지 않았다.

그러다 마인드맵을 만났다. 박은선 대표가 이끄는 '나 브랜드 발전소' 오픈 채팅 방에서 그림책 마인드맵을 봤다. 동화구연에 깊이를 더하고 싶었던 나에게 그림책 마인드맵은 내 영역을 확장 시켜 줄 수 있을 것 같았다.

인스타그램 해시태그로 마인드맵을 검색했다. 콧대 높아 보이는 예쁜 외모에 화려한 경력들 그리고 주체하지 못하는 흥겨운 끼를 가진 그녀. 오소희 강사였다. 그녀가 그린 마인드맵들이 보였다. '우와' 나도 모르게 감탄사가 나왔다. 마인드맵으로 자신을 살피고 감정을 알아차리다니 몇 번을 읽고 또 읽었다. 당장 배우고 싶었다. 마침 마인드맵을 깊이 있게 다루는 '맵 스쿨' 프로그램이 있었다. 블로그 댓글로 문의를 했으나 정비 기간이라는 답변이 왔다. 당장 할 수 없게 되자 더 애가 탔다.

가지, 그림, 색, 키워드 예쁘지 않은 것이 없는 마인드맵은 오소희만이 할 수 있을 것이라는 생각이 들었다. 특강이라도 열리면 신청하고 싶은 마음에 하루에도 몇 번씩 그녀의 글을 확인했다.

드디어 기다리던 연락이 왔다. 맵 스쿨 14기로 첫 마인드맵을 그렸다. 가지에 피어나는 꽃처럼 단어와 그림들을 가지 위에 얹혔다. 무지함이 주는 용감함으로 새로움이 주는 설렘으로 열심히 따라 했다. 배움의 열정이 타올랐다. 그렇게 1개가 90개가 될 때까지 그리고 또 그렸다. 만들어진 것에 나를 더하는 것이 아니라 내가 만들어 낸 온전한 내 것이었다.

나를 그렸고 나를 썼다. 감정을 연결했다. 생각을 정리했다. 난생 처음 '나'에게 관심을 갖기 시작했다. 그렇게 말을 걸었다. 세 아이의 엄마로 사는 나를 응원했고 포기하지 않고 배움을 갈망하는 나를 칭찬했다. 마인드맵을 통해 만난 '진짜 나'에게 첫 악수를 청했다. 열정을 숨기고 있던 내가 웃으며 말한다.

"반가워!"

10
우울한 날들

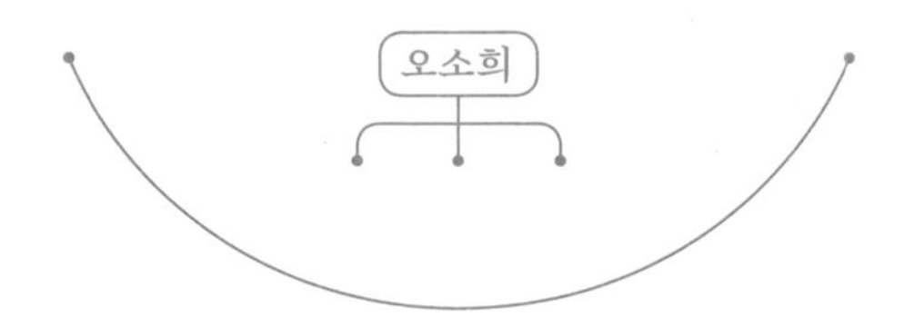

희뿌연 하늘. 퀘퀘한 냄새. 시끄러운 울음소리.

그렇게 반복되는 하루. 기대되지 않는 내일과 행복하지 않은 오늘이 반복되고 있다.

'맞아, 예전에도 이런 적 있었어.'

경험에서부터 오는 공포감. 숨이 쉬어지지 않는다. 과호흡 에서 벗어나려다 땀범벅이 됐다. 울고 있는 첫째보다 더 큰 소리로 울어버린다. 과거의 나도 현재의 나도 안쓰러워 눈물이 난다.

동글동글한 귀여운 얼굴에 사진 찍기를 좋아했던 고2 소녀.

사랑 듬뿍 받으며 하고 싶은 것을 맘껏 하고 남부럽지 않게 자랐다. 장구도 치고 탈춤도 배우고 사진도 배웠다. 고2 때까지 서예도 했다. 예술적인 배움에 관심이 많았다. 남동생은 연기지망생이었다. 얼굴도 작고 눈도 크다. “어째 누나보다 남동생이 더 이뻐?” 들을 때마다 입을 삐죽거렸던 게 생각난다. 한국과 일본이 합작하는 영화에 남자주인공으로 뽑혀 국경을 넘나드는 촬영을 했다. 미래가 유망한 아역배우였다.

사랑 넘치고 재능이 넘치던 우리 집에 IMF가 들이닥쳤다.

남은 퇴직금을 까먹으며 집을 좁혀갔다. 수입이 없어 학원비가 밀렸다. 엄마는 보험 영업을 시작했고 대학에 들어간 나는 아르바이트를 했다. 밤낮 없는 아르바이트로 손과 발이 다 갈라졌다.

학교에서 돌아오면 따뜻한 찌개와 함께 날 반겨주던 엄마의 미소. 환한 햇살같이 비춰지던 거실은 이제 없다. 텅 빈 거실, 어둡고 좁은 집에는 곰팡이 냄새가 가득했다. 갈아입을 옷조차 마땅치 않다. 아빠와 엄마의 얼굴을 보기가 힘들다. 가족이 모여 함께 TV를 보던 순간이 그립다.

20대 후반. 이동하던 버스였다. 저릿저릿한 감각을 지나 온몸을 바늘로 찌르는 듯 고통이 이어졌다. 죽을 것 같고 토할 것 같다. 서둘러 버스에서 내려 심호흡을 했다. 처음으로 공황을 경험했다.

지하철 5호선. 문 옆 기둥 옆에 서서 가고 있는데 갑자기 앞이 깜깜하다. 아무것도 보이지 않고, 들리지도 않는다. ‘왜 이러지...?’ 원인모를 공포심에 휩싸인다. 숨이 안 쉬어진다. 이마에 등에 땀 흐르는 것만 느껴진다. 어서 내리자…… 문이 열리면 내리자…… 다음 정거장을 기다리는 2분이 10분 같다. 기둥을 붙잡고 버티다가 결국 주저앉았다. 아무것도 들리지 않는다. 숨 쉬고 싶다는 생각뿐이다. 아니, 그 어떤 생각도 할 수 없다. 어두운 머리가 온통 공포로 가득 찼다. 정신이 아득할 때 쯤, 어떤 분이 나를 부축하여 밖으로 끌려가듯 내렸다. '숨을 쉬어 아가씨!!! 괜찮아. 밖으로 나왔어. 왕십리 역이야' 앞이 조금씩 보이기 시작했다. 그날 느꼈던 공황은 내게 두려움과 죽음이라는 단어를 온 몸의 감각으로 각인시켰다.

빚을 갚고 결혼을 하고 임신을 했다. 잊었던 공황이 다시 나를 찾아왔다.

공황은 밤낮 없이 찾아왔다. 밤에는 남편 손을 잡고 나가 만삭의 몸으로 놀이터를 걸었다. 오후의 공황은 더 힘들었다. 거실 큰 창문이 내 눈앞에서 쇠창살로 변했다. 누군가 옆에 있지 않으면 죽을 것 같았다. 어린 아이를 안고 동네를 돌거나 택시를 잡아타고 어디든 갔다.

왜 하필 우리 집에 IMF가 왔을까. 왜 나만 하루 온종일 손과 발이 짓무르도록 학비를 벌어야 할까. 아이를 낳고도 예쁘고 여유로워 보이던데 왜 나만 이렇게 뚱뚱하고 못생겼으며 하루가 이렇듯 엉망일까.

원망과 분노로 가득 찼다. 모든 것을 다 망쳐놓고 싶었다. 아파트 베란다에 서서 지긋지긋한 내 삶과의 이별을 고했다. 사실 아무 생각도 나지 않았다. 그저 답 없는 이 생활을 벗어나고 싶었었던 것 같다. 멍하니 창밖을 바라보다가 어느덧 뛰어들 준비를 하고 있었다. 사실 설명할 수가 없다. 그냥 모든 것이 자연스러웠다.

삶을 마감하기 위해서가 아니라 어떻게든 살고 싶어서의 행동이었다는 것을 나중에야 깨달았다. 나는 정말 살고 싶었던 거구나. 어떻게든 내 삶을 '살아내고' 싶은 거였구나. 살고 싶으니 도와달라고 외치고 있었던 거구나.

세상에 이렇게 우울증과 공황을 겪는 사람이 많은 줄 모르고 살았다.

불쑥불쑥 찾아오는 공황. 어떻게든 피하고 싶었던 나.

그 때 끄적이기 시작한 것이 마인드맵이다. 너무나 간절히 알고 팠던 나의 마음 그리고 나의 상처. 어디서부터 시작되었을지 모르는 공포에 대한 궁금증. 답답한 마음들을 종이위에 끄적이기 시작했다. 어느 날은 그림으로, 어느 날은 글자로 끄적였다. 필기라고 하기엔 알아보지 못할 낙서들이 쌓였다. 적고 적고 또 적다보니 적은 글을 보며 내가 위로받고 있었다. 내가 나에게 하는 위로. 내가 나를 향해 내밀어주는 공감. 이해받지 못할 것 이라는 부정적인 감정부터 내려놓았다. 내가 나를 이해하면 되겠다는 생각을 하게 된 건 마인드맵 덕분이었다.

공황의 원인이 하나 둘 드러났다. IMF 힘든 상황 속에서 꿈꾸는 딸에게 던졌던 아빠의 모진 한마디, 의지했던 엄마가 아프고 다칠까봐 걱정했던 두려움 그리고 분리불안. 훨씬 더 우수한 성적으로 졸업했지만 시작이 다르다는 이유로 따라잡을 수 없었던 친구들의 성장과 경쟁. 어두컴컴하고 냄새났던 좁은 집. 잘 사는 집 딸인 줄 알았다던 친구들의 편견과 따돌림. 힘든 가정환경 속에서 변해가는 가족들의 어두운 표정. 여전히 잘 사는 척하며 감춰지길 바랬던 모든 상황이 겹겹이 쌓여 내 안에 상처로 곪아있었다. 숨기기만 했던 감정이 쌓여 계속 나를 어두운 동굴로 밀어 넣고 있었던 거다.

처음엔 감정의 알아챔이 오히려 날 다시 과거 속에 갇히게 만드는 것 같았다. 시간이 흐를수록 마음과 생각이 맑아졌다. 원인이 있던 나의 아픔이 기록으로 인해 치유되기 시작했다. 형체가 없는 감정이라는 녀석들을 시각화하는 작업이 쉽지는 않았다. 빈종이 위 펜을 잡고 멍하니 있기 일쑤였다. 하지만 꾸준히 뭔가를 꺼내보려 애썼던 나의 흔적들이 나를 위로해주었다. 잘 그린 마인드맵, 완벽한 내용만이 좋은 메모가 아니라고 외치는 이유도 그 이유이다. 그저 적어보는 것만으로도 나를 잘 어루만질 수 있다는 것은 100% 나의 순 경험에서 나온 이야기이다.

어려운 가정환경, 처음 겪어보는 출산과 육아, 계획 없는 이별

……. 많은 사람들이 상처와 두려움 속에서 공황과 우울증이라는 진단을 받는다. 힘껏 쏟아 부었던 사랑에 미련이 없듯이, 아픈 과거를 하나하나 꺼내어 소중하게 들여다보고, 먼지 털어 고이 접어 넣어주면 좋겠다. 우울증 약을 받으러 병원에 간 적이 있다. 의사선생님이 내 이야기를 귀 기울여 들어주시는 것만으로도 너무 감사했었다. 친정엄마조차도 '나 때는 말이야~ 너보다 더 힘들었거든~ 뭐 그런 걸 갖고 그래~' 라며 이야기를 들어주시지 않았는데 말이다.

그저 그거다. 내가 내 이야기를 들어주면 된다. 쓴 것을 보고, 보고나서 또 생각나면 적고. 반복하며 종이 위에 그려지는 나와 대화하면 된다. 지난 5년간 엄마들에게 마인드맵을 알려주면서 가장 뿌듯했을 때가 "교장 쌤, 내가 이런 사람인지 이제 알았어요." 라는 피드백이 있을 때다. 우리는 나의 아픔과 상처를 들여다 볼 줄 모르고 산다.

행복해지기 위해, 이젠. 아픔과 상처를 제대로 안아주고 이별하는 방법도 익혀봐야 한다.

마인드맵을 만나야 한다.

제2장

나는 이렇게 달라졌다

01
내 안에 잠든 감정을 만나다

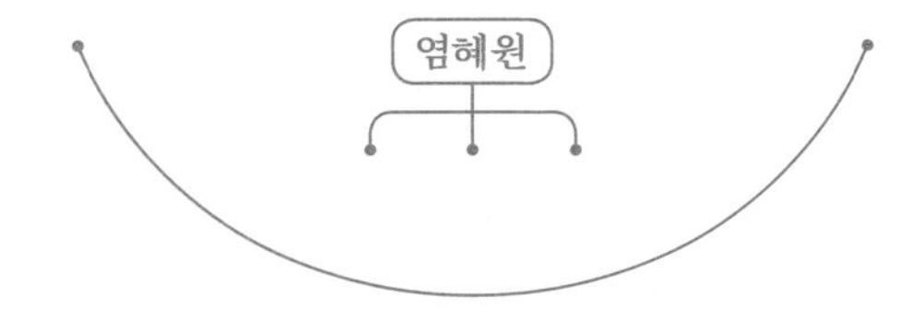

평화롭다. 아무도 없는 교실. 아직 학생들이 등교하지 않아 조용한 학교. 일찍 가면 느낄 수 있는 고요함이 좋았다. 나는 '내향인'이다. 정신적, 신체적 고통을 잘 참는 편이다. 고민, 속마음을 털어놓는 일이 별로 없다. 용건 없이 전화를 거는 일도 없다. 어떤 정보를 전달해야만 하거나 뭔가를 꼭 설명해야 할 때만 말이 많아진다. 반장, 조장 역할을 자주 맡다 보니 책임감 때문에 대화를 나눴다. 나설 일 없는 내 감정은 꾸벅꾸벅 졸기 일쑤였다.

스무 살. 수업 끝나자마자 이삭 토스트에 가서 밤까지 정신없이 일하는 게 일상이었다. 나중엔 교회 활동과 봉사를 위해 편의점 야간 아르바이트를 했다. 손님이 없을 때마다 틈틈이 공부하고, 일이 끝나면 새벽예배를 드린 후 집에 들어갔다. 한두 시간만 자고 학교에 가야 했기에 공강, 점심시간에 잠을 보충했다. 감사하게도 학교를 다니는 내내 수석장학생을 유지할 수 있었다. 등록금 낼 일은 없었지만 부모님께 손 벌리지 않고 먹고, 입으려면 아르바이트를 그만 둘 수 없었다. 하루하루 열심히 살아내는 동안 나의 감정은 잠들었다.

감정을 깨우는 일은 시간 낭비, 사치라고 생각했었다. 주어진 과제를 해내느라 엄두도 못 냈다. '내가 누구인지'에 대한 답을 할 줄 알면 그걸로 된 거라고 생각했다. 감정에 대한 질문은 생소했다. 감정을 배제하고 일에 집중한 날이 많았다. 깨우지 않아도 일어난 감정은 부정적인 것들이었다. 억누르는 힘이 약해질 때마다 스프링처럼 튀어 올랐다. 예민함만 표출하며 가까운 사람을 긴장하게 만들었다.

맵스쿨 등록 후 받은 키트에 감정 마인드맵 노트가 들어있었다. 내 마음을 알아가는 습관 만들기라는 부제의 스프링 노트. 내지에는 중심 이미지 자리에 "오늘 나의 표정은?"이 써져 있고, 감정가지 5개가 뻗어있다.

마인드맵 개수를 채우려는 목적으로 하루 동안의 감정을 떠올려 보았다. 시간대별로 한 일의 목록을 적는 건 금방인데, 감정을 적는 건 시간이 걸렸다. 5개의 가지는 초보를 위한 가이드라인이라 흐리게 되어있지만 다 채우고 싶었다. 문제는 내가 알고 있는 감정의 이름이 몇 개 안된다는 거였다.

맵스쿨 강의 때 감정 이름을 검색해 보라는 얘기를 들었다. '감정 이름'으로 검색하면 이름에 대한 내용이 우선으로 나온다. 영화 '말아톤'이 생각나서 '감정 카드'를 찾아보았다. 카드의 내용을 보니 50-60개의 감정이 있었다. 〈감정의 발견〉이라는 책에서는 인간이 얼마나 다양한 감정을 느끼는지 '무드 미터'를 통해 보여주고 있었다. 쾌적함과 활력의 정도에 따라 다양한 색으로 표시된 감정은 100가지였다. 격분한, 몹시 화가 난, 화난, 짜증나는, 언짢은 등 분노도 정도에 따라서 다양하게 나뉘어 있었다.

감정 카드를 어떻게 활용하는지 보았다. 현재의 감정뿐 아니라 느끼고 싶은 감정을 고르는데도 사용한다는 걸 알았다. To do list와 Not to do list 등 행동 위주의 계획만 세워왔었다. 느끼고 싶은 감정을 미리 생각해 본다는 게 새로웠다. 바로 마인드맵을 그려보았다. 내일 느끼고 싶은 감정을 큰 가지에 적는다. 자랑스러운, 홀가분한, 안온한.

'자랑스러운'의 큰 가지에서 작은 가지들을 뻗는다. 미라클 모닝, 독서, 학생. 미라클 모닝에서 또다시 가지를 뻗어 나간다. 514챌린지-모닝짹짹이. 쭉-쭉- 가지가 뻗어 나갈수록 내가 느끼고 싶은 감정은 구체적인 상황으로 그려진다. 내가 이룰 작은 성취들, 스몰윈을 떠올리니 절로 입가에 미소가 지어진다. 상상만 했을 뿐인데 이미 이룬 것 같다. 해야 할 일만 적을 때보다 동기부여가 된다. 꼭 그렇게 해야겠다는 마음이 들었다. '홀가분한'의 큰 가지에서는 마감에 맞춰 해야 할 일을 다 마쳤다. 미리 맛본 홀가분한 기분을 위해 지금 해야 할 일을 미루고 싶지 않다.

마인드맵을 통해 감정들을 잘 살펴볼 수 있었다. 막연하게 나빴던 기분은 '외로움'과 '부러움'등의 이름이 붙었다. SNS를 하다가 내가 좋아하는 사람들이 나 모르게 모인 사진을 보면 외로웠고, 큰 집을 보면 부러웠다. 마인드맵은 단순히 'SNS를 하지 말자'로 끝나지 않게 했다. 내면의 욕구를 들여다보게 만들었다. 내가 외롭다고 느끼는 이유가 뭔지, 원하는 것이 무엇인지. 가지치기를 하면서 원인과 해결 방법을 찾을 수 있었다. 보이지 않던 감정들이 한 장의 그림 위에 펼쳐진다. 눈에 보이게 정리되니 말로 표현할 수 있었다. 주체할 수 없어 튀어나온 말이 아니었다. 부드러운 말로 표현한 감정은 이해받았고 관계는 친밀해졌다. 마인드맵을 통해 이름이 붙여진 부정적인 감정은 해소되었고 긍정적인 감정은 오래 남았다.

감정 마인드맵을 다른 방법으로 그릴 수도 있었다. 중심 이미지에 오늘 하루가 아니라 감정 한 가지를 적는다. 가지에는 그 감정이 발현된 상황들을 쓴다. 유년 시절의 기억도 떠올랐다. 모임에서 이 방법으로 마인드맵을 그려봤다. 같은 이름의 감정이어도 경험한 사건은 달랐다. 에피소드를 들으며 함께 웃고 함께 분노했다. 몰랐던 학창 시절의 모습뿐 아니라 무엇을 중요한 가치로 여기고 있는지도 알게 되었다.

마인드맵은 오롯이 나에게 집중하게 하는 도구다. 잠들어있던 감정을 깨워 알아주고 안아주는 시간을 갖게 해주었다. 마인드맵을 함께 그리면 서로를 이해하는 시간을 가질 수 있었다. 마인드맵을 그리고 나서 감정을 살피는 시간이 얼마나 중요한지 체감했다. 꾸준히 내 감정을 살펴서 다시 잠드는 일이 없게 해야겠다.

02
생각과 정체성

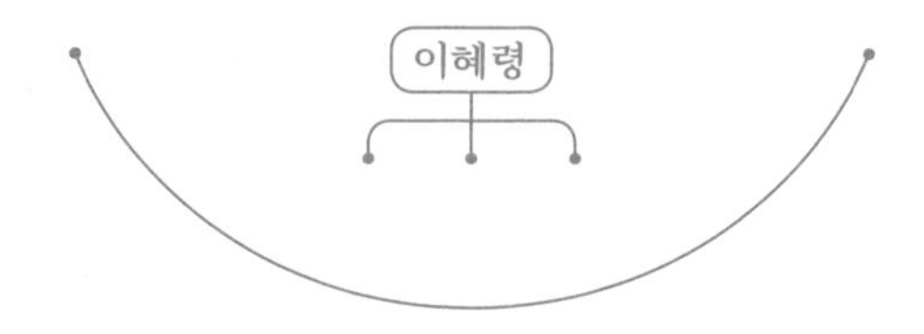

처음 엄마로써의 시간이 즐거웠냐고 물어 본다면 즐거움 보다는 막막함이 떠오른다. 엄마가 되는 길은 누구나 처음이라 나또한 엄마가 처음이라고 말하고 싶다.

처음이라는 말이 가지는 설렘이 있다. 엄마라는 말을 처음으로 불리게 되는 순간, 사실 너무도 많이 기다리고 기다렸던 순간이다.

엄마가 되기 전까지 정말 쉼 없이 달려왔다. 쉬는 시간 없이 무언가를 계속해서 만들고 처리하면서 일에 사로잡힌 사람처럼 살았다. 아이가 생기고 나는 거의 모든 걸 내려놨다. 내 소중한 아이를 잘 키워보고 싶었다. 하지만 그 어느 것 도 내 생각대로 되는 건 없었다. 잘 하려고 하면 할수록 사건 사고만 생겼다. 아이 울음이 멈추지 않으면 내가 무엇을 잘못한 걸까? 라는 생각이 먼저 들었다. 잠도 자지 않고 울고, 며칠이 멀다하고 아픈 아이를 보면서 내가 다 잘못해서 이런 일들이 일어나는 건 아닐까? 라는 생각이 들었다. 아이를 잘 키우기 위해서 모든 걸 내려놨지만, 이제는 그 아이 마저도 잘 못 키우는 잘 하는 게 하나도 없는 사람이 된 것 같았다.

어느 날은 갑자기 눈에서 눈물이 주르륵 흘렀다. 나도 모르게 울음이 터져버렸다. 내가 어느 곳에 있는지, 내가 지금 무엇을 하고 있는 건지 알 수도 없었다. 그냥 펑펑 울다보니 해가 저물었다. 온몸에 힘이 하나도 남아있지 않았다. 독박육아, 정말 집에서 만나는 사람 없이 아이와 단둘이 있으면서 매일 비슷한 실수를 하는 못난 엄마의 나의 모습을 견딜 수가 없었다. 아무도 없는 무인도에 혼자 떨어져서 살아가야 하는 느낌 이었다. 누가 아이 낳는 게 힘들다고 했는가? 나에게는 아이를 낳는 것보다 아이를 키우는 매일매일 이 더욱 힘들었다. 매일 나의 자존감을 갉아먹고 있었다.

큰 아이가 24개월 정도 되었을 때다. 아이들에게 좋은 먹거리를 알려주는 체험하기 위해 신청했던 프로그램이었다. 밖에서 사먹는 인스턴트보다는 집에서 건강한 재료로 음식을 만드는 법을 알려주고, 미니 케익을 만들고 아이들이 직접 케익을 꾸며보는 클래스였다. 아이들은 고사리 같은 손으로 재료를 만지고 장식하며 즐거워했다. 그리고 자신이 만든 음식을 보면서 행복해 했다.

쿠킹 클래스가 끝나고 강사님과 친구 엄마와 이런저런 얘기를 했다. 그때 강사님이 다이어리를 꺼냈다. 다이어리에는 익숙한 그림이 있었다. 어릴 적 나를 설레게 했던 그 마인드맵이 다이어리에 보였다. 다이어리 속의 마인드맵을 보면서 어렸을 적 나의 설레었던 그날의 감정이 떠오르기 시작했다.

"강사님도 마인드맵을 아세요?"

같이 온 한 아이의 엄마가 대답했다.

"유명하신 마인드맵 강사님이셔. 책도 내신 분이야"

나는 바로 검색을 했다. '매일 마인드맵'이 그 책이었다. 저자의 이름은 오소희였다. 우리 아이에게 쿠킹클래스를 가르쳐주신 분은 쿠킹 전문가가 아닌 마인드맵 전문가였다. 나는 그날로 책을 구입해서 읽어봤다. 어릴 적 내가 힘들었던 시절 나의 자존감을 높여주고, 나를 위로해 주었던 마인드맵을 지금, 내가 너무도 힘든 시기 다시 만나게 된 것이다. 왠지 모를 기대감이 가슴 속에 차올랐다. 아직 어떤 일이 벌어질지 모르지만, 마인드맵이 다시 한 번 힘든 내 생활에 어떤 변화를 몰고 올 것 같은 느낌이 들었다. 그날의 만남은 그렇게 지나갔다. 그리고 나는 '매일 마인드맵' 책을 펼쳤다. '맞다. 내가 어렸을 때 봤던, 예쁜 선생님이 가르쳐줬던 그 마인드맵이 맞았다. 단숨에 책의 끝까지 읽어 내려갔다. 책에는 수없이 많은 마인드맵 예시들이 있었다. 나의 똥손 으로 그 중에 몇 개의 마인드맵을 따라 그려봤다 오랜만에 그려보는 그림, 마인드맵이 그 시절을 회상하게 만들었다 . 물론 제대로 할 수는 없었다. 하지만 마인드맵을 그리는 것만으로 나의 입가에는 미소가 번졌다. 다양한 생각을 하고 색을 칠 하고 무언가를 끄적거림이 그저 신기했다 . 매일 아이와 씨름을 하며, 항상 자책만 가득하던 나에게 '마인드맵'은 웃음을 보내 주었다.

얼마 지나지 않아 오소희 강사님을 다시 만났다. 나보다 몇 살 많은 강사님이었기에 그때부터 언니라고 불렀다. 예쁜 얼굴에 자신감 있는 표정과 또렷한 목소리는 당시 내가 되고 싶은 모습이었다. 아이를 낳기 얼마 전 나의 모습이 계속 떠올랐다. 나도 모르게 언니에게 지금 나의 힘든 이야기를 하고 있었다. 매일 지쳐가고, 자존감이 떨어지는 나의 모습, 누구에게도 얘기할 수 없었던 나의 얘기를 만난 지 얼마 되지도 않은 사람 앞 에서 쏟아내고 있는 나의 모습을 발견했다. 언니 역시 비슷한 아픔을 겪었음을 이야기했다 . 서로의 공감대를 통해 우리는 더 빨리 가까워졌고, 많은 위로를 받았다. 같은 또래의 엄마로써 워킹맘 으로써 같은 아픔을 겪어본 여자로써 서로의 마음을 위로 해주듯 언니를 통해 나의 정체성이 확립이 되는 듯 했다. '그래, 내가 하고 싶었던 것이 있었지.' 앞으로 무얼 해야 하는지. 어떤 걸 하고 싶었는지 그때의 열정이 다시 샘솟았던 것이다. 그렇게 엄마에서 여자로써 지금의 "나"를 찾게 된 계기가 되었다. 그렇게 어릴적 나를 위로해주던 마인드맵이 이번에도 나를 위로를 해주고 있었다.

03
관계를 정리 했다

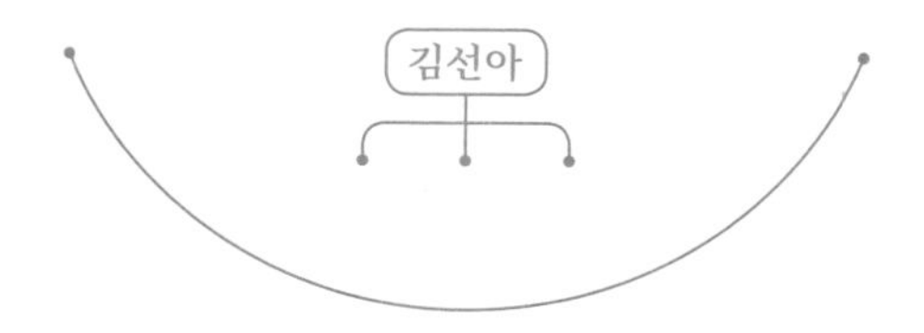

'나는 어떤 사람일까?'

게으르고 눈물이 많다. 소심하고 내성적이다. 사람을 좋아하고 쉽게 믿는다. 나를 미워하는 사람을 이해하기 위해 스스로를 다그친다. 나에게만 유독 엄격한 사람. 나다.

부끄러움이 많아 먼저 표현하지 못할 뿐 다가와 주는 사람들에게 쉽게 마음을 연다. 그 마음에 의리라도 지키듯 힘든 관계일지라도 참고 또 참는 편이다. 그렇게 한 번 인연을 맺으면 끝까지 함께하려 노력한다.

다양한 감투를 쓰게 되면서 점점 더 많은 사람을 알게 되었고 관계가 깊어졌다. 나보다 상대가 우선이었고 함께하는 시간이 즐거웠다. 하지만 만남을 지속할수록 점점 피곤했다. '나 오늘 뭐 했지? 우리 왜 만난거지?' 라는 의문이 생겼다. 함께하는 것이 좋아서 모였지만 늘 우리가 아닌 다른 사람 이야기를 했다. 누군가의 개인 정보를 마치 긴급 속보처럼 SNS로 전달받았다. 다수가 되고 싶었던 소수의 무리가 지닌 나쁨이 싫었다. 아닌 건 아니라고 말했다. 좋지 않은 건 좋지 않다고 말했다. 나만 맞고 그들이 틀렸던 것이 아니다. 그저 이젠 우리 모두가 틀렸음을 알아야 했다.

관계에 금이 가기 시작했고 서로 상처를 주고받았다. 살면서 관계가 힘들다고 느낀 건 처음이었기에 어떻게 풀어야 할지 조심스러웠다. 오랜 시간 고민하고 또 고민했다. 어떤 날은 누군가에게 묻고 싶었고, 어떤 날은 스스로를 탓하며 나에게 화살을 쏘기도 했다. 그렇게 얼마 지나지 않아 지인들에게 연락이 왔다.

"도대체 그 애는 너에 대해서 왜 그런 말을 하고 다니는 거야?"

나를 험담하는 어처구니없는 이야기들……. 그 시간을 기회로 삼고 있는 누군가…….

괜찮은 척 지인들을 안심시켰다. 날 걱정하는 사람들을 달래면서까지 믿고 싶었던 누군가가 있었다. 힘든 시간 그녀의 응원이 따뜻했다. 가까운 이웃이 나이가 비슷하다는 이유 하나만으로도 그저 좋았다. 점점 더 좋을 것 같았다. 시간이 흐를수록 친구를 만날 때마다 말 속에서 상처 받았다. 나와 자신을 비교하며 나를 치켜세웠고 자신을 낮추었다. 안타깝고 응원하고 싶었던 마음들은 3년이 지나자 점점 지쳤다. 나의 노력을 당연한 것이라 여기며 친구는 늘 위로 받고 응원 받기를 원했다.

"너는 원래 잘 하잖아. 나는…."

친구의 말에 내 노력이 담긴 성취 앞에서도 그녀를 토닥이고 응원해야했다.

우연히 친구의 불편한 행동을 목격했다. 내가 자신의 뒤에 서 있는 걸 몰랐던 친구는 완전히 다른 사람이었다. 목소리, 말투, 표정, 손의 과격함. 편한 인상에 착한 얼굴로 웃던 친구의 모습은 없었다. 나와 비슷한 일을 당한 다른 사람의 이야기에도, 반복 된 상처에도 끝까지 친구를 믿고 싶었다. 외로워보였으니까. 친해지고 싶었다. 내가 그 친구의 외로움을 덜어줄 수 있을 거라고 생각했다. 내가 뭐라고.

'선아님 안녕하세요.'

뜻밖에 메시지가 왔다. 컬러가 뚜렷하고 아이디어가 돋보인다며 함께 상품을 만들어 판매해 보자고 했다. 꿈에서도 생각해 본 적 없던 일이라 가슴이 두근거렸다. 공을 들여 제품을 준비했고 직접 사용하며 노출했다. 주변의 관심이 생각보다 뜨거웠다. 디자인 몇 개를 추가로 만들어 출시를 앞둔 어느 날이었다. 친구는 내 노력의 결과물을 아무 거리낌 없이 복제했다. 그녀는 정말 벤치마킹과 카피의 차이를 모르고 있는 걸까…….

난 내 잘못이 아닌 잘못을 책임지기로 했다. 왜 나에게 그렇게

까지 하느냐고 묻고 싶을 거다. '이제 더 이상 예의 없는 개성 도둑과는 친구로 지내고 싶지 않아서'라면 설명이 될까? 재밌는 이벤트 정도로 여겼던 것인지 그녀는 여전히 내 노력을 아무렇지 않게 카피하며 웃어 보인다. 반성하고 있을 거란 마지막 믿음에 늘 발등을 찍힌다.

단호한 겉모습과는 다르게 몸은 그렇지 못했다. 당시 임신 중이었던 난 아이를 잃었다. 조금만 더 아이를 품에 두고 싶었다. 일주일이 흘렀고 병원에서는 더 기다려 주지 않았다. 수술이 끝나고 거울 속 나는 더 이상 내가 아니었다. 아랫입술은 립스틱을 바른 것처럼 빨간 피딱지로 덮여있었다. 우울증이 심해졌다. 아무것도 하기 싫었고 아무것도 할 수 없었다. 내 존재는 공기보다 가벼웠고 먼지보다 하찮았다.

배고프다는 아이들 말에 고개를 들어 몸을 일으켰다. 엄마라는 이름으로 살아야 했다. 나에게 주는 위로와 응원이 절실했다. 책장으로 갔다. '매일 마인드맵' 책이 보였다. 핸드폰을 꺼내 오소희 강사의 SNS를 봤다. 복제품에 관한 글을 발견했다. 예의 없는 개성 도둑은 내 주위에만 있는 것이 아니었다. 처음으로 댓글을 달았다. 같은 고민을 나눌 누군가 있다는 게 마냥 반가웠다. 나도 그녀처럼 종이와 펜을 들었다. 마인드맵이 그려진 게시물을 찾아 가지를 따라 그린 후 그 위에 과거의 나, 지금의 나, 바라는 나를 적었다. 과거의 나를 노란색으로 칠했다. 밝아질 미래를 꿈꾸며 열정 가득하게 살았던 시간이었다. 현재의 나는 회색으로 칠했다. 그날의 내 마음은 그레이 색이었으니까. 바라는 나는 분홍색으로 칠했다. 분홍색을 좋아한다. 분홍색을 떠올리면 나타나는 예쁜 이미지들에 마음이 설렌다. 모두에게 사랑받는 느낌. 좋다.

그림에 자신 없는 사람들을 위한 꿀 팁을 주자면 스티커를 붙이면 쉽다. 스티커를 정말 좋아한다. 몇 년 전부터 가족들 얼굴과 캐릭터, 로고 등을 스티커로 제작해 선물 했다. 책 표지에 닉네임 스티커를 붙이는 날 보고 서점 사장님은 엄지를 치켜 올리기도 했다. 함께 마인드맵을 그리는 분들도 스티커 활용법을 멋진 생각이라며 좋아해 주셨다. 이렇게 마음대로 그린 첫 마인드맵이 나쁘지 않았다. 솔직히 마음에 들었다. 곧 다가올 분홍다운 미래에 기대감이 생겼다.

다시 종이와 펜을 꺼냈다. 같은 마인드맵을 한 장 더 그렸다. 지금의 나를 회색이 아닌 분홍으로 그렸다. 가지 끝으로 갈수록 키워드가 밝아진다. 개성 도둑으로 시작한 키워드가 연예인으로 뻗어나갔다. 관점이 그녀에서 나로 향했다. 관점이 나로 바뀌자 부정적인 단어가 아닌 긍정의 단어들이 머릿속에 채워지기 시작했다. 생각나는 대로 마구 적어가다 보니 현재의 나는 모두에게 관심 받는 사람이었다. 가지 위에 적힌 진심의 힘으로 정리를 시작했다. 그렇다고 해서 이별이 쉽거나 아름다웠던 건 아니다. 누군가에게 전해 들은 이야기에 나는 눈물을 뚝뚝 흘리며 마지막 남은 미련까지 가지 위에 말끔히 털어냈다. 이들에게 나는 그저 자기들의 우정을 돈독하게 만들어주는 접착제였음을 시원하게 받아들였다. 그리고 마음에서 떠나보냈다. 이젠 글도 그림도 아프지 않다.

관계를 위한 마인드맵을 시작하면서 털어내기만 한 것은 아니다. 사랑하는 사람들을 위한 고마움을 가지 위에 얹었다. 나를 아프게 하는 사람을 신경 쓰느라 정작 날 아껴주는 사람들을 챙기지 못했다.

요즘은 내 사람들을 위한 마인드맵을 자주 그린다. 가지위에 얹혀 달라며 단어들이 살랑인다. 종이 가득 분홍빛 가지들이 춤을 춘다. 내가 좋아하는 사람들을 가득 얹었다.

마인드맵으로 어려움을 정리했다. 소중한 것에는 표현했다. 변화가 시작되고 있다.

04
인생, 정리 정돈

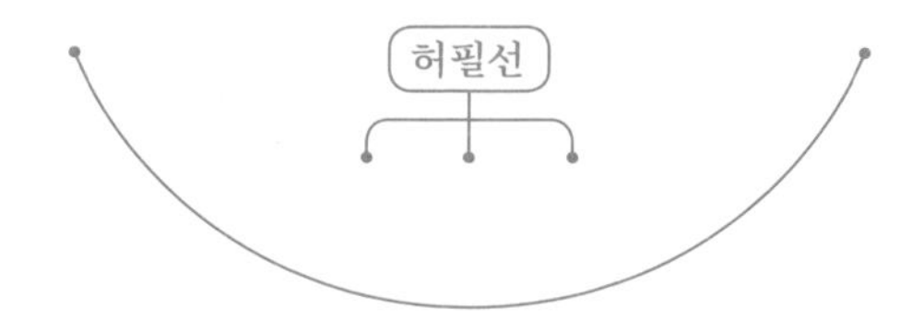

나는 아침을 시작하는 나만의 방식이 있다. 눈을 뜨면 팔굽혀펴기와 스트레칭을 한다. 그리고 10분 명상을 한다. 몇 년 전부터 지속해온 나의 아침을 맞는 방법이다. 아침뿐만이 아니라 나는 몇 가지의 루틴이 있다. 루틴을 통해 나는 좋은 습관을 만들기도 하고 선택으로 낭비되는 시간을 줄이기도 한다. 루틴은 낭비를 막아 에너지를 필요한 곳에 더욱더 쓸 수 있도록 하고, 낭비를 막는 작업이다.

마인드맵을 할 때도 루틴이 있다. 가운데 메인 주제를 그린다. 그리고 가지를 3개에서 4개 정도 먼저 그린다. 이때 가지는 서로 다른 색을 사용한다. 그런 후 가지 위에 키워드를 적는다. 가지를 먼저 그리는 것으로 큰 그림을 만들어 생각이 담길 장소를 먼저 만들어 놓는다. 이런 작업은 삶의 루틴을 만드는 것처럼 효율성을 높여주고, 생각의 낭비를 막아준다. 우리가 삶에서 마주치는 문제는 처음에는 어렵게 보이는 경우가 많다. 하지만 그 문제가 진짜 어려운 경우는 별로 없다. 유심히 들여다보면 크게 3개에서 5개의 가지로 나눌 수 있는 것들이다. 그래서 마인드맵의 큰 가지를 3개 정도 그려놓으면 일반적인 마인드맵을 그 안에서 대부분 펼칠 수 있다. 이렇게 마인드맵으로 3개의 생각으로 분류하는 것에 익숙해지니 생각을 할 때도 3가지로 분류하며 생각할 때가 많아졌다. 어떤 문제가 닥치면 당황하지 말고 생각을 한다. 나에게 이렇게 주지시킨다.

'우선, 문제를 3가지로 나눠보자' 그렇게 마음을 진정시키고 3가지 측면에서 생각한다. 한 번 생각할 때 하나의 가지에 있는 것만 생각하고, 정리가 다 되면 다음 가지로 넘어간다. 두 번째 가지에 대한 정리도 끝나면 마지막 세 번째 가지로 생각을 옮긴다. 이렇게 어려운 문제를 세 가지로 나눠 생각하고 정리를 해보면 어려운 문제가 어느새 쉬운 세 가지의 문제로 바뀌고, 그에 해당하는 할 일이나 해결책을 찾을 수 있다. 물론 마인드맵을 처음 시도했을 때는 이런 사고를 한다는 것이 불가능했다. 마인드맵을 그려도 해결책보다는 더 어려운 그림 또는 불필요한 생각으로 연결되곤 했다. 하지만 오랫동안 마인드맵을 사용하고, 문제를 단순화하는 연습을 하면서, 마인드맵의 진짜 효과가 나타나기 시작했다. 생각과 마인드맵이 거의 비슷하게 돌아가기 시작한 것이다. 생각은 마인드맵을 닮아가고, 마인드맵은 생각을 닮아가고 있었다. 많은 생각을 하는 것보다, 많은 것을 적는 것보다 정말 중요한 것을 뽑아내고, 흐트러지는 생각을 내가 원하는 곳에 집중하는 힘이 길러졌다. 처음에는 잘 몰랐지만, 마인드맵에 익숙해지고, 생각하는 방법이 변하면서 마인드맵이 생각하는 힘을 강하게 해주고, 삶을 효율적으로 만드는 정말 좋은 필기 방법임을 알게 되었다.

이전의 내가 마인드맵의 효과를 정확히 알지 못했던 이유는 마인드맵을 하는 방법을 몰라서가 아니었다. 생각하는 방법을 몰랐기 때문이었다. 머릿속에 분류되지 않고, 이런저런 생각들이 어지럽게 나열되어 있으니, 하나의 일을 하면서도 여러 가지 생각이 오가고 있었다. 하나에 집중하지 못하고, 이것저것으로 생각이 옮겨 다니며, 마무리되지 않고, 끝맺음을 보지 못했다. 분명 많은 시간을 들여 일은 하지만 제대로 하는 일도 없고, 시간을 낭비하고 있었다. 그러니 하는 일에 대한 성과가 쉽게 나오지 않았다. 마인드맵을 하면서 생각하는 방법에도 많은 변화가 찾아왔다. 물론 마인드맵만의 효과는 아닐 것이다. 책도 많이 보고, 사색도 자주 하고, 명상도 하고, 글도 쓰는 최근의 행동이 복합적으로 영향을 미친 것이다. 하지만 그 중에서 마인드맵의 효과도 분명 무시하지 못할 만큼의 지분을 가지고 있다.

마인드맵을 자주 그리면서 분류적 사고에 익숙해졌다. 그리고 하나의 생각에 집중하게 되었다. 그 시작은 중앙 이미지 또는 중앙 글에 있다. 마인드맵의 중앙에 생각해야 하는 것에 관한 내용이 큼지막하게 자리를 잡고 있으니, 생각이 다른 곳으로 흘러가는 것을 막아준다. 하나의 주제에 집중하는 시간이 길어진 것이다. 하나에 집중도가 높아지니, 더 깊이 있는 생각을 할 수 있게 되었다. 그리고 하나의 생각이 끝나기 전까지는 다른 생각으로 넘어가는 양이 줄어들었다. 마인드맵을 본격적으로 하면서 명상도 같이 시작했고, 그러면서 이런 깊이 있는 사고와 하나에 집중하는 사고의 힘이 상당히 깊어졌다.

생각에 대한 정리 정돈이 항상 힘들었던 나에게 마인드맵과 명상을 통해 집중하는 힘이 길러지자 나의 하루를 계획하고 실행하는 데 상당히 도움이 되었다.

오늘 하루를 그려보며, 해야 할 일이 몇 가지인지 아침 출근길에 생각한다. 그리고 회사에 도착하면 다이어리에 옮겨 적는다. 옮겨 적을 때는 브레인스토밍처럼 해야 할 일을 순서에 상관없이 생각나는 대로 옮겨 적는다. 그리고는 순번을 메긴다. 어떤 일을 제일 먼저 해야 하고, 어떤 일은 조금 미루어 오후에 해도 될지 정한다. 이렇게 하루 할 일을 브레인스토밍으로 정리하고 나면 그날 어떻게 살아갈지에 대한 윤곽이 대략적으로 보이기 시작한다.

아침에 몇 가지 간단하면서 급한 일을 처리하고 나면 중요한 일을 해야 할 차례이다. 이때 머릿속이 복잡하면 마인드맵을 그린다. 메인 가지에 올라올 만큼 중요한 키워드가 어떤 것인지 찾고, 3~5개 정도를 뽑아낸다. 그런 후 세부 가지를 그리며 생각을 분류하거나 확장한다. 그런 과정에서 좋은 아이디어가 나오기도 하고, 기존에 생각하지 못한 생각이 떠오르기도 한다. 그리 오랜 시간이 걸리지는 않는다. 자투리 시간에 이미 머릿속에서 생각을 한번 정리하고 마인드맵을 그리기 때문이다. 마인드맵을 그릴 때는 잊지 않아야 하는 것이 있거나, 글자를 통해 보면서 빠트린 것이 있는지 확인하기 위해서거나, 깊이 있는 생각을 몰입하기 위해 생각을 바라볼 필요가 있을 때 주로 한다. 그래서 마인드맵은 짧은 시간에 그리고, 마인드맵으로 나오지 않은, 아직 영글지 않은 생각에 집중한다.

마인드맵을 나에게 맞는 방식으로 사용하면서, 생각을 정리하는 것이 편해졌다는 것을 자주 느끼게 된다. 복잡한 생각이 많이 단순화되었기 때문이다. 마인드맵을 처음에는 필기도구로 접근했지만 사용하면 사용할수록 생각 도구라는 말에 동의하게 된다. 마치 옷장을 정리하고 나면 빈 곳에 새로운 옷을 들여놓게 되는 것처럼 말이다. 나는 마인드맵으로 머릿속 정리하기 시작했다. 그 빈 곳에는 더 좋은 생각들로 가득 채우기 시작했다.

05
시간이 늘어났다

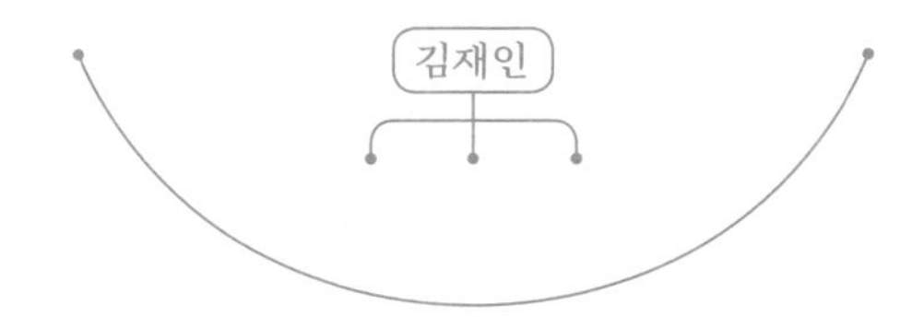

맵스쿨 6개의 기수를 빠짐없이 진행해오며 500장 이상의 마인드맵을 그렸다.

"연년생 아이들 키우랴, 집안일 하랴, 자기 계발하랴, 심지어 일도 하면서 어떻게 시간 쪼개서 마인드맵을 그려요?"

이런 질문을 종종 받는다. 마인드맵을 매일매일 그리다 보면 일과가 빠듯하여 시간이 없을 것 같다. 하지만 맵스쿨을 진행하는 동안 하루 3장의 마인드맵을 그리면서도 나의 생활은 평소와 크게 다를 게 없었다. 마인드맵이라는 도구가 나에게 스케줄러 역할을 해주었다. 마인드맵의 활용은 무궁무진하지만, 그중에서 일상 시각화는 워킹 맘의 입장에서 굉장히 유용하다.

"마인드맵 정말 잘 그리시네요! 저도 배워보고 싶어요!"

나도 마인드맵을 잘 그린다는 말을 항상 들었던 것은 아니다. 맵스쿨을 처음 시작했을 때는 마인드맵이 무엇인지도 잘 모르고 방법도 모르고 무작정 그리기 시작했었다. 맵스쿨을 시작하면 미션 첫날부터 마인드맵을 그리는 방법을 알려주지 않는다. 다른 분들의 마인드맵이나 마인드맵 책을 참고하며 따라 그리든, 내가 그리고 싶은 대로 우선 자유롭게 그리라고 한다. 마인드맵을 처음 시작하는 입장에서 부담될 수 있다. 그러나 마인드맵의 효과를 확실하게 체험하려면 이만한 방법이 없다고 본다. 나보다 잘하는 선배들의 마인드맵을 보며 나도 모르게 비교하게 되고 더 완벽하게 잘하고 싶은 마음이 들기도 한다. 그러다 보니 하나의 마인드맵을 완성하는데 채색까지 완료하다 보면 한 시간 이상의 시간이 걸리기도 했다.

"남들과 비교하지 마세요. 나의 1번 마인드맵과 나의 100번 마인드맵을 비교하세요."

오소희 강사님의 말씀이 내 뒤통수를 내리쳤다. 남들과 비교하는 순간 마인드맵을 그리는 자체가 꺼려지고 꾸준히 지속하기가 어렵다. 절대 비교금지! 마인드맵을 100장, 200장 그려보면서 나만의 스타일을 찾아내는 것이 중요하다. 나도 이제는 나만의 스타일과 요령이 생겨 빠르면 10분 내로 하나의 맵을 완성하기도 한다. 마인드맵 그리는 시간이 단축되니 나의 시간을 효율적으로 활용할 수 있게 되었다.

한 달 동안 하루 3장의 마인드맵을 그리며 90장의 마인드맵을 완성하는 게 맵스쿨의 가장 큰 미션이다. 과정이 끝난 한 달 뒤의 나는 내가 생각했던 것보다 많이 성장해있다. 작은 성공이지만 그 성취감을 무시할 수 없다. 작은 성공이 모여 큰 성공을 이룬다고 하지 않는가. 결혼하고 아이들의 엄마가 되고 나서는 성취감이라고는 느낄 수 없었다. 그러다 나도 무언가 꾸준히 지속하며 성과를 낼 수 있다는 자신감이 생기게 되었다.

"나도 너 그리는 거 보니 맵스쿨 등록해서 마인드맵 배우고 싶긴 한데, 내가 과연 할 수 있을까? 하루 한 장 그리기도 힘들어서 못 하겠어. 너니까 가능한 거지."

주변에서 가장 많이 듣는 말이다. 그분들의 마음을 이해하지 못하는 것은 아니다. 나도 처음에는 하루에 3장씩 그리는 것이 가장 큰 부담이었다. 하지만 맵스쿨의 스파르타 방식이 나를 더 성장하게 해주었다는 건 확실하다. 미션을 완수하기 위해서 하루 3장을 그려야 하는 것인데, 필수는 아니다. 단순히 습관을 잡기 위한다면 하루에 한 장만 그려도 무방하다. 맵스쿨은 마인드맵에 대한 부담을 주기 위한 과정이 아니라는 점을 기억해주길 바란다. 하루에 한 장이 어려우면 일주일에 한 장이라도 그려보는 것은 어떨까? 부담을 내려놓고 시작하는 데 의의를 두길 바란다.

바쁜 일상에서 가장 도움이 되었던 것은 마인드맵을 활용한 일정 관리다. 하얀 종이 가운데에 떠오르는 이미지를 하나 검색해서 따라 그린다. 생각나는 이미지를 직접 그려도 된다. 나는 인터넷에서 그림을 찾아 그렸다. 무슨 그림을 그릴까 고민하는 것도 시간 낭비라 생각한다면 검색하여 따라 그리기를 추천한다. 중심 이미지를 가운데 두고 가지를 쭉쭉 뻗어 나가며 스케줄을 정리하다 보면 어느새 머릿속에도 해야 할 일들이 그림처럼 새겨진다. 그저 흘려보낼 하루도 마인드맵을 그려보면 체계적으로 보낼 수 있다. 주부나 직장인들은 매일 반복되는 일상이 지루하게 느껴지기 마련이다. 매일 한 장의 일과 마인드맵 그리기라도 지속해보길 추천한다. 완성된 마인드맵을 보면서 성취감도 느끼고 힐링이 되기도 한다. 컬러링북이 괜히 나왔을까. 마인드맵을 그리는 것을 색칠 공부한다고 생각하는 것도 좋은 방법이다. 마인드맵에 대한 부담도 줄어들지 않을까 싶다. 더불어 가지를 뻗어 나가다 보면 소소한 일상에서 감사함도 찾을 수 있게 된다. 이처럼 마인드맵의 매력에 푹 빠져버리면 헤어 나오기가 쉽지 않다. 중독성이 어마어마한 도구다.

이렇게 마인드맵은 하루라는 한정적인 시간을 효율적으로 사용하게 해주는 고마운 도구다. 활용할 수 있는 시간이 늘어난 것은 기본이다. 가장 좋은 것은 마인드맵을 그리며 내 속에 악마처럼 꿈틀대던 우울감이 마인드맵 가지들이 방사형으로 뻗어 나가듯 조금씩 흩어지기 시작했다. 마인드맵을 그리다 보면 내 안에 우울감의 원인을 시각화할 수 있다. 객관적으로 감정을 들여다봄으로써 내가 나를 안아줄 수 있게 된다.

외부로부터 원인을 찾는 것보다 내 안에서 감정의 원인을 찾는 것이 진정으로 그 감정을 해소하는 좋은 방법의 하나다. 산후우울증을 겪는 엄마들에게 마인드맵을 알려주고 그들의 마음 치유를 위해 도움을 주고 싶은 생각을 하게 된 것도 이 때문이다. 신경정신과에 가서 상담 받고 신경안정제며 항우울제를 복용해도 해결되지 않던 부분이 마인드맵으로 해결되었다. 많은 엄마에게 당신의 삶에 위로가 될 수 있는 마인드맵을 소개해주고 싶다.

06
자존감과 자신감

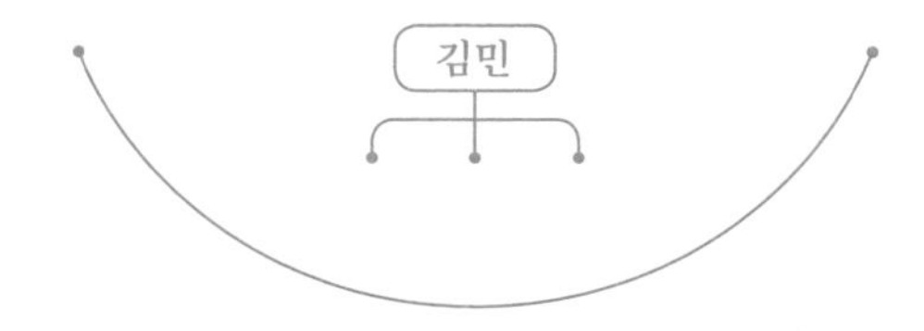

아이들에게 물려줄 수 있는 가장 큰 유산은 무엇일까? 아파트, 땅, 금, 은, 건물 등 재산을 많이 물려주면 좋을 것이다. 맨땅에 헤딩하며 맨손으로 시작하는 것이 아니라 출발선을 조금 앞에서 시작할 수 있을 테니까 말이다. 생각해보았다. 다른 것은 없을까? 삶을 살아가면서 꼭 필요한 그런 것.

자기 자신을 사랑하는 자존감과 어떤 일이든 할 수 있다는 자신감을 물려주는 것이 좋지 않을까 한다. 아무리 큰 자산을 물려준다고 해도, 아이가 그것을 운용하고 관리할 수 없다고 하면 오래가지 못할 것이기 때문이다. 자존감과 자신감이 충만하다면 어떤 일을 하든지 자기 자신을 믿고 자신 있게 행동하고 도전할 수 있기 때문에 스스로 재산을 일구어 가기에도 부족함 없을 것이라 생각한다.

자존감과 자신감은 어떻게 물려줄 수 있을까? 후천적으로 발달할 수 있도록 도와줄 수 있을까? 슈퍼에서 과자 사듯이 살 수 있는 것이 아니다. 그저 삶에서의 많은 경험과 주변의 반응이 아이의 자존감과 자신감을 키우는 것에 큰 영향을 준다고 생각한다.

막내가 세 살 일 때 밖에 나가려고 준비를 하고 있을 때였다. 외출복을 입고 나가자고 얘기를 하고 신발을 신고 있었다. 그런데 아이가 나오지를 않았다. "하준아, 나가야 하는데 왜 안 와? 식구들 다 기다려." 아무리 불러도 대답이 없고 다른 반응도 없었다. 다시 신발을 벗고 들어가 보니 아이가 외투 지퍼를 올리느라 씨름을 하고 있었다. 가만히 들여다보았다. 작은 손으로 지퍼의 끝을 맞추고 올리려는데 끝이 잘 맞지 않아 지퍼가 올라가지 않고 있었다. 얼른 손을 뻗어 대신해주려고 하다가 손을 멈추고 그저 바라보았다. 지퍼를 한쪽만 올렸다가 다시 내렸다가. 다시 맞춰보려 노력하고 다시 올렸다가 또 한쪽만 올라가서 다시 내리고. 대 여섯 번쯤 반복하더니 얼굴이 빨개지고 숨은 거칠어지기 시작했다. 씩씩 거리면서 '안 나가. 나는 이런 것도 못하는 바보야.'라며 울기 직전이었다. "하준아, 천천히 해봐. 식구들은 다 너를 기다리고 있어. 걱정 마. 먼저 가지 않아. 차근차근해보자."

5분 정도 걸렸을까? 드디어 지퍼가 제대로 올라갔다. 그때 아이의 얼굴에는 세상을 다 가진듯한 기쁨이 가득했다. 5분만 기다려주면 된다. 삶에서의 작은 성공들이 모여 자신감을 키워주는 것이다. 5분을 기다려서 아이의 자존감과 자신감을 키워줄 수 있다면 시도해 볼 만 하지 않은가? 시도를 하는 과정에서 기다려주고 믿어주고 '할 수 있다.'고 응원하는 가족의 사랑을 받으며 자존감이 크는 것이라 생각한다.

부모님과 함께 있는 시기에 삶에서 작은 성공의 경험을 많이 할 수 있도록 해준다면 자존감과 자신감을 키워주는데 도움이 될 것이다. 그 방법 중에 한 가지를 소개하자면 마인드맵을 그리는 것이다. 마인드맵을 그리는 것은 매일 아주 작은 성공을 경험할 수 있는 좋은 방법이다. 한 장의 완성된 마인드맵을 그려내는 것 또한 작은 성공이기 때문이다.

처음 마인드맵을 그리던 날 한 장을 그리는데 40분이 걸렸다. 크기가 커다란 것도 아니었다. B5 크기의 손바닥만한 작은 종이였다. 내용이 많은 것도 아니었고, 내 이야기를 쓴 것도 아니었다. 없던 것을 창작하는 것도 아니었다. 그저 참여했던 프로그램의 내용을 정리한 것이었다. 다 쓰여 있는 내용을 정리하는 데에도 무척 오래 걸렸다. 서툴렀다. 볼펜을 잡은 손을 떨렸다. 선은 삐뚤빼뚤하게 그려졌다. 틀리면 누가 뭐라 한다고 그렇게 떨었을까. 다른 사람의 시선과 평가를 두려워하며 40분이 넘게 걸려 완성된 마인드맵은 그저 그랬다. 중앙 이미지는 어설펐고, 주가지와 부가지는 길이도 안 맞고 위치도 제멋대로였다. 그때 온라인으로 같이 공부하던 단톡방에 이 마인드맵 사진을 올릴까 말까 수 십 번 고민했다. '비웃으면 어쩌지. 다른 사람들은 되게 잘했는데, 나는 왜 이럴까.' 비교하는 마음이 망설이게 만들었다. 용기를 내서 올렸다. 두근두근. 뭐라고 하는 사람은 아무도 없었고, 오히려 완성한 것을 축하받고 칭찬을 듣게 되었다. 이때 나도 할 수 있다는 자신감이 생기고 나도 능력 있는 사람이구나 하는 자존감도 생겼다.

그날 이후로 1000장에 가까운 마인드맵을 그리고 있다. 매일 작은 성공의 경험을 하고 있다. 이제는 내가 보기에 완벽하지 않은 마인드맵이어도 자신 있게 공개하기도 하고 블로그에 마인드맵 사진을 넣어 글을 쓰기도 한다. 그러다 보니 마인드맵을 잘한다는 이야기도 듣게 되었다. 꾸준히 그리기만 했을 뿐인데 자신감과 자존감이 점점 커가게 되었다. 우리 아이들에게도 이런 경험을 하게 해주고 싶었다. 내가 먼저 겪어 보았기 때문에 분명 아이들에게도 도움이 될 것이라 확신했기 때문이다.

평생의 유산으로 물려주고 싶은 자존감과 자신감은 멀리에서 오는 것이 아니다. 이미 우리 곁에 있다. 주워 담기만 하면 되는 것이다. 삶의 순간순간에서 키워 줄 수 있는 것이며 아주 가까이 있는 것이다. 오늘 아이들과 하루를 감사하는 마인드맵을 그려보며 서로 칭찬도 하면서 엄마와 아이 모두의 자존감과 자신감을 키워 봐야겠다.

마인드맵을 함께 그려보는 것은 엄마와 아이가 함께 성장하는 시간이 된다. 아이들과 마인드맵을 그려보면서 처음 마인드맵을 그리던 내 모습이 보이기도 한다. 어렵다고 하면서 그리다 멈추기도 하고 짜증을 내기도 한다. 그럼에도 나보다 훨씬 나은 것은 금방 마인드맵을 쓱쓱 그려내었다. 처음 마인드맵을 완성한 아이들의 얼굴에서 성공한 사람의 기쁨과 여유로움까지 느껴졌다. 분명 아이들의 마음속에 자존감과 자신감이 조금은 자랐을 거라 생각한다. 아이들에게 이유 있는 칭찬을 해주는 것이 좋다고 하는데, 마인드맵을 그리는 것만으로도 큰 시도를 한 거라고 하면서 폭풍 칭찬을 해 줄 수 있어서 엄마로서의 자존감도 올라가는 경험이 되었다.

07
정답보다 질문

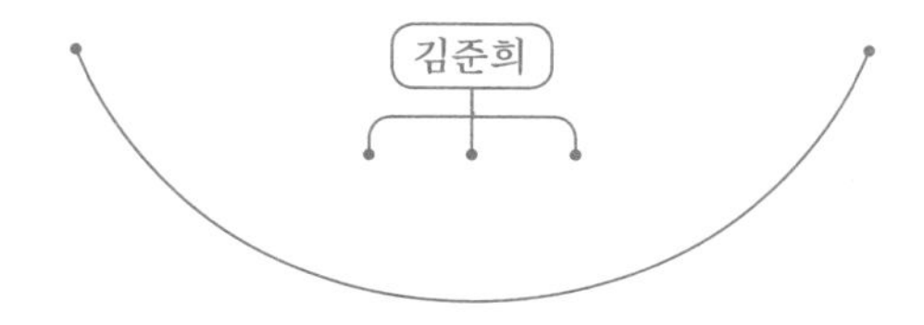

세상에 옳다고 여겨지는 정답들은 많이 있다. 하지만 그 정답들이 내게 다 맞지는 않았다. 나에게 맞는 답을 찾아 많이도 헤매었다.

처음 엄마가 되었을 때는 걱정이 가득했다. 이 작고 여린 아이를 어떻게 키워야 하는지 배운 적이 없었다. 잘할 수 있을지 자신이 없었다. 그래서 육아서를 읽기 시작했다. 많은 육아법을 탐독했다. 전문가들이 얘기하는 대로 하면 될 것 같았다. 그게 정답이라 생각했다. 그런데 자꾸 나와 맞지 않는 부분이 드러났다. 책에서는 아기가 채소를 싫어하면 곱게 다져서 볶음밥을 해주면 된다고 했다. 우리 아이는 볶음밥에 든 채소도 먹지 않았다. 아이가 속상해할 때는 아이 마음을 읽어주며 안아주라고 한다. 하지만 우리 아이는 안아주면 더 악을 쓰며 울었다.

'이렇게 하는 게 맞는 방법이라고 했는데 왜 안 되는 걸까?, 나는 책에 나온 엄마들처럼은 못 하겠는걸?, 이게 정말 해보고 나서 한 이야기란 말인가?' 정답을 향한 도전과 반복되는 실패로 책에 나온 이야기들마저 믿지 못하게 되었다. 그대로 따라서 하면 될 것 같은데 아니었다. 아이는 아이였고 나는 나였을 뿐이었다. 그저 각기 다른 두 사람이 남이 얘기해준 '하나의 정답'을 향해 가려고만 했다. 그 여정은 쉬울 리가 없었다.

아이가 자라서 초등 고학년이 되자 엄마 말이 자꾸만 튕겨 나왔다. '싫어!, 화가나!, 억울해!'라는 말이 많아졌다. 사춘기라는 것이 왔구나 싶었다. 치열한 전쟁을 치러야 하나 하는 생각에 덜컥 겁이 났다. 어떻게 해야 이 시기를 잘 헤쳐 나갈 수 있을지 걱정이 되었다. 고민의 답을 찾기 위해서는 계속 생각을 해야 했다. 그때 즈음에 다행히도 마인드맵을 알게 되었다. 생각의 경로를 찾아가는 마인드맵을 그리며 답을 찾아보았다.

종이를 펴고 가운데에 밝게 웃는 아이의 얼굴을 그린 후 가만히 들여다보았다. '무엇이 이 아이를 화나게 했을까? 무엇을 하고 싶은 걸까? 지금 어떤 마음일까? 나는 어떤 엄마이기를 원하는가?' 답답함을 해결할 수 있는 질문들을 가지 위에 적어보았다. 마음이 먹먹해졌다. 고해성사하듯 답을 적어 내려갔다. 그림 속의 아이가 되어서 생각해 보았다. 코로나로 인해 좋아하는 친구도 편히 만날 수 없다. 회사에 다니는 엄마 대신 동생도 돌봐야 했다. 장녀이고, 초등 고학년이라는 이유로 엄마는 해야 할 일들만 잔뜩 늘어놓는다. 속상하고 화가 났을 법하다. 아이의 감정의 원인을 찾아서 가지를 만들어 보니 화가 나는 상황이 이해가 되었다. 하지만 여전히 좋은 엄마를 하고 싶다는 내 마음도 보였다. 희로애락을 함께 들어줄 수 있는 엄마로 있고 싶었다. 그러자 지금 상태로는 안 된다는 생각이 들었다. 문제를 파악하니 답을 찾아야 했다. 뻔한 정답이 아니라 내가 할 수 있는 답이 필요했다.

아이와의 관계에 있어 가장 좋은 것은 '표현'이라고 들었던 것이 생각났다. 몸으로 하는 스킨십, 말로 하는 애정표현이 필요한 때라는 판단이 섰다. 하지만 아이와 자주 싸우고 혼을 냈던 시기였다. 하루아침에 아이를 끌어안고 사랑한다고 말하기가 어색했다. 이미 사춘기에 접어든 아이에게 급작스러운 표현은 오히려 가식적으로 보이지 않을까 걱정도 되었다. 그게 자녀와의 관계에서 정답이라 해도 나에게 맞는 방법이 아니었다.

나에게 맞는 답을 찾기 위해 다시 마인드맵을 그렸다. 종이 가운데에 아이를 안고 사랑한다는 말을 하는 그림을 그렸다. 애정표현을 해야 한다. 가지 위에 스킨십이라 쓰고 내가 아이와 할 수 있는 스킨십들을 적어보았다. 그러자 '포옹', '뽀뽀', '손잡기', '간지럼 피우기', '함께 목욕하기', '머리 쓰다듬기', '등 두드려주기'라는 키워드들이 나왔습니다. 그중 내가 지금 할 수 있는 것이 보였다. 쓰다듬기는 당장 할 수 있었다. 그날 저녁부터 바로 오며, 가며 아이를 쓰다듬었다. 간식을 먹는 아이의 등을 쓰다듬고, 학교에 가는 아이의 어깨를 두드려주었다. 책을 보는 아이의 팔을 쓰다듬고 잠자리에 누운 아이의 머리를 어루만졌다. 1초의 스킨십이었다. 그리고 의식적으로라도 예쁜 말을 해주려고 계획했다. 일하다 보면 하루가 어떻게 지나가는지 모른다. 금방 밤이다. 시간을 정하지 않으면 자꾸 잊을 것 같은 생각이 들었다.

가지를 내어서 언제 예쁜 말을 들려줄 수 있겠는지 내게 물어보았다. 그러자 '퇴근 후 바로', '잠자리 들기 전', '일어나자마자', '메모 남기기'라는 키워드들이 나왔다. 그중 '메모 남기기'를 하기로 했다. 메모를 쓰는 것은 시간을 정해두면 규칙적으로 할 수 있을 것 같았다. 매일 아침 일어나자마자 아이에게 메모를 쓰기로 했다. '오늘도 사랑해', '언제나 네 편이 될게', '엄마가 응원하고 있어!' 예쁜 말들을 적은 메모는 아이가 일어나자 볼 수 있는 곳에 붙여 두었다. 그러자 처음에는 쓰다듬는 것을 의아해하던 아이가 어느 순간 다가와서 살짝 기대고 가기 시작했다. 메모를 깜박 잊은 날에는 오늘은 메모 없냐고 먼저 물어본다. 그 메모들은 지금도 아이의 책상에 빼곡히 붙어있다. '1초의 스킨십'과, '메모로 마음 전하기'는 마인드맵으로 찾은 나만의 정답이다.

그동안 답을 모르겠을 때마다 책을 찾아보거나, 지인들을 찾아가 상담을 했었다. 빠른 답을 찾고 싶었다. 하지만 수많은 육아서를 읽어도 답답했다. 친구에게 물어봐도 속 시원하지 않았다. 내 문제인데 나를 배제하고 답을 찾으니 문제는 해결되지 않았다. 내가 왜 못하는지, 우리 아이와 저 책 속의 아이가 다른 점은 무엇인지 아는 것이 중요했다. 내 마음은 왜 힘이 드는 것인지, 진짜 원하는 것은 무엇인지 알아야 했다. 그렇게 질문을 하는 것이 먼저였다. 물어보는 과정 안에서 내가 나를 이해할 수 있었다. 할 수 있는 것을 찾으니 문제를 해결할 방법이 보였다.

세상에서 가장 먼 거리가 머리에서 가슴까지라고 한다. 세상의 정답을 머리로는 받아들일 수 있지만, 나에게 맞는 답은 내 마음에 있었다. 나를 알고 내게 다가가는 길. 그것은 정답을 향해 가는 것보다 빠르고 강하게 모든 것을 변화시킨다.

이제는 문제가 생기면 마인드맵을 그린다. 나를 가장 잘 아는 '나'에게 질문을 한다. 성심성의껏 대답을 하다 보면 정답을 찾을 수 있다. 수많은 답 중 내가 선택할 수 있는 답이 '정답'이다. 마인드맵은 그 정답을 찾을 수 있는 도구이다.

08
어느새 그리고 있다

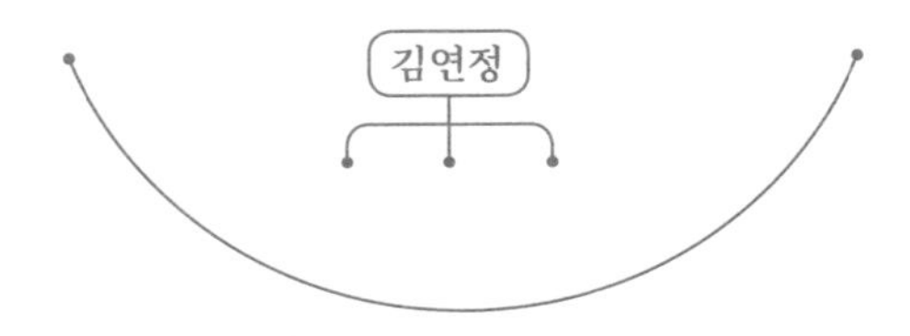

2021년 11월 마인드맵 1,000장을 넘겼다. 일 년을 2~3장씩 그렸다.

"어렵다. 야, 뭐 이렇게까지 하니?"

내 마인드맵 노트 마지막 장을 넘기며 친구가 말했다.

"그러게, 왜 이렇게까지 할까?" 입 밖으로 꺼내자 나도 궁금했다.

마인드맵 첫 시작은 '따라 그리기'였다. 구글 키워드 검색으로 이미지를 찾았다. 끝도 없이 펼쳐지는 그림 세계를 한참 떠돌다 내 취향을 파악했다. 똑같이 표현하기 어려웠지만 그래도 괜찮았다. 한 장의 결과물로 충분히 만족스러웠다. 첫 시도는 쉽고 단순했다.

모방은 창조의 어머니라고 했던가. 따라 그리기에 익숙해지자 내 마인드맵을 변형하고 싶었다. '내 이야기를 한번 꺼내볼까?' 걸어온 발자국을 따라 기억 속 이야기 주머니를 펼쳤다. 미취학-초등학생-중학생-고등학생-대학생. 학창 시절을 대표하는 키워드를 떠올렸다. 〈이사〉 학업, 학교, 공부, 친구도 아닌 '이사'라니. 의외의 키워드에 놀랐다. 첫 기억부터 결혼 전까지 거쳐 간 집은 14곳. 결혼 후 12번의 이사, 현재 26번째 집에 산다.

마인드맵 종이 중앙에 집을 그렸다. 환경에 큰 영향을 받았던 내 학창 시절이 떠올랐다. 종이 위에 지난날들이 스며들었다. 마치 유년 시절 일기장을 보는 듯했다. 내 삶은 헤어짐과 만남의 반복이었다. 1~2년마다 달라지는 환경에 내 마음 한 켠 내주기 어려웠다. 과거 흔적에서 현재 나를 보았다.

"아, '적당한 거리' 내 인간관계 공식은 이때부터 시작됐구나."

이렇게까지 마인드맵을 그리는 이유 하나를 찾았다. 마인드맵에서 나를 읽고 있었다.

코로나19 시작으로 남편과 나는 아이들 교육에 의견이 엇갈렸다. 주요 이슈는 미디어 사용, 사교육, 생활 습관이었다. 그중 미디어 사용에 특히 예민했다. 비대면 온라인 수업을 시작으로 미디어에 노출되는 시간이 길었다. 갈등을 미연에 방지하고자 아들의 핸드폰 사용을 통제하고 제한했다. 반면 남편은 자율성을 주장했다.

그날이었다. 나는 수업 중인 아들에게 시원한 음료를 주려고 방문을 살짝 열었다. 아들은 화들짝 놀라며 재빠르게 손을 움직였다.

'이 자식이!'

올 것이 왔다. 모니터를 즉시 확인하고 싶었으나 수업 시간이라 꾹 참았다. 이후에도 아들은 수업 시간에 짬짬이 온라인 활동을 즐겼다. 내 눈을 요리조리 잘도 피했다. 속이 부글부글 끓어올랐다. 아들을 바라보는 내 시선이 뜨거웠다. 의심으로 가득 찼다.

'내 눈에 딱 한 번만 걸려라.'

엄마가 아들의 정탐꾼이라니. 유치하기 짝이 없지만, 파파라치를 자처했다. 생생한 현장을 증거자료로 남기려 했다. 나의 옳음을 남편에게 증명할 유일한 방법이었다. 얼마 못 가 나는 지쳤다. 이 짓이 지긋지긋했다. 직접적인 목격자는 남편이어야 했다며, 모르는 게 상책이라며 나 혼자 투덜댔다. 아들에 대한 불신, 내 마음에 공감하지 못하는 남편의 말투에 불편함을 넘어 분노를 켜켜이 쌓았다. 갈등의 불씨는 오래도록 꺼지지 않았다.

분풀이하듯 마인드맵을 그렸다. 중심 이미지부터 작은 이미지까지 온통 시뻘겠다. 성난 내 마음이 여실히 드러났다. 갈등 상황, 마음 상태, 불편한 이유. 생각나는 대로 휘갈겨 썼다. 알아보기 힘든 글씨였다. 한참을 적고 보니 희한했다. 이상하게 남 일 같았다. '왜 이렇게 화가 났을까?' 불안한 감정 때문이었다.

나는 4년간 아들 교육을 책임졌다. 우리는 학교에서 사제지간이었다. 아들의 좋은 모습을 남편에게 보여주고 싶었다. 내 교육의 결과는 반드시 좋아야 한다는 강박이 거친 분노의 감정을 일으켰다. 내 마음은 냉철하지 못했다.

마인드맵을 가만히 응시했다. 피투성이였다. 상처 자국을 닦았다. 마인드맵 종이 위에 키워드를 쓰며 한 번, 작은 이미지들을 그려주며 두 번, 마지막으로 색상을 입혀주면서 세 번. 그리고 붕대로 싸매었다. 나를 바라보는 3인칭 관찰자가 되자 부끄러운 마음이 슬며시 들이밀었다. 아이를 의심했고 남편에게 한없는 이해만을 바랐다. 정작 상처를 받은 쪽은 그들이었다. '내 시선이 얼마나 따가웠을까?' 비로소 상대의 입장을 돌아볼 여유가 생겼다. 마인드맵을 그리며 새살이 돋아나는 치유를 경험했다.

삶의 고비마다 마인드맵을 그렸다. 수백 장 쌓였다. 그 수만큼 나를 만났다. 타인의 시선이 무서운 나, 한계에 부딪힌 나, 온갖 부정적 감정을 쏟아내는 나, 꿈꾸는 나, 열등한 나, 자유를 발견한 나. 마인드맵은 나였고 내 역사였다. 시계추가 멈추어도 마인드맵에 그려진 생각 가지들은 내 존재의 흔적으로 숨 쉬리라.

09
길게 보는 안목

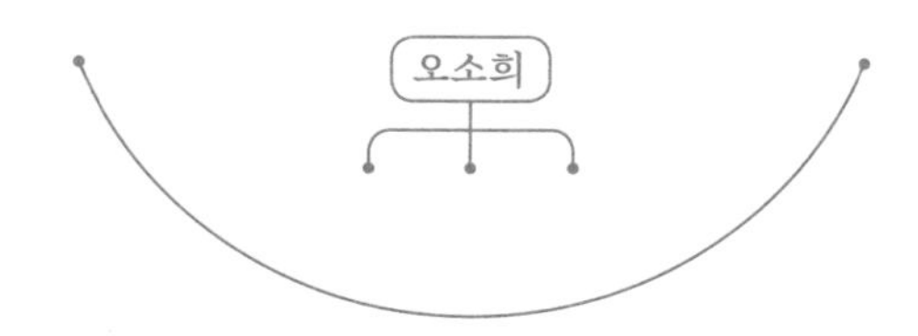

내 인생 5년 후.

가장 좋아하는 책이다. 강력하게 추천하는 책이다. 목표와 시간관리에 관심이 많다. 10년마다의 키워드를 적어두고 살아가던 나에게 안성맞춤이다. 20대는 실패, 30대는 도전, 40대는 성장, 50대는 성공을 키워드로 살아왔다. 기업교육을 하며 가슴 아픈 사실을 발견했다. 대한민국의 많은 학생과 성인에게 꿈이 없다는 것이다. 장기적인 목적이 아닌 바로 코앞의 목적만을 위해 산다는 것. 꿈의 부재와 어긋난 시간관리.

대한민국이 어쩌다 이렇게 꿈이 없는 나라가 되었을까. 교육자로서 참 답답하고 궁금한 내가 몇 가지 이유를 추리해보았다.

부모도 자녀도 '꿈'이 없어서이다.

신입사원 교육을 자주 의뢰받는다. 셀프리더십이라는 주제 아래 목표와 시간관리를 강의하던 나는 늘 묻는 질문이 하나 있다. '혹시 꿈이 있으신가요?' 대답 역시 늘 같다. '이곳에서 10년 동안 버티는 것이 꿈이죠 뭐' 이제 갓 서른 초반의 신입사원의 대답이다.

대한민국 20대 성인이라면 주변에게 존경받고 가정과 미래를 멋지게 지켜나가며 스스로를 잘 관리하는 멋쟁이 일 것이라 생각했다. 하지만 어른이 된 후 보게 된 세계는 삭막했다. 현실에 안주하고 편한 세상만을 바랬다. 어제와 같은 평범한 오늘을 꿈꾸었다. 도전하기 보다는 같은 상황을 유지하기 바빴다. 미래를 꿈꾸고 두근거리는 마음으로 사는 삶이 아니었다는 거다.

단기적인 안목으로 살다보면 야기되는 가장 큰 문제는 "포기" 이다. 한번 시도해보고 안될 때는 '내가 이럴 줄 알았어.' 라며 낙심하고 바로 포기해버리는 습관. 이것은 단기적인 생각에서 나온다. 대한민국의 성인 그리고 청소년 자살률이 오랫동안 높은 이유도 바로 이것이다. 장기적인 꿈의 계획이 없는 상태에서 수없이 반복되는 실패를 견뎌낼 자신이 없는 것이다. 희망이 있어야 힘든 현실도 받아들일 준비가 된다. 꿈이 있다면 지금 당장 조금 좌절해도 이겨낼 수 있다. 꼭 될 거라는 미래에 대한 믿음이 있을 때 순간순간 다가오는 작은 실패를 과정이라고 여기며 지나갈 수 있다.

'생각하는 대로 살지 않으면, 사는 대로 생각하게 된다'는 유명한 말처럼, 우리는 생각한 대로 살아가는 훈련을 어릴 때부터 해야 한다. 그 훈련은 가정에서부터 나온다. 부모가 어떻게 삶을 꾸려가고 어떤 방향을 향해 가고 있는지를 아이들은 보며 자란다.

"우리 먼저 합시다!!"

아이들 가르칠 생각하지 말고 우리부터 하자는 이야기다. 나도 하지 않으면서 가르치려 하는 자신을 발견할 때 스스로 인정하자. '아~ 나는 이제 꼰대구나.'

난 무조건 내가 먼저 한다. 미라클 모닝도 내가 해보고 모집하고, 마인드맵도 내가 쓰고 있으면 아이들이 와서 따라 그린다. 다이어트를 왜 안하냐며 잔소리 하지 않고, 내가 도전하여 바디프로필을 찍는다. 도전하는 내가 결과로 입증하며 사람들에게 해야 될 이유를 심어준다. 장기적인 꿈을 꾸며 단기적인 행동계획을 세워나가는 모습을 내 삶 자체로 입증한다. 그것이 나의 교육자로서의 사명이고, 대한민국을 변화시켜보려는 어른으로서의 역할이라 생각한다.

'나의 70대는 이러한 삶이었으면 좋겠어. 나의 60대는 이런 모습이면 아름다울 것 같아. 그렇다면 나의 50대는 좀 더 이런 준비가 필요하지 않을까? 그 시작을 위해 나의 40대는 이런 시간 관리들이

필요해.'

시간의 역순 스케줄. 먼 미래를 상상하고 준비를 해나가는 과정의 계획.

인생의 목표관리는 곧 시간관리이다. 멀리 내다보며 꿈을 꾸고, 꿈의 방향에 맞는 길임을 재차 확인하며 걸어야 한다. 그리고 그 길 위에 놓인 나의 행동들을 계획하고 점검해야한다. 즉흥적인 삶은 '젊음'이라는 단어 안에서 충분히 가치 있었고 예뻤다. 가족과 조직을 책임져야하는 무게 있는 나이가 들어가면서 이제는 좀 더 삶의 방향을 길게 내다보고 한 걸음 한 걸음 계획성 있게 옮겨야 할 때이다.

마인드맵은 폭발적인 상상을 통해 나의 미래를 꿈꿀 수 있도록 돕는다. 중앙에 나의 미래를 그려 넣는다. 자세하게 묘사하다보면 나의 뇌에 현실적으로 가능하다고 믿으며 각인이 된다. 그 다음 숫자를 품은 시간계획을 통해 현실적으로 꿈을 이룰 수 있는 계획을 세운다. 명확한 수치화를 통해 내가 해야 할 행동의 양을 정한다. 단순한 바람이 아니라 지켜낼 수 있는 수치를 고민한다. 시작 하고 나서 중간 피드백 때 수정해 나가야 할 것들이 수치화다. 수치화가 있어야 피드백의 기준이 된다.

마인드맵의 특징만 간단히 알던 내가 마인드맵으로 미래지향적인 사람이 되었다. 꿈꾸는 방법을 모르던 내가 꿈을 꾸고 있다. 수많은 독서를 해도 정작 나는 무엇을 해야 할지 헤매던 내가 명확한 계획을 실천하며 앞으로 나아간다. 가다가 지치고 넘어질 때가 있다. 계획이 틀어짐에 좌절하지 않고, 그 순간부터 다시 계획을 재정비한다. 어차피 나아가야 할 목적지와 방향이 정해져있다면 수정해 나가는 것은 별일 아니다.

"꿈은 어떻게 꿔야 하나요?"
나의 대답은 이렇다.
"꿈은 크게 꾸고, 작게 나누어 이뤄나가는 겁니다."

길게 보는 안목은 상상이다. 미래를 상상하고 실컷 꿈꾸어라. 나머지는 마인드맵과 함께 해라.

10
두려움은 사라지고

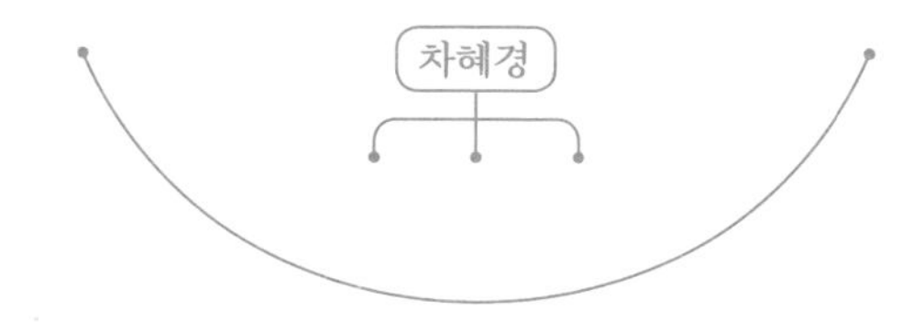

대화하고 마음을 나누는 걸 좋아한다. 즐겁고 행복하다. 좋은 사람은 만남 자체로 그저 좋고, 새로운 만남은 신선하니까. 긍정의 힘과 좋은 에너지를 받는 느낌이 좋다. 마음이 불편한 만남도 이유를 만들어가며 함께 하는 순간만큼은 즐겁게 보내려 노력한다. 사람이 두려웠던 지난 기억이 있음에도 불구하고 여전히 좋은 건 어쩔 수 없나 보다.

그런데 좋아하는 것과는 별개로 관계는 몹시 서투른 편이다. 서투른 관계의 원인을 찾자면 기억력이 썩 좋지 않다는 것이다. 출산하고 나이를 먹어가면서 뇌도 같이 늙는 건지, 기억에 오류가 자주 생겼다. 늘 쓰던 말인데 잊어버려 다른 단어가 튀어나오고, 그마저도 기억이 나지 않을 땐 상대방이 알아서 유추해주길 바랐던 적도 많다. 함께 나눴던 이야기인데도 다른 곳에서 들은 양 이야기한 적도 있고, 상대가 기억하는 일을 나는 기억을 못 하는 경우도 더러 있었다. 그래서 실수가 잦아 나도 모르게 타인에게 상처를 주는 건지도 모르겠다.

얼마 전 독서 모임에서 '사람들에게서 두려움을 느꼈던 순간은 언제일까?'라는 물음으로 이야기 나눈 적이 있었다. 내가 두려움을 느끼는 이유는 두 가지였다. 타인의 시선과 평가. 누구나 한 번 정도의 실수는 하고 살 것이다. 그렇지만 그 한 번의 실수로 사람들에게 좋지 않은 평가를 받은 채 평생 각인되어 살아갈 수도 있다고 생각한 적이 있었다. 그래서 그 순간이 가장 두렵게 느낀 이유라 이야기를 했다. 함께 육아했던 동지나 오래된 친구를 끊어낸 것도 바로 이런 이유였고, 그들에게 나는 벌써 그런 사람으로 평가되어 각인되어 있었을 테니 말이다.

사람에게 받은 상처를 사람을 통해 치유한 적도 있었던 터라, 더 많은 사람과 관계를 맺으려고도 해봤다. 그런데 또다시 상처를 받을 것 같은 무서움에 다가오는 사람들을 오히려 밀어냈다. 마음의 벽을 쌓았다. 혼자가 되었다. 너무나 외로웠다. 그렇다고 주저앉아 울고만 있을 수는 없었다. 외로움은 싫었고, 누군가는 울고 있는 나에게 손을 내밀어 줄 것만 같았다. 쌓았던 벽을 허물었다. 다시 세상 밖으로 나왔다. 가장 중요한 사실을 잊고 있었다. 영원히 내 편인 든든한 가족들이 있었고, 세상엔 나를 좋아해 주는 사람들도 분명히 있을 테니까. 그랬던 내가 마인드맵을 만났다.

신기한 일이다. 마인드맵을 그리다 보면 복잡했던 머릿속이, 뒤엉켜 있던 마음들이 정리된다. 거창하지 않다. 어렵지 않다. 단순하다. 그저 생각을 꺼내어 그림을 그리고 글을 쓰고 바라볼 뿐이다. 머릿속에서 떠다니던 생각과 감정들을 꺼내어 중심 이미지를 그린다. 마음을, 꼬리에 꼬리를 무는 생각들을 가지 위에 적어 나간다. 마치 누군가에게 내 이야기를 털어놓듯 편안해진다. 흔들리는 마음을 진정시키기에도 마인드맵은 좋은 도구였다. 그렇게 마음은 진정되고 단단해진다. 그렇게 나는 달라지고 있다. 마인드맵을 만나지 못했다면 사람들과의 관계에서 여전히 눈치 보며 두려운 시간을 보내고 있었을 것이다. 감정 마인드맵을 그리면서 마음도 단련이 된다.

"마인드맵에 대해 얼마나 알고 있나요? 생각해 본 적은 있습니까? 그려 본 적 있나요? 안 그려봤으면 말을 하지 마세요."

마인드맵으로 마음 단련이 어떻게 가능하냐고 묻는 사람이 있다면 이렇게 되려 물을 것이다. 마인드맵에는 그려본 사람만이 알 수 있는 묘한 힘을 가지고 있다. 그래서 마인드맵에 빠졌고 두려움을 이겨내는 도구로 쓸 수 있었다.

"그림 못 그려도 괜찮아요. 아무 걱정하지 마요. 일단 해봐요."

오소희 교장 선생님은 늘 이렇게 말씀하신다. 근거 없는 자신감이 생긴다.

손가락에 힘이 들어간다. 떠오르는 주제에 맞는 그림을 찾는다. '친구' 오늘의 주제이다. 일러스트를 찾아본다. 따라 그리기 쉬운 그림을 선택한다. 학창 시절에 만난 친구, 사회에서 만난 친구, 육아하면서 만난 친구. 주 가지는 세 가지로 나눴다. 학창 시절에 만난 친구들은 속마음까지 다 털어놓을 수 있는 오래된 친구들이다. 가지치기가 수월하다. 색도 명랑한 분홍색이다. 사회에서 만난 친구는 연락하는 친구가 거의 없다. 연락을 먼저 하면 될 텐데 그걸 잘하지 못해 친구가 없다. 가지도 몇 개 없다. 색깔도 칙칙한 회색. 육아하면서 만난 친구, 만나면 즐겁고 행복한 친구들이다. 좋아하는 파란색으로 가지를 칠했다.

주 가지와 세부 가지의 모양이나 방향도 내 마음대로 그리면 된다. 그렇게 나만의 스타일의 마인드맵이 만들어진다. 결과보다는 과정을 중요하게 생각한다는 마인드맵의 정신과도 일치한다. 완벽하지 않아서 더 좋다. 어설퍼도 그게 나니까. 그저 마인드맵엔 내 마음과 감정들만 온전히 쏟아내기만 하면 됐다.

그림 한 장의 힘으로 나는 달라지고 있었다. 관계에서 오는 두려움을 쫓아내는데, 감정 마인드맵을 활용했고, 삶의 방향성을 찾는 도구로 마인드맵을 선택했다. 손 닿는 곳곳에 마인드맵을 심어두고 언제든 꺼내어 들여다볼 것이다. 그리고 성장할 것이다.

제3장

마인드맵의 활용

01
사고방식의 변화

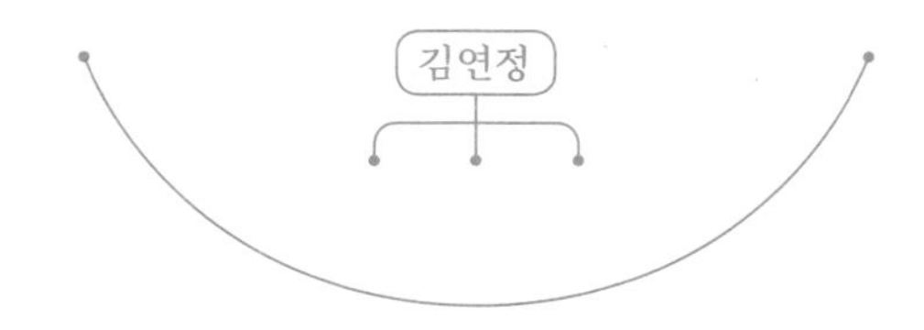

첫 마인드맵 오프라인 강의 때였다. 대상은 같은 아파트 어머니들이었다. '엄마 먼저 마인드맵' 강의 주제를 강조한 모집공고를 단체 카톡방에 띄워 선착순 10명을 모집했다. 아이들을 위한 수업을 먼저 시작할 수도 있었으나 나의 관심은 엄마 성장이었다. 30분 안에 모집이 완료됐다. 그때부터 강의 당일까지 내 가슴은 쿵쾅쿵쾅, 머릿속은 온통 강의 시뮬레이션으로 무한 반복되었다. 처음이라 바짝 긴장한 탓이었다.

두둥! 월요일 오전 11시.

"환영합니다."

삼삼오오 모인 어머니들을 반갑게 맞이하며 밝고 경쾌한 목소리로 시작했다.

나와 연결점이 단 한 가지도 없는 분들과 첫 대면, 그리고 첫 강의. 떨렸다. 16년 학교생활에 어머니들과 상담 경험은 수없이 많다. 이제 익숙할 법도 한데 '어머니'라는 대상은 늘 어렵다. 학교와 관계없이 스스로 계획하고 실행한 강의는 울타리가 없는 넓은 황무지였다. 책임감이 더 가중되었다. 선생님은 모든 것을 완벽하게 알아야 한다는 나의 고정관념이 짓누르고 있었다. 마음속으로 주문을 걸었다. '나는 도구일 뿐이야. 이 시간 저분들이 주인공이야.' 생각과 마음을 전달자 모드로 바꿔 한 번 더 인사드렸다.

"안녕하세요. 오늘 강의를 위해 귀한 시간 내주셔서 감사합니다."

초롱초롱한 눈빛. 마스크 너머로 보이는 어머니들의 모습은 사뭇 진지했다. 보이지 않지만 느낄 수 있었다. 마인드맵 실습 시간이었다. 한 어머니께서 중심 이미지에 스티커를 붙인 후 가지치기에서 머뭇거렸다. 키워드를 써야 할 차례에서 주저했다. 적을 듯 말 듯 펜을 움직이는가 싶더니 종이 위에 펜을 조용히 내려놓았다. 어머니의 고운 두 손이 얼굴 전체를 감쌌다. 마치 흔들리는 감정을 온몸으로 참아내는 듯했다.

"선생님, 화장실 좀 써도 될까요?"

들키고 싶지 않은 마음이었으리라. 화장실을 안내해 드리고 어머니의 마인드맵을 보았다. 1시간 강의에 실습까지 포함된 터라 중심 이미지를 그리지 않고 여러 상황을 표현한 스티커를 드렸다. 어머님이 고른 스티커 속에는 두 아이가 서로 꼭 안고 있다. 따뜻한 이미지였다. 어머니의 남모를 눈물의 의미는 무엇이었을까?

강의를 마쳤다. 다른 어머니들은 즐거운 시간이었다고 적극적으로 표현하는 반면 그 어머니는 조용히 눈웃음을 지었다. 그날 늦은 오후 어머니에게 문자가 왔다.

"생각이 쭉쭉 뻗어나가지 못하는 절 발견하고 그동안 제 감정을 억누르고 살았던 것 같아서 눈물이 났어요. 오늘 감사합니다."

눈물의 의미, 조금 알 것 같았다. 일어나는 감정들을 참는 데 익숙해지면 드러내기도 절대 쉽지 않다. 기쁨과 슬픔의 구분 없이 차가운 얼음공주가 되기도 한다. 어머니의 눈물은 긍정적이었다. 식어버린 감정이었지만 자신의 벽을 녹일 수 있는 신호였다.

우리 모두는 감정을 가지고 있다. 상황에 맞추어 감정을 조절하는 능력은 앞으로 살아가는 세상에서 가지고 있어야 할 필수 요소 중 하나이다. 옳은 감정, 잘못된 감정은 존재하지 않는다. 다만 감정을 알아주고 다독여주는 일이 필요하다. 윤홍균 작가가 쓴 <자존감 수업>에 "감정은 내가 아니라 내가 사용할 에너지"라고 설명한다. 감정이 중요하다고 하지만 절대적 요소는 아니라고 덧붙인다.

살다 보면 감정에 함몰되어 마치 나락으로 떨어진 듯한 느낌을 받을 때가 종종 있다. 다시 헤어 나올 수 없을 것 같은 절망감에 휩싸인다. 마인드맵은 요동치는 감정의 파도에서 빠져나오게 한다. 잔잔한 물결에서 잠시 쉬게 해준다. 나라는 사람을 있는 그대로 볼 수 있는 시간이 된다. 삶에 장애물이 와도 피하지 않고 넘어갈 힘을 기르는 과정이다. 마인드맵을 통해 객관적으로 나를 본다. 바라보는 시선만 달라져도 마음이 고요하다. 감정이 정리되면 이성적으로 판단할 수 있다. 가지치기를 통해 선택하고 적절하게 대응하면 된다. 비록 한 장이지만 나의 감정을 모두 담을 수 있는 마인드맵이 마음을 부드럽게 감싸준다.

02
생각과 감정의 정리

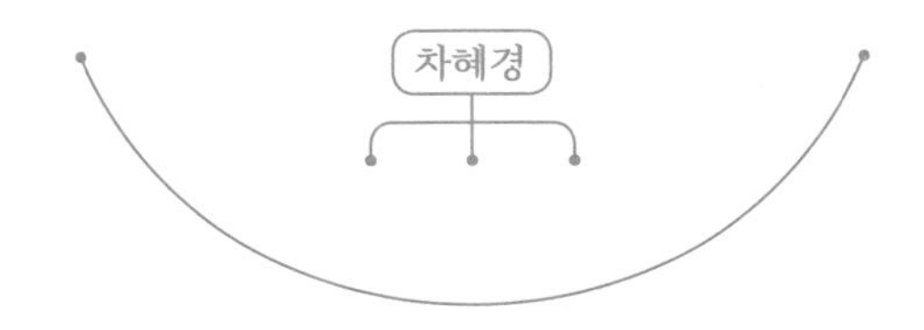

어렸을 때부터 생각이 많았다. 그렇다고 창의력이 좋거나 상상력이 풍부한 것도 아니다. 그저 머릿속은 항상 복잡했고, 그래서 어떤 행동을 하기까지 오랜 시간이 걸렸다. 느림보, 게으름뱅이. 내 별명이다. 나는 항상 이런 느린 행동이 단점이라고 생각했다. 다른 사람들은 하나둘씩 뚝딱 무언가를 만들어 낼 때, 나는 그렇지 못했다. 이런 성격은 엄마가 되어서도 별반 달라지지 않았다. 요리할 때 남들은 한 시간에 반찬을 서너 가지나 만든다고 하는데, 나는 그 반찬들을 만들려면 적어도 두세 시간 전부터 시작해야 한다.

생각을 정리해 보기로 했다. 우선 가만히 앉아 마인드맵을 그리며 오늘 해야 할 일들을 적어 보았다. 주 가지에 오전과 아이들 이름을 적는다. 오전에는 아이들 챙기는 일이 거의 전부이기 때문이다. 큰아이, 작은아이 일정에 맞춰 세부 가지 몇 개를 그리고 해야 할 일을 적는다. 겨울방학엔 특강 수업을 많이 신청해 놓은 탓에 아이들 수업이 헷갈렸는데, 이렇게 적어놓으니 아이들 각자의 수업이 한눈에 들어온다. 두 번째 주 가지에는 오후, 나를 적어 본다. 그리고 나와 관련된 일을 적는다. 파트타임 아르바이트를 하는 것을 시작으로 퇴근 후 저녁 식사를 마무리하는 것까지 적었다. 그리고 세 번째 주 가지. 밤, 아이들과 나에 대해 적어 본다. 아이들은 씻고 일기 쓰고 잠자리에 드는 것까지 적었고, 나는 책을 읽고 필사하고, 강의를 듣고 하루를 마무리하는 것까지 적었다. 그중에는 마인드맵 그리기도 들어가 있다.

이렇게 써보니 오늘 해야 할 중요한 일들이 보인다. 그리고 마인드맵의 계획에 따라 실행했다. 전에는 하나의 일을 하면서 다른 일을 같이하기도 했고, 중요한 일을 잊어버려서 못한 적도 있었다. 하지만 이렇게 해야 할 일을 마인드맵으로 정리해 놓으니 하나의 일이 끝나면 다른 할 일이 눈에 들어왔다. 가끔 생각지도 못한 이벤트들이 생기기도 했지만 그래도 꼭 해야 할 일들은 마인드맵 덕분에 할 수 있었다.

우리 집은 정리 정돈이 되어있는 날보다 안 되어있는 날이 더 많다. 한마디로 늘 엉망진창이다. 집이 깨끗하게 정리가 되어있는 날엔 퇴근한 남편이 꼭 한마디 한다.

"오늘 손님 왔었나요?"

그럴 때면 무안하기도 하지만 조금은 서운하기도 하다. 내가 마치 잘못된 삶을 사는 기분이 들기 때문이다.

'나도 이렇게 늘 깨끗하게 살고 싶어요. 게으름뱅이라서 미안합니다.'

마인드맵을 배우면서 '이런 내 모습도 바꿀 수 있을까?'라는 생각을 자주 했다. 마인드맵을 내 삶에 적용해 생각을 정리하고 행동을 정리하고, 가능하다면 집도 항상 깔끔한 집으로 만들고 싶었다.

'어지러운 집을 정리하는 걸 마인드맵으로 그려보면 어떨까? 아무 생각 없이 행동하는 것과 마인드맵을 그려보고 정리된 생각으로 행동하는 것. 차이가 있을까?' 일단 그려보기로 했다. 체계적이고 빠르게 해내고 실수 없이 할 수 있을 것 같았다. 순서를 주 가지에 적어 본다. 정리가 첫 번째 주 가지이다. 세부 가지들은 책은 책꽂이에, 필기구는 필통에, 장난감은 장난감 서랍에, 마스크는 정리함에, 각자 자리를 찾아간다.

청소는 두 번째 주 가지이다. 청소의 세부 가지엔 청소기 돌려야 하는 공간을 적는다. 우리 가족이 가장 많이 사용하는 거실부터 청소한다. 그다음은 주방, 안방, 아이들 방 순서이다. 세 번째 주 가지는 세탁이다. 잔뜩 쌓여있는 빨랫감들을 보면 한숨부터 나오지만 일단 적어 본다. 세부 가지는 속옷과 수건, 외출복, 운동복이다. 속옷과 수건은 건조기를 돌리는데 가전제품 뽑기를 잘 못 한 탓에 우리 집 전기 건조기는 6시간 동안 건조가 되기 때문에 속옷과 수건을 꼭! 먼저 세탁해야 건조기와 건조대를 동시에 쓸 수가 있다. 외출복은 베란다 건조대를 사용하고, 운동복은 실내 건조대를 사용하는 것으로 적으면서 마인드맵 그리기는 끝났다. 생각이 정리됐다. 이제 실행할 차례다. 시간이 단축됐다.

다른 사람에겐 익숙한 것인지 몰라도 나에겐 신기한 경험이었다. 이렇게 마인드맵으로 계획을 세워보니 나의 삶도 조금씩 변화하기 시작했다. 할 일들이 정해져 있으니, 생각할 필요가 적어졌다. 먼저 해야 할 일을 하고 나면, 다음에 할 일도 이미 마인드맵에 쓰여있다 보니 생각을 오래 할 필요가 없었다. 조금씩 정리되기 시작했다. 나도 계획적인 삶을 살 수 있는 사람이었다.

감정 정리를 하는데 마인드맵만큼 훌륭한 도구가 없다는 이야기를 자주 들었다. 그래서 나도 해보기로 했다. 오늘 하루 내 감정은 어땠는지 써보기로 했다. 우선 시간대별로 나의 감정선을 주 가지에 적어 보았다. 아침엔 '짜증'을 적었다. 아침잠이 많은 탓에 일어나는 게 항상 힘든데, 오늘도 알람을 일곱 개나 맞춰 놓았는데도 시끄럽게 울리는 알람 소리를 아무 생각 없이 끄고 다시 잠이 들어 늦잠을 잤다. 그래서 아이들 아침밥을 대충 줬다. 이런 나 자신이 한

심하고 짜증스러워 아침 감정은 '짜증'이었다. 마인드맵을 그려보니 그 짜증이 어디에서 온 건지 알 수 있었다.

점심의 키워드는 '즐거움'이다. 오후 1시부터 5시까지는 아르바이트를 하는 시간인데, 학원 차량을 운행하는 기사 일을 한다. 운전이라는 것이 나만 잘한다고 사고가 안 나는 것은 아닌지라 항상 신경이 쓰인다. 게다가 아이들을 태워 등 · 하원을 시키는 일을 하다 보니 마인드컨트롤은 필수다. '오늘도 무사히! 안전 운전!' 다행히 운전을 좋아하기 때문에 신경이 좀 쓰여도, 늘 즐겁게 일한다. 저녁 키워드는 '부담'이다. 퇴근 시간이 다가오면 가족들이 먹을 저녁 반찬 생각에 퇴근이 싫어질 정도다. 요리를 못 하는 엄마라서, 반찬 하나를 만드는 데도 시간이 오래 걸리는 아내라서 저녁 시간이 다가오는 게 항상 부담스럽다.

하루하루 날씨가 다른 것처럼 감정 마인드맵도 그릴 때마다 달라졌다. 나의 감정도 매일매일 순간마다 다르기에 오늘 내 감정은 어땠는지 하루를 돌아보며 마음을 정리하고 토닥여줬다. '오늘도 살아내느라 수고했다.' 감정 마인드맵을 그려보니 마음만 정리되는 것이 아니었다. 하루가 정리됐고, 기록이 됐고, 일기가 됐다. 나중에 감정 마인드맵을 꺼내 보았을 때, 무수히 많은 감정표현 중 불편하고 부정적인 감정들보다는 긍정적이고 밝은 감정 마인드맵이 많았으면 좋겠다고 생각했다. 그러기 위해선 주어진 삶에 최선을 다하고 항상 즐거운 마음으로 살아야겠다고 다짐했다.

생활 마인드맵, 생각과 감정의 마인드맵, 모든 마인드맵은 나 자신을 돌아보게 하고, 발전시키고 성장시키기에 훌륭한 도구라는 것을 믿기에 앞으로도 마인드맵을 열심히 그리기로 했다.

03
해야 할 일 목록

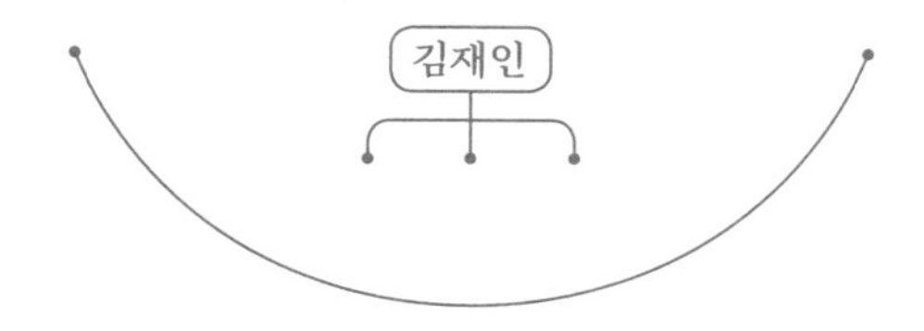

결혼 후 두 아이를 낳고 키우며 3년이 넘는 시간 동안 육아에 전념하다 보니 생산적인 일을 전혀 하지 못했다. 그러다 2021년 4월, 결혼 후 처음으로 제대로 된 일(급여를 받는) 하기 시작했다. 시댁 식구들과 함께 울산 북구에서 1,300평 규모의 가든 카페를 운영하게 되었다. 일을 하는 것은 좋았다. 하지만 아이들이 어린데 할 일이 갑자기 늘어나서 걱정도 늘었다.

아이들이 어린이집에 있는 시간 동안은 가게에 온전히 매여 있다. 자기 계발이며 집안일을 할 수 있는 시간은 당연히 줄어들 수밖에 없다. 그 와중에도 내가 큰 문제없이 어느 정도 여러 가지 일을 해낼 수 있었던 것은 마인드맵의 역할이 컸다. 일하면서도 기본적인 집안일이며 자기 계발 또한 지속할 수 있었다.

마인드맵으로 활용했던 것은 일정 관리, 해야 할 일 목록작성, 감정정리, 독서 마인드맵이다. 그중 바쁜 일상에 누락 되는 일이 없도록 도와준 것이 해야 할 일 목록 마인드맵이다. 카페 일을 시작한 후부터 지금까지 많은 일들이 있었다. 카페 오픈 준비부터 카페 운영관리, 그리고 급하게 이사도 하였기에 정신없는 시간을 보냈다. 이 일들을 처리하면서 내가 가장 먼저 한 일이 마인드맵 작성이다. 마인드맵의 또 다른 장점이 한 장의 종이에 한눈에 보이게 정리가 된다는 것이다. 카페 오픈을 위해 할 일 목록, 효율적인 카페 운영 관리를 위해 할 일 목록, 이사를 위해 준비해야 할 일 목록 등을 각각 한 장에 그렸다. 내가 어떤 일을 해야 하는지 한눈에 보였고, 마인드맵을 그리면서 머릿속에도 어느 정도 정리가 되었다.

완성된 마인드맵을 보며 내가 할 일들을 체크하고 하나씩 해결해나갔다. 일을 진행하다 보면 마인드맵에 누락 된 부분도 있었다. 그럴 땐 가지 하나만 추가하면 되는 거라 크게 문제 될 일도 없었다. 마인드맵은 한 장이 완성되었다고 끝이 아니라 그릴 수 있는 공간이 있다면 가지를 늘려 내용을 언제든 추가할 수 있다. 게으르고 미루기 좋아하는 나라는 사람도 체계적으로 일을 해낼 수 있게 마인드맵이 도와주었다. 게으른 사람이라고 일을 잘하는 가능성이 적다는 것은 오산이다. 나도 해냈다. 최대한 미룰 수 있는 만큼 일을 미루고 몰아서 일을 대충 처리하던 내가, 마인드맵이라는 도구 덕분에 일을 덜 미루고 꼼꼼하게 해내고 있다. 신기하지 않은가? 나와 같은 게으름 족에게도 희망이 있다고 알려주고 싶다.

나도 사람이다 보니 모든 일을 완벽하게 하는 것은 아니었다. 일적인 부분에는 어느 정도 체계를 잡아가고 있었지만, 집안일은 제일 손이 덜 가게 되는 부분이 되었다. 대부분의 워킹 맘이 그렇지 않을까.

"또 마인드맵 그리고 있냐. 지긋지긋하다. 집안 꼴 좀 봐."

남편은 내가 마인드맵을 그리고 앉아있느라 집안일이 뒷전이 된다고 생각한다. 하지만 마인드맵을 그린 덕에 시간을 쪼개고 쪼개서 일을 해내고 있다는 것을 모른다. 그러다 보니 마인드맵 그리는 것을 좋아하지 않는다. 마인드맵이며 자기 계발 때문에 부부싸움을 많이 했다.

"네가 그렇게 하고 싶으면 계속해봐."

라고 하지만, 그 마음이 그 사람의 진심이 아니란 건 나도 알고 있다. 남편은 절대 이해하지 못하는 부분이다. 그이가 언젠가 나의 노력을 알아주고 마인드맵을 활용하는 것을 응원해주길 바라는 마음에서 책을 쓰게 된 것도 있다.

마인드맵으로 해야 할 일 목록을 작성하다 보면 계획을 세우는 일 자체가 훨씬 수월해지는 것을 느낀다. 연간계획, 분기별 계획, 월간계획, 주간계획, 일일 계획 순으로 정리하는 것이 쉬워진다. 한 번 그려보는 것이 어렵지, 나만의 큰 가지 틀이 생기면 뚝딱해낼 수 있다. 새해가 된다고 해서 거창한 계획을 세우지 않아도 된다. 매일매일 습관적으로 계획을 세워가다 보면 자신감도 생기고 하루하루가 즐겁다. 무료한 일상에도 활력을 주게 된다.

이 부분을 아이들과도 충분히 활용할 수 있다. 내가 달라지면 가족들도 변할 수 있다. 아이들을 먼저 가르치려고 하면 절대 다가오지 않는다. 엄마가 마인드맵을 그리고 있으면 아이들도 무조건 관심을 가지고 보게 된다.

"엄마랑 같이 그려볼까?"

아이들과 오늘 할 일들을 마인드맵으로 그려본다. 하나씩 할 일을 끝내고 마인드맵을 보며 체크하면 아이들도 성취감을 느끼게 된다. 지루하고 힘든 육아도 즐거울 수 있게 된다. 나처럼 아직 아이들이 어리다면 같이 그려보는 것은 어려울 수도 있다. 하지만 내가 꾸준히 마인드맵을 그리고 있다면 걱정하지 않아도 된다. 추후에 아이들이 커서 마인드맵을 활용하여 아이들의 교육에 적용하는 게 어렵지 않을 것이다.

"하루를 어떻게 보내는지 모르겠어요."
"일을 하다 보면 꼭 하나씩 빠뜨려요."

이렇게 말하는 분들에게는 마인드맵으로 해야 할 일 목록 작성해보기를 추천한다. 글로 적어 내려가는 것보다는 방사형으로 뻗어 나가는 마인드맵을 그리는 게 머릿속에 훨씬 잘 기억된다. 이미지화 시켜서 그릴수록 뇌는 더 좋아한다. 문장보다는 단어, 단어보다는 이미지를 뇌가 좋아한다. 어렵지 않다. 종이를 펼쳐서 오늘, 내일 할 일 마인드맵부터 그려보는 것부터 시작이다.

04
해피 북라이트 맵

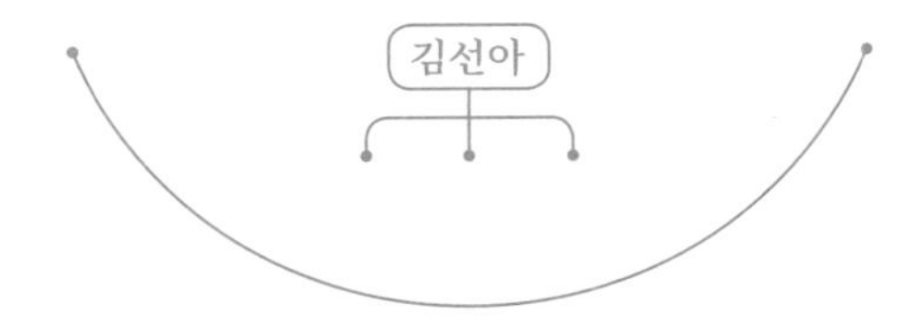

우리 남매는 맞벌이라고 우기는 가정에서 컸다. 눈 맞춤 글자를 모두 읽는 엄마의 영향으로 우리도 자연스레 독서를 좋아하게 되었다. 엄마는 바닥에 있는 신문도 전봇대에 붙어있는 광고지도 자리에 멈춰 서 한참을 읽었다. 신문에 좋은 글귀와 정보가 담긴 글은 수첩에 옮겨 적었다.

내 독서법이 리딩에서 멈추지 않고 필사까지 확장된 건 모두 엄마 덕분이다. 독서와 쓰기를 생활화하는 엄마를 보며 자연스럽게 엄마의 행동을 흡수했다. 지금도 손을 뻗으면 닿을 거리에 항상 책과 노트가 있다.

세 아이를 임신할 때마다 하루도 빠짐없이 그림책을 읽었다. 성인이 되어 다시 보는 그림책은 마치 에세이 같았고 자기 계발서 같았다. 글과 그림이 건네는 질문과 장치가 보였다. 그림책 안에서 난

키덜트다.

아이들을 등원시키고 어김없이 책을 읽고 있던 어느 날이었다. 독서를 하며 생기는 의문을 해소하고 싶었다. 작가의 의도가 아닌 나와 같은 독자들의 다양한 생각이 듣고 싶어졌다.

손과 눈이 바쁘게 독서모임을 검색했다. 엄청난 게시 글을 일일이 확인하며 나와 맞는 분위기의 모임을 찾았다. 보석처럼 발견한 그곳은 지금도 함께하고 있는 '북라이트'다. 북라이트는 한 달에 한 번씩 만나 자유 도서를 읽고 필사하는 독서모임이다. 모임 장소는 서울역과 수유역 이다. 수유역은 평일 밤 시간대여서 토요일 낮 시간대인 서울역을 선택했다. 거침없이 신청을 해놓고 모임 안내문을 디엠으로 전달 받은 순간부터 고민했다. 날짜가 다가올수록 부끄러움과 어색함은 커져 갔다. 내가 걱정된 남편은 아이 셋과 함께 독서모임에 동행 했다. 역시나 온 몸이 땀으로 젖기 시작했다. 급기야 사람들에게 정신 나간 소리를 하고 말았다.

"제가 너무 떨려서요……. 죄송한데 혹시 다들 눈감고 계시면 안 될까요?"

망했다.

부끄러운 스피치였지만 모임에 참석하신 분들의 책 나눔은 정말 좋았다. 어려워서 다가가지 않았던 책, 글씨만 너무 많아서 피하게 되는 책까지도 읽어보고 싶어졌다. 첫 모임이 끝나고 집으로 돌아가는 차 안, 내 심장소리만 들렸다. 세상이 온통 분홍빛이었다. 하지만 더는 참여할 수 없었다. 누군가의 말에…. 그렇게 또 좋아하는 걸 눈앞에서 참아야 했다.

계절이 두 번 바뀌기 전 반가운 연락이 왔다. 북라이트 멤버였던 세희님의 추천으로 모임에 참여할 수 있는 기회를 얻었다. 이젠 참고 싶지 않았다. 그렇게 다시 만났다.

지금은 전 세계 역병으로 밴드 안에서 필사를 함께 하고 있다. 북라이트와 함께 하며 추천 받은 책들로 자연스레 편독 문제를 해결했다.

좋은 건 함께 해야 하지 않겠는가. 남편 생각이 났다. 독서의 즐거움을 함께 나누고 싶었지만 남편은 책이라면 우선 저항부터 한다. 움직이지 않는 글자를 심심해하는 사람이다. 남편의 관심을 끌기 위해 색색이 형광펜으로 글에 밑줄을 긋고 인덱스와 떡메모지를 붙였다. 인덱스는 키워드와 기호 모양으로 카테고리를 구분했고, 떡 메모지에는 한 줄 리뷰나 기억하고 싶은 문장을 날짜와 함께 적어서 표지에 붙였다.

엄청난 노력에 비해 남편의 반응은 형편없었다. 책이 더 두꺼워졌다고 말하는 남편을 위한 플랜 B가 시급했다. 남편 맞춤 필사 노트를 새로 만들었다. 역시 인덱스와 떡 메모지를 준비했다. 책이 아닌 필사노트에 단상을 쓴 메모지를 붙였다. 소파에서 잠든 남편 옆에 가지런히 놓인 필사 노트가 보였다. 삐뚤삐뚤한 글씨로 채워진 메모지와 인덱스가 귀엽다. 마음에 들었나 보다. 자는 남편의 얼굴에 뽀뽀 샤워를 해줬다.

성공적이라고 생각했던 것도 잠시. 내가 필사한 글을 읽던 남편의 고개가 갸웃거렸다. 나와 공감이 부딪힌 것이다. 다시 책을 멀리하기 전에 빨리 다른 방법을 찾아야 했다.

그렇게 우연히 독서 마인드맵을 만났다.

'유레카!'를 외쳤다. 많은 사람들이 올린 독서 맵을 들여다봤고 읽었던 책이 나오자 먼저 그린 후 비교해 봤다. 재밌는 키워드를 공감한 것에 웃음이 났다. 방법을 알았으니 남편에게 종이와 펜을 건넸다. 우리는 기억하고 싶은 문장과 단상을 키워드로 압축했다. 마인드맵 한 장으로 책 한 권이 깔끔하게 정리 됐다. 물론 문장을 하나의 단어로 줄이는 게 쉽지는 않았다. 지금도 가장 많은 시간을 보낸다. 문장을 놓지 못하는 것은 마치 작아진 옷과 발이 아픈 구두를 버리지 못하는 마음이랄까? 마인드맵이 그려진 필사 노트는 우리의 독서 족보다.

얼마 전 아이들과 동화 구연 수업을 했다. 독후활동으로 마인드맵을 선택했다. 생각보다 마인드맵을 접해보지 않은 아이들이 많았다. 빨리 알려주고 싶은 마음에 흥분됐다. 하지만 내 흥분되는 마음과는 다르게 미리 그려진 가지를 본 아이들은 시작부터 하품을 했다. 지루한 수업은 이 꽃샘 키워드가 아니다. 꽃샘은 선생님일 때 내 애칭이다. 재미있게 다가가고 싶었다. 활동지를 덮고 질문으로 힌트를 주며 키워드 뽑아내기 놀이를 했다. 책에서 나오는 단어보다 3배는 더 많은 키워드가 아이들의 머리에서 뻗어 나가고 있었다. 입으로 뱉어낸 키워드를 종이에 쏟아낸 후 각자가 원하는 키워드를 선택했다. 색색의 가지를 펼쳤다. 가지 위에 키워드를 쓰고 그림을 그렸다. 새로운 책이 만들어졌다. 우리가 쏟아낸 글들이 새로운 책으로 탄생하는 신비한 경험을 했다. 아이들은 흥미로운 체험으로 마인드맵에 흠뻑 빠졌다.

수업이 끝난 후 담당 선생님께 연락이 왔다. 이벤트로 진행한 수업을 정규 수업으로 편성해 보자고 했다.

'오예!'

키워드로 깔끔하게 정리된 한 장의 독서 맵은 한 줄의 글이 아닌 책을 통째로 기억하게 했다. 아이들과 처음 마인드맵을 함께 하던 날 우리는 한 권의 책을 두 권으로 만들어냈다. 즐거워하는 아이들의 표정을 보며 마인드맵이 만들어 낸 마법을 직접 목격했다.

남편은 아직 키워드 보다 가지 색을 고르는데 더 많은 시간을 보낸다. 지금도 고민에 빠져 색연필 위로 한참을 왔다 갔다 하는 남편의 손가락들이 귀엽다.

"당신에게 책은 뭔가요?"

누군가 나에게 물었다.

책은 곧 나다. 누군가와는 맞고 누군가와는 맞지 않고, 특별하기도 하고 특이하기도 하고, 누군가와는 가깝고 누군가와는 멀고, 그런데도 늘 누군가의 곁에 있고 싶어 하는 선아가 책스럽고 책이 선아스러운 나에게 책은 온전히 김선아다.

05
학습과 실천

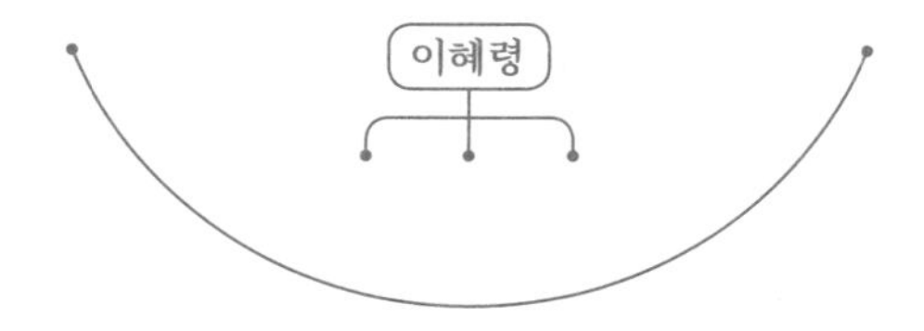

하나에 꽂히면 그 분야에 대해서 어느 정도의 지식이 습득될 때까지 파고드는 편이다. 마인드맵을 알게 되고 조금씩 익숙해지면서 마인드맵을 좀 제대로 알아봐야겠다는 생각을 했다. 마인드맵을 제대로 알기 위해선 우선 마인드맵의 창시자인 '토니 부잔'은 마인드맵을 어떻게 정의하는가에 대해서 알아볼 필요가 있다고 생각했다. 그래서 토니 부잔이 직접 쓴 마인드맵 책 몇 권을 읽고, 마인드맵 관련 기사들을 검색해서 알아봤다. 그중에 눈길을 끈 건 활용 분야에 대해 99가지로 상당히 체계적으로 만들어져 있다는 것이었다. 아직은 마인드맵을 어떻게 사용할지에 대해서 정하지 못한 나에게 마인드맵은 분명 내 삶에 큰 영향을 미칠 것이라는 생각이 자리 잡기 시작했다. 그리고 활용 분야가 99가지나 되니 나도 다양한 분야에 마인드맵을 적용해 보면서 내 삶의 일부분에 마인드맵을 들여놔야겠다는 마음이 생겼다.

처음에 사용한 것은 내 삶을 정리하고 앞으로의 미래를 그리는 것이었다. 마인드맵을 시작하면서 나의 삶을 바라보는 힘이 생겼다. 불명확하고 두리뭉실한 부분을 마인드맵을 그리고 나면 좀 더 자세히 볼 수 있었고, 내 마음속에 어떤 것들이 들어 있는지 알 수 있게 되었다. 한 번은 내가 앞으로 해야 하는 일에 대해서 마인드맵을 그려본 적이 있다. 먼저, 현재 상황에 대한 마인드맵을 그렸다. 가지가 하나씩 늘어갈수록 내 삶이 이렇게 복잡한 삶이었나? 하는 생각이 들었다.

그랬었다. 나의 삶은 단순하지 않았다. 가족의 관계부터 일, 그리고 환경까지 내 주위에는 신기하게도 다른 사람의 몇 배 복잡한 삶들이 엉켜 있었다. 하나의 마인드맵으로는 모자를 정도로 복잡한 내 현재 상황을 보면서 눈물이 주르륵 흘렀다. 그리고 잠시 멈춰 내가 그린 마인드맵 속 인물들을 살펴봤다. 우리 이쁜 아이들이 들어오고, 그동안 많은 고생을 하신 부모님 그리고 많은 사람의 모습이 눈에 들어왔다. 지금까지는 내 삶의 무게만으로도 힘들어 주위를 둘러볼 여유가 없었다. 하지만 마인드맵을 그리고 나니 내 주위에 소중한 사람들이 보였고, 그들의 삶이 눈에 들어왔다.

그동안 나는 내가 힘들다는 이유로 그들을 멀리 밀어내고 있었던 것은 아닐까 하는 생각이 들었다. 그들이 있었기에 내가 있었다는 생각이 들며, 앞으로 내가 더 강해져야 한다는 것, 그리고 내가 그들에게 좀 더 나은 삶을 만들어줘야 할 때라는 생각이 들었다.

앞으로 내가 가야 할 길에 대한 마인드맵을 그리면서 지금보다 더 힘들 수도 있겠다는 생각이 들었다. 하지만 언제나 그래왔듯 나는 삶이 준 문제에 답을 찾을 것이고, 지금까지 해왔던 것처럼 다시 또 열심히 나아갈 것이라는 믿음을 가지기로 했다. 앞으로 예상되는 많은 일과 내가 꼭 해야만 하는 일들을 정리하며, 지금 하는 일을 좀 더 키워야겠다는 생각이 들었다. 그 생각을 실천에 옮기면서 나는 많은 사건·사고를 겪으며 학원 원장이 되었다. 동시에 수학을 가르치는 선생님이 되었다. 그리고 내 삶을 정리해준 마인드맵을 내가 가르치는 학생들에게 적용할 수 있는 방법을 찾기로 했다.

수학 수업에 어떻게 마인드맵을 적용할지, 마인드맵을 통해서 아이들이 얻을 수 있는 이점이 무엇인지에 대해 찾아보고 연구하며 커리큘럼을 만들어나갔다. 그렇게 탄생한 것이 '수학 개념 마인드맵' 수업이다. 수학이 어려운 이유 중의 하나는 수학의 개념을 이해하기가 어렵다는 점에 있다. 개념이 정확히 이해가 되지 않으니 많은 사람이 공식에 의존하게 된다. 개념은 명확히 모른 1체 몇 개의 공식만을 외우고, 수학 문제를 풀면 머릿속에는 어떤 공식을 대입해야 할지만 생각하게 된다. 그러다 대입할 공식을 찾지 못하면 문제를 풀지 못하게 된다. 하지만 개념을 잘 알고 있으면, 공식을 외우지 않아도, 문제가 어떻게 풀릴지에 대한 해법이 보인다. 문제를 만든 출제자의 의도가 보이고 문제의 개념에 따라 논리를 좇아가다 보면 해법이 보이고, 풀이하다 보면 어느새 문제에 대한 답이 나온다. 개념을 이해한 사람은 아무리 문제를 어렵게 꼬아놓아도 수학의 개념만을 좇기에 엉킨 고리를 하나씩 풀어갈 수 있다.

난이도가 높은 문제일수록 수학 개념의 이해가 중요한 이유이기도 하다. 아이들의 성적을 일정 정도 이상 올리고 나면 그 다음에는 개념을 얼마나 잘 알고 있는가의 싸움이 된다. 상위권 아이들에게는 공식을 가르쳐주는 것보다는 개념을 이해하도록 만드는 커리큘럼이 필수이다. 이때 마인드맵을 사용하면 개념을 쉽게 이해하도록 할 수 있었다. 하나의 종이에 단원의 중요 내용이 모두 요약이 되고, 개념들이 가지에 따라 정리되어 있으면 논리가 중요한 수학에서 이해도가 상당히 높아진다.

'수학 개념 마인드맵'은 처음에는 특강 형식으로 진행했다. 하지만 아이들과 부모들의 호응도가 워낙 좋아 정규과정에 넣게 되었다. 그렇게 수학에서 마인드맵을 통한 수업을 하는 빈도는 점차 늘어났다. 그리고 다른 수업에도 확장을 해달라는 요구가 들어왔다.

수학 외 다른 과목, 특히 암기과목에 마인드맵을 정리하면 정말 큰 시너지가 있을 것처럼 보였다. 처음에는 사회로 시작했다. 워낙 외워야 하는 것들이 많은 과목이라 개별적으로 외우면 잘 외워지지도 않을뿐더러 외워야 할양이 상당히 많다. 하지만 마인드맵을 통해 연관된 사건들을 묶어 놓으니 그 양이 상당히 줄어들었다. 서로 연관되어 있기에 하나의 부분만 잘 알고 있으면 자연스레 관련 내용도 자연적으로 떠오르는 효과를 누릴 수 있었다.

몇 가지 실험을 통해 사회과목에서 마인드맵이 주는 영향에 대해서도 검토해보기도 했다. 단원별 마인드맵을 만들어 아이들에게 배포하고 이해하고 외우는데, 얼마나 걸리는지 확인을 해봤다. 단원마다 차이는 있었지만, 이해도에서는 3배 이상, 그리고 암기 쪽에서는 2배 이상의 효과가 나는 것을 확인했다. 나는 이런 데이터를 기초로 학부모들에게도 마인드맵의 학습 효과에 대해서 알리기 시작했다. 호응은 거의 열광적이었다. 그리고 사회뿐만이 아니라 다른 수업에도 마인드맵을 적용해달라는 요구가 있었다. 즉시 시작하기에는 준비할 것들이 너무 많았다. 우선 선생님들에게 마인드맵 교육을 시작했다. 그리고 교제를 만들기 시작했다.

시간을 쪼개고 쪼개서 최대한 빠른 시간에 마인드맵 수업을 만들고, 선생님들을 교육시켜 마인드맵 수업을 시작했다. 수업을 하면서 여러 문제점과 애로사항이 있었지만, 하나씩 수정해 나가자 얼마 지나지 않아 마인드맵 수업은 자리를 잡았다. 지금은 우리학원의 트레이드마크 수업이 되었다.

마인드맵을 수업에 사용하면서 느끼는 점은 정말 효과적인 학습도구라는 것이다. 일반적인 수업과 필기에서 부족한 부분이 마인드맵을 통해서 상당히 향상된다. 가르치는 사람에게도 그리고 배우는 사람에게도 마인드맵 수업은 정말 많은 도움을 준다. 앞으로 학원가에서 마인드맵 수업이 점차 늘어날 것으로 생각한다. 아직까지 모르는 사람이 많아서 사용하는 곳이 적은 것이지 효과가 없어서 적은 것은 아니라고 생각한다. 마인드맵을 통해 학습의 변화를 가져오면 아이들의 학습능력은 정말 많이 향상될 것이라고 믿는다. 그래서 아이들에게 좀 더 나은 결과 나아가서는 우리 삶에 좀 더 나은 모습을 가져올 것으로 믿는다. 내가 마인드맵 수업을 하는 만든 이유, 지속해서 저변확대를 하려는 이유도 이 때문이다.

06

하루를 한눈에

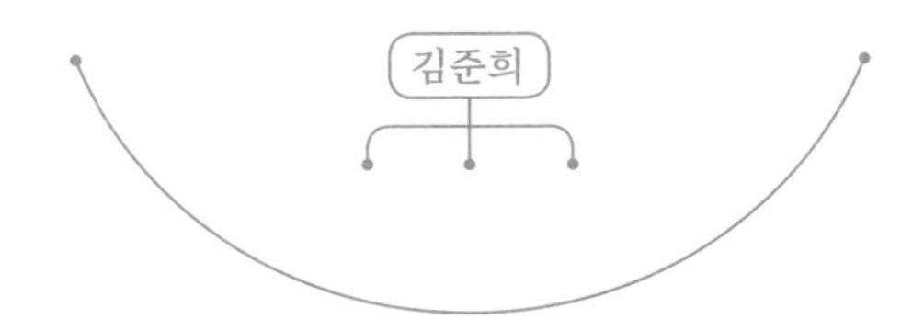

엄마의 하루는 온전히 엄마가 쓰지 못한다. 요즘은 코로나로 인해 더욱 그렇다. 아이들이 등교한 지 몇 시간 채 되지도 않았는데 하교하는 일이 잦다. 코로나가 아니어도 마찬가지다. 갑자기 아이가 아프기라도 하면 내 일정은 뒤로 밀려나고 아이의 시간에 묻혀버린다. 회사에 다니면서 아이들 뒷바라지까지 하려면 하루가 어떻게 지나는지 모른다.

테트리스 맞추듯 일정을 이리저리 바꿔가며 하루를 보내고 나면, 어느새 밤이다. 넉다운이 되고 만다. 워킹맘으로서, 두 아이의 엄마로서 알찬 하루를 보낸 것 같은 날도 있다. 하지만 그 속에 정녕 나는 오늘 뭘 느끼고 무슨 생각을 하며 보냈는지 모를 때가 많았다. 그런 날에는 마음이 참 씁쓸하다. 리모컨을 이리저리 돌려봐도 재미가 없다. 책도 눈에 들어오지 않는다. 그렇게 내가 빠진 하루를 보내고 나면 마음이 공허해진다. 내일이면 바쁜 아침은 다시 찾아온다. 또 정신없는 하루가 시작된다. 마인드맵을 알기 전에는 그런 날들의 반복이었다.

마인드맵을 그리면서 가장 좋은 점은 그런 날들이 더는 반복되지 않는다는 것이다. 마인드맵으로 하루를 그리면 시간 속에 묻혀 놓치고 있던 나를 발견할 수 있다. 오늘 하루를 어떤 마음으로 보냈는지 내 감정도 알아차릴 수 있다. 그러면 마음이 조금은 나아진다. 그래서 긴 하루를 보낸 날에는 마인드맵을 꼭 그리려 한다.

정신없이 바쁘게 보낸 날 저녁, 아이들을 재우고 마인드맵을 그린다. 지친 하루를 위로하기 위해 종이 가운데에 좋아하는 이모티콘의 캐릭터를 따라 그렸다. 토닥토닥 안아주는 그림, '화이팅!'을 외치는 그림을 그리면 마치 내가 위로를 받는 것 같았다. 그러면 굳어진 마음이 조금은 풀어진다. 그리고 주가지를 내어 각각의 가지에 나의 역할을 적어보았다. 오늘 나의 하루를 돌아본다. 엄마이자 아내로, 회사에서 팀장으로, 그리고 오롯이 나를 위한 시간으로 하루를 어떻게 보냈는지 나눠보았다. 나의 하루를 천천히 살펴볼 수 있었다. 주가지 하나에 엄마라고 적어본다. 바쁜 출근 시간이라도 교문 앞에서 등교하는 아이에게 활짝 웃어주었다. 즐거운 하루 보내고 오라며 응원의 말도 잊지 않았다. 인사할 새 없이 아이의 뒤통수만 보며 출근하는 날도 많은데, 오늘은 얼굴을 마주 보고 웃었으니 잘한 것 같다. '잘했다'라는 키워드를 써본다. 오늘을 잘 보내준 아이 덕분에 '감사'라는 키워드도 쓸 수 있었다. 그리고 내일 아침 조금이라도 덜 바쁘기 위해 준비할 것들을 미리 체크 해본다. 그렇게 준비한 내일은 오늘보다 잘 보낼 수 있었다.

또 다른 주가지에는 회사에서의 일정들을 정리했다. 바빴던 일정을 다시 적어보면서 그때의 나는 어땠는지도 생각해 본다. 코로나로 인해 갑자기 약속이 미뤄졌다. 미리 준비하지 않아서 비어버린 시간을 그냥 흘려보냈다. 아쉬움이라는 키워드가 생각났다. 다른 가지 하나를 내어서 그런 상황에서 할 수 있는 일들을 미리 계획했다.

마지막으로 오롯이 나로서 보낸 시간을 돌아보았다. 마인드맵을 그리며 나의 오늘을 돌아보는 이 시간에 감사했다. 나를 위해 영양제도 챙겨 먹고, 30분 실내자전거도 탔다. 바쁘기만 했던 하루 속에서 나를 위한 시간을 보냈음을 찾아내니 감사가 차오른다. 그렇게 하루를 한눈에 그려보면서 나의 오늘을 점검할 수 있었다. 나를 놓치고 흘러가기만 하는 날들이 반복되지 않게 된 이유이다.

처음 마인드맵을 시작할 때에는 많은 양의 정보를 한 장에 정리할 수 있으리라 기대했다. 그를 통해 아이의 학습지도를 효과적으로 해보고자 하는 마음이었다. 하지만 마인드맵 지도자가 된 지금, 우리 아이들과 하는 것은 학습을 위한 마인드맵이 아닌 일기 마인드맵이다. 일기 마인드맵을 그려보면 텅 빈 것 같은 하루가 꽉 차는 것을 느낀다. 하루를 세분화해서 나누고, 관찰하는 연습도 할 수 있다. 목표만 보며 바쁘게 가다 보면 나를 잃어버리기 쉽다. 아이들이 꿈을 향해 가는 길에 스스로 돌아보며 응원하면 좋을 것 같았다. 그래서 아이들과 일기 마인드맵을 그린다. 쌓여가는 일기 마인드맵 안에서 자신과 마주해 볼 수 있기를 바란다. 무엇보다도 이것만큼은 아이들에게 습관이 되게 하고 싶다.

오늘 하루를 마인드맵으로 그려보았다면, 내일도 그려볼 수 있다. 일기 마인드맵과 다르지 않다. 내일을 보내는 마음을 형상화해서 중심이미지로 그려 넣는다. 내일 하루가 활기차게 보내어지기를 바라는 마음으로 얼음이 동동 띄워진 상큼한 레모네이드를 그리기도 한다. 힘찬 열정이 가득한 하루를 보내고 싶은 날에는 박카스를 그려 넣기도 한다. 그리고 내일의 할 일을 시간별로, 혹은 역할별로 정리한다. 각 일정을 써보면서 놓칠 수 있는 부분도 미리 점검한다. 주가지 중 하나에는 내일을 보내는 나의 마음을 응원하는 말들도 꼭 써본다. 그렇게 미리 준비한 내일은 설레는 마음으로 맞이할 수 있었다.

아이들과 함께 하루의 시간을 그려 볼 때도 있다. 외부 일정이 없는 일요일 아침, 거실 벽에 붙여 놓은 화이트보드에 마인드맵을 그린다. 오늘 날짜를 중심에 쓰고 주가지를 식구 수대로 나눠 그린다. 그리고 각 주가지 마다 엄마, 아빠, 아이들의 이름을 적어놓는다. 그러면 각자 할 일들을 부가지를 내어서 그려 넣는다. 한 장의 가족 마인드맵이 완성된다. 우리 가족이 오늘을 어떻게 보내는지 큰 그림으로 볼 수 있다. 다 같이 시간이 비는 때가 있으면 무엇을 할지 함께 계획하기도 한다.

이렇게 마인드맵은 보이지 않는 것을 볼 수 있게 만들어주었다. 하루를 시각화하는 것이다. 시간을 종이 위에 그림과 키워드들로 그려내어 형체를 만들었다. 하루의 시작과 끝을 한눈에 확인할 수 있었다. 그러자 오늘을 갈무리하고 내일을 준비할 수 있게 되었다. 특히, 많은 일을 하고 지친 날에는 하루를 어떻게 보냈는지 마인드맵으로 꼭 그려본다. 또는, 아무것도 한 것 없이 하루가 지나간 것 같은 날에도 마인드맵을 그린다. 형체를 만들어서 들여다봐야 한다. 그 안에서 나를 챙길 수 있다. 나와 손잡고 내일을 만들어 갈 수 있다. 마인드맵과 함께라면 할 수 있다.

07
아이디어 발현

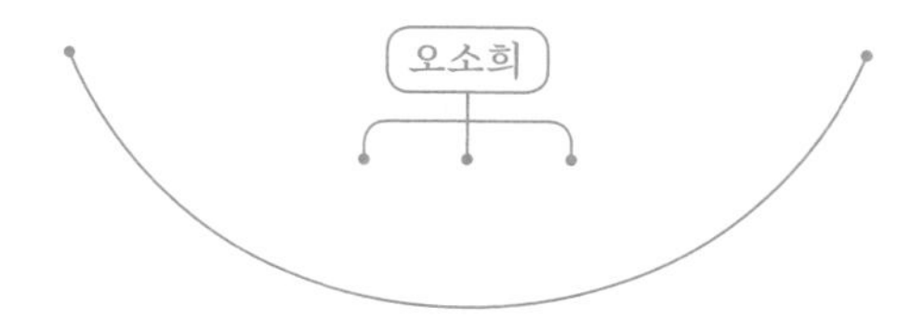

'아이디어 좀 내봐~'

디자인회사 신입이 회의만 들어가면 듣는 소리이다. 상사와 눈이 마주치면 발표를 해야 한다. 피하는 게 상책이다. 눈을 깔고 책상 위 프린트만 노려본다.

병원에서 근무할 때도 그렇다. 의견을 내기 보다는 따르는 편이 낫다. 강사가 된 후 마인드맵을 만났다. 되는 대로 끄적이며 필기도구로 활용했다. 내가 이 도구로 먹고 살지는 생각도 못했다.

10년 전 마인드맵을 꺼내어 보면 웃음이 난다. 마인드맵 규칙 하나도 모르고 시작했다. 색상의 의미, 가지치기 하는 방법, 방사형 구조의 이유 등 아는 것이 없었다. '중앙에서 사방으로' 만해도 마인드맵인 줄 알았다. 우연히 시작한 방사형 구조의 필기는 내 두뇌를 변화시켰다.

기발한 아이디어들을 쉽게 떠올리기 시작했다. '카멜레온'과 '약'을 비교분석하며 아이디어를 냈다. 카멜레온의 보호색처럼 아이들 몸에 갖다 대면 온도에 따라 색이 변하는 약은 어떨까. 끈적거리는 카멜레온의 혀처럼 입천장에 붙어 조금씩 약물이 나오는 약을 어떨까. 기분에 따라 색이 변하는 카멜레온처럼 기분에 맞춰 원하는 색상의 약을 먹을 수 있으면 얼마나 좋을까.

그저 놀이로 시작해보았던 아이디어 마인드맵은 강사로서의 컨텐츠도 만들어주었다. 독서모임을 오래 진행했다. 같은 책을 읽고 저자와 독자로 나누어 둘의 관점을 맵핑해 보기도 하고, 같은 책 안에서 조직관리 / 서비스 / 자기계발 등의 내용으로 뽑아내어 제안서도 만들었다. 마인드맵을 처음 만난 것은 2010년이었다. 2011년에는 마인드맵으로 많은 주제로 특강도 만들었다.

독서하는 마인드맵 / 생각을 정리하는 마인드맵 / 아이디어를 내는 마인드맵 / 회의할 때 사용하는 마인드맵 / 목표를 위한 시간관리 마인드맵 / 성향 별 행동 관찰 마인드맵 등을 기획했다. 그때 당시 한 번씩 진행해보고 가장 인기 좋았던 [목표를 위한 시간관리 마인드맵]을 선택하여 10년이 넘는 시간동안 나만의 컨텐츠로 활동해 오고 있다.

강사세계는 100% 경쟁이었고, 나만의 컨텐츠가 있어야 오래 살아남을 수 있었다.

어떻게 하지? 뭘 해야 하지? 누구에게 손 내밀고 함께 갈까? 요새 교육 트랜드가 뭔데? 생존하기 위해 끊임없이 공부해야 했고 끊임없이 도전해야했다. 하고 싶은 것만 골라 했던 나이는 지나갔고, 하고 싶지 않은 일들을 해야만 하는 나이가 되었다. 문제를 해결하는 데에도 방법이 있다는 것을 마인드맵을 하다가 우연히 접했다. 마인드맵을 놀이로, 기본 필기도구로 쉽게 사용하던 습관이 있었기에 다양한 문제해결을 위한 아이디어도 마인드맵으로 적어보기 시작했다.

- 나의 몸값을 더 높히기 위해서는 올해, 내가 '누구를' 만나야 할까?
- 좀 더 깊이 있는 컨텐츠의 강의가 되기 위해 올해 '어떤' 자격증에 도전할까?
- 함께 하는 강사님들과 경쟁 아닌 상생을 하기 위해선 '어떤' 시스템을 구축해야할까?
- 마인드맵으로 글을 잘 쓸 수 있도록 교육하려면 마인드맵 특징 중 '무엇'을 훈련해야 할까?
- 책을 쓰기 위한 주제와 목차키워드가 '무엇'이 되어야 할까?
- 새로운 과정을 만들기 위해 준비해야 할 것이 '무엇'이며 '언제'까지 '어디서' 시작해야 할까?

끊임없는 질문과 해결방안이 마인드맵으로 펼쳐졌다. 너무 궁금했던 하브루타 교육이 마인드맵 안에도 있음을 느꼈다. 타인이 아닌 나와 주고받는 질문을 통해서 마인드맵을 완성되어갔고 문제를 해결해왔다. 꼼꼼하고 분석적이고 논리적인 사람만이 문제해결에 흥미를 느끼고 즐기며 성장한다는 나의 고리타분한 편견은, 마인드맵을 통해 성장한 나 자신을 들여다보며 사라졌다.

'잘 하는 것과 즐기는 것을 함께 하는 사람이 가장 행복하다' 20대의 어느 강의에서 들었다. 난 잘 하는 게 뭘까? 난 무엇을 할 때 행복할까? 생각만으로는 부족했다. 경험해야 알 수 있을 것 같아서 전부 다 해봤다. 자격증과 수료증도 84개를 넘게 땄다. 도전과 경험을 통해 잘하는 것과 좋아하는 것을 발견해나갔다. 직업도 수없이 바뀌었다. 엄마는 한 가지 일을 진득하게 하지 못하는 날 걱정하셨다. 하지만 그 덕에 다양한 사람들을 만나서 관계하게 되고 많은 기회를 얻었다. 그렇게 다양성을 열어두고 시도하던 28세에 내가 잘 하는 것과 좋아하는 것의 교집합인 "강의"를 하게 되었다. 폭발적인 상상력과 시도는 지금껏 내 삶을 풍부하게 만들어주고 있다.

"Why not me? 상상 하는게 어때서? 일단 아이디어부터 내보고, 그 이후 계획을 해봐.

가지치기의 선을 연결하며 적어. 상상이 현실이 될 수 있어~."

풍부한 상상을 통해 미래를 긍정적으로 기대하며 바로 앞 모든 것을 위기가 아닌 기회로 만드는 삶. 아이디어 내는 것을 두려워하면 안 된다. 좋은 상상이 좋은 결과를 낼 수 있다. 좋은 상상을 많이 하면 확률적으로 좋은 결과를 낼 수 있는 확률도 커진다.

어느 누군가는 '생각나지 않아요." 라고 말한다. 우리의 뇌는 끊임없이 생각하고 말하며 전달하고 있다. 머릿속에서 제지하고 있는 것을 멈춰야 한다. 재미있게 상상하고, 생각하는 것을 놀이로 만들고, 꿈꾸는 모든 것이 현실화 될 수 있음을 믿어야 한다. 시각화를 통해 반복적으로 체감해보야 한다. 마인드맵을 끄적이면 경험 할 수 있다. 우리 머릿속에 아이디어는 이미 있으며, 그동안 훈련되어지지 않았던 기록이라는 방법 안에서 모두 꺼내볼 수 있다.

종이를 펴고 펜을 들면 된다. 낙서라고 생각하고 끄적이자. 시각화는 우리의 잠재력을 꺼낼 수 있는 놀라운 열쇠다.

08
메모 업그레이드

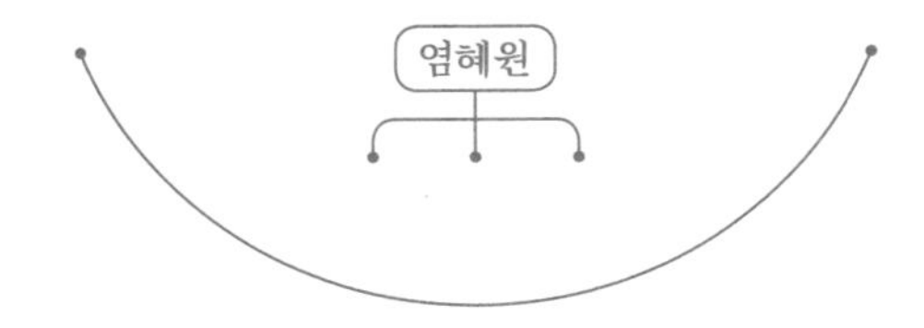

초등학교 6학년 때 '메모광'이라는 글 일부를 본 적이 있다. 메모라는 행위에 광(狂)을 붙여 표현한 게 재밌었다. 메모에 대한 자부심이 멋지게 느껴졌다. 메모광이 되고 싶었다. 그날 이후 들은 내용을 받아 적는 건 나의 습관이 되었다. 고등학교 2학년 때 좋아하던 교회 오빠가 적기만 하고 다시 보지 않으면 무슨 의미가 있냐고 물었다. 적는 것으로 끝이 아니라 다시 봐야겠다는 생각을 했다.

다시 읽어보는 일은 생각보다 시간이 더 걸렸다. 노트를 다 쓸 때까지 다시 보지 않는 경우도 있었다. 마인드맵을 일찍 알았더라면 네 장이 넘어가는 긴 내용도 한 장에 정리할 수 있었을 텐데. 다시 보는 데 시간이 오래 걸리지 않으니 몇 번이고 복습했을 텐데.

맵스쿨 이후 설교 노트를 3p 바인더의 무지 노트로 바꿨다. 김정

호 목사님의 설교는 거의 세 부분이어서 마인드맵을 연습하기에 좋았다. 설교 노트를 공유할 때가 있는데 노트 필기보다 마인드맵이 보기 편하다는 피드백을 받았다. 어느새 남편도 설교시간에 마인드맵을 그리고 있다. 학창 시절에도 필기를 해본 적 없다는 남편이다. 문장보단 키워드, 키워드보단 그림으로 그리니 쓰는 부담이 적은 것 같다. 창의력이 좋은 남편은 이미지를 재미있게 잘 그린다. 예배 후 서로의 마인드맵을 보는 재미가 생겼다.

이제 웬만한 메모는 마인드맵을 이용한다. 선형적인 메모를 할 때보다 정리가 잘 되는 것을 몇 번 경험하니 끊을 수 없다. 독서, 시간관리, 계획 등 여러 가지로 활용할 수 있다.

소설을 읽다가 누구였는지 잊어버려서 짐작으로 읽었던 적이 있다. 외국 이름을 잘 기억하지 못한다. 큰 가지에 등장인물의 이름을 적고 그 인물에 대한 설명을 작은 가지 위에 적어둔다. 방사형으로 가지를 그리니 이름을 찾는 데 오래 걸리지 않는다. 인물 정보를 찾으려 앞장을 들쳐보지 않아도 된다. 등장인물이 많은 책에만 유용한 게 아니다. 독서 전후로 마인드맵을 그릴 수 있다.

1. 독서 전 마인드맵

표지를 중심 이미지로 그린다. 표지와 제목에 대한 생각을 적는다. 목차에 따라 가지를 친다. 가지마다 내가 기대하는 바, 얻고자 하는 것을 적는다. 책에 대한 기대감이 커진다. 목적을 가지고 책을 읽게 된다. 책을 다 읽은 후에 기대했던 것이 충족되었는지 확인해 볼 수 있다.

2. 독서 중 마인드맵

맵독이라 부른다. 책을 읽다가 꽂히는 키워드에 표시한다. 저자가 강조하는 게 아니어도 괜찮다. 노트에 따로 그리는 게 아니라 그 단어에 가지를 친다. 떠오른 생각들을 적는다. 읽고 마는 독서가 아니라 실천하는 독서가 가능해진다. 마인드맵은 정보를 연결하고 실행할 거리를 찾게 도와준다.

구입해서 읽는 책보다 빌려보는 책이 많았던 학창 시절. 책은 깨끗하게 봐야 한다는 명제가 각인되었다. 내가 구입한 책이어도 넘을 수 없는 선이 있었다. 그런데 마인드맵을 배우고 익히면서 과감해졌다. 책을 덮고 나서 깨끗한 책만큼이나 부실했던 기억이 마인드맵 이후로 탄탄해졌다. 재독하며 만나는 과거의 기록은 추억 사진을 보는 것만큼 재밌다.

3. 독서 후 마인드맵

서평을 작성하기 전 마인드맵으로 정리한다. 중심 메시지가 무엇인지, 누구에게 추천하고 싶은지. 부분이 아닌 전체를 볼 수 있게 된다.

마인드맵으로 쓴 감사 일기는 감사의 내용이 알차다. 예전엔 일어난 사건 위주로 감사할 거리를 찾았는데, 가족, 건강, 일, 날씨 등 영역별로 기록할 수 있다.

구입할 물품 리스트도 마인드맵으로 정리한다. 온라인과 오프라인 등 구입할 장소를 큰 가지로 두고 분류하거나 용도별로 분류한다. 여러 장의 메모가 아니라 한 장으로 살펴볼 수 있으니 편하다. 꼭 사야 하는 물건이 아니라 사고 싶은 물건도 적어본다. 리스트를 작성하는 것만으로도 충동구매를 줄일 수 있다. 구입한 물품은 가격과 카드 정보를 적어둔다. 합리적이고 기분 좋은 쇼핑을 할 수 있다.

무엇보다 마인드맵으로 기록하기 좋았던 것은 시간관리 부분이다.

다이어리를 꾸준히 샀지만 1년 계획을 제대로 세운 적이 없었다. 연간 마인드맵으로 인생의 코어가 되는 부분의 목표를 작성할 수 있었다. 인생의 코어는 공부, 사업, 재테크, 건강, 가족, 환경으로 나눈다. 이어서 주마다 일주일 마인드맵을 그린다. 몇 번째 주인지 중심에 적는다. 요일을 나타내는 7개의 주요 가지를 그린다. 뻗어가는 세부가지들 위에 일정을 적는다. 일주일을 미리 파악해두면 시간과 힘을 효율적으로 분배할 수 있다. 아침, 점심, 저녁, 기타로 가지를 만들어 하루 마인드맵을 따로 그릴 수도 있다. 하루, 일주일, 일 년의 마인드맵을 태양계처럼 나열해두면 인생이 보인다. 일 년을 균형 있게 보낼 수 있다.

단기뿐 아니라 장기 미래를 그려볼 수도 있다. 맵스쿨 강의 때 목적을 정하고 이루는 방법을 구체적으로 알려주셨다. 강의를 듣고 연봉 1억을 벌고 싶다는 생각이 들어 마인드맵으로 그려봤다. 어떤 방법으로 목표를 이룰 것인지, 언제 이룰 것인지, 왜 그 목표를 이루고 싶은 건지, 누구와 어디에 있을 것인지 가지를 쳐서 기록한다. 달성에 방해가 되는 것도 가지로 나타낸다. 장애물을 인정하는 것이 극복의 첫걸음이기 때문이다. 내가 꿈꾸는 5년 후, 40대의 모습을 마인드맵으로 그려봤다. 전지현처럼 자기관리가 잘 되어있는 사람이고 싶다. 운동 의지가 살아난다.

마인드맵을 알게 된 이후 가방이 가벼워졌다. 목적별로 노트를 따로 가지고 다니는 게 아니라 무지 노트 바인더만 있으면 된다. 3p 바인더는 메모를 다시 정리하기에 좋았다. 고정 자리에 날짜와 주제를 미리 적어둔다. 분리해서 주제별로 모아둔다. 그저 받아 적는 것에 만족하던 메모가 한 단계 업그레이드되었다. 메모를 다시 돌아보며 발전 아이디어를 얻고 실천한다. 마인드맵은 진정한 메모광이 될 수 있게 해주었다.

09
육아, 함께 그리다

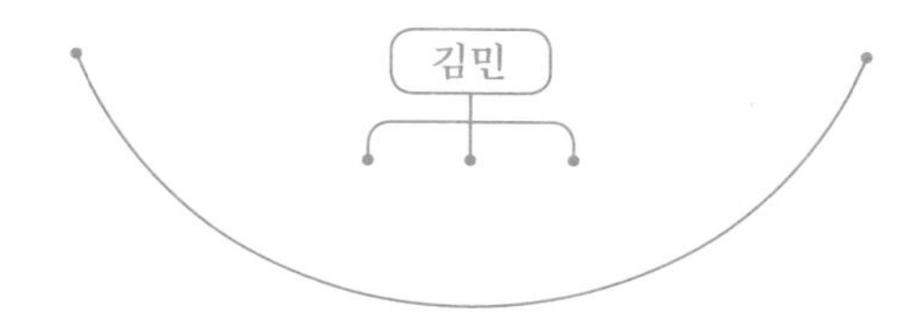

"엄마 이거 꼭 해야 해? 공부하기 너무 싫어."

큰아이가 9살 때다. 거실에서 학교 숙제를 하다가 연필을 툭 내려놓았다. 푹 고꾸라지듯 엎드렸다. 한숨을 푹푹 쉬면서 세상을 다 산 것 같은 목소리로 이야기했다. 아이를 바라보았다. 무슨 말을 건네야 할까? 아이의 마음이 궁금했다.

"하람아, 너는 커서 어떤 사람이 되고 싶어? 직업이나 닮고 싶은 사람이나 그런 게 있어?"

엄마에게서 들려올 거라 생각했던 대답이 아니어서인지 아이의 얼굴은 얼떨떨해 보였다. '학생이 공부를 해야지 그걸 싫다고 하면 뭐가 되려고 그래!'라든가 '그거 안 하면 간식 없을 줄 알아.' 등의

협박성이 짙은 말이 나올 줄 알았는데 상냥한 말투에 질문을 들으니 순간 아이가 당황했나 보다. 그래도 일단 혼나지 않고 친절한 질문을 받았으니 아이도 차분히 생각하다가 대답을 했다.

"응, 엄마. 나는 승무원이 되고 싶어."

"그래? 그럼 흰 종이에 가운데에다가 승무원이라고 적어볼래?"

글씨 쓰기 싫어서 내려놨던 연필을 잡고는 가로로 놓인 흰 종이의 가운데에 승무원이라고 억지로 적었다.

"하람이는 왜 승무원이 되고 싶었어?"

"몰라."

"엄마는 하람이 마음이 궁금한데, 그럼 승무원이 되려면 어떤 것을 준비해야 할까?"

"몰라."

"같이 한번 생각해보자. 우리 예전에 비행기 탔을 때 승무원 본 적 있지?"

"……. 응."

"그때 어떤 느낌이나 생각이 들었어?"

"상냥하고 예쁘고 똑똑해 보였어. 그래서 나도 승무원이 되고 싶었던 거야."

"아~ 그랬구나."

"그리고 승무원들은 세계 여러 나라 사람을 만나니까 외국어도 잘해야 하고, 친절해야 하니까 마음도 착해야 해. 나는 얼굴은 예쁘니까 이대로만 잘 크면 되고, 운동도 해야 할 거 같아. 승무원 언니들은 다 날씬하고 위기 상황에서 사람들을 도와주려면 힘도 세야 하잖아."

"그래 맞아. 그렇게 멋진 승무원이 되기 위해서는 어떻게 해야 할까? 지금부터 할 수 있는 일이 있을까?"

"응, 영어 공부도 하고 책도 많이 읽고, 수학도 해야 해."

"그렇지, 하람이 엄청 잘 알고 있네? 그럼 지금 얘기한 것들 마인드맵으로 그려볼까? 자, 어떻게 나누면 좋을까?"

"승무원이 되고 싶은 이유, 방법, 지금부터 해야 할 일 이 정도로 하면 될 거 같은데?"

"와 너무 좋다. 그러면 세부 가지에는 어떤 것들을 써볼 수 있을까?"

"이유에는 비행기 탔을 때 보니 멋있어서라고 쓰고, 해야 할 일에는 영어공부, 수학 공부, 운동이라고 쓰면 될 거 같아."

"와, 정말 잘했네. 그러면 당장 오늘 승무원에 한발 다가서려면 무엇을 하면 좋을까?"

"음. 오늘 학교 숙제 다 하는 것부터 하면 되겠네. 빨리 해야겠다 그리고 줄넘기하러 나가야지."

마인드맵을 같이 그려보며 왜 공부를 해야 하는지 이유를 찾았다. 내적 동기부여가 되니 좀 전에 한숨 쉬던 아이는 어디로 가고 없어졌다. 승무원이 되겠다고 열의를 불태우며 공부하는 아이만 앉아있었다.

여행 갈 때 가장 먼저 준비하는 것이 여행 마인드맵이다. 여행 갈 때 짐은 보통 엄마가 챙기게 된다. 마인드맵을 활용하면 아이들도 충분히 스스로 짐을 챙길 수 있다. 먼저 마인드맵을 그릴 흰 종이를 준비하고 가로로 놓아둔다. 중앙 이미지를 종이의 가운데 그려준다. 아이와 함께 여행지의 이름이나 여행지를 생각하면 떠오르는 이미지 등을 그려주면 된다. 중앙 이미지에 딱 붙여서 굵은 주가지를 그려준다.

여행 목적, 장소, 필요 도구, 옷, 음식, 둘러볼 곳 등으로 가지를 나눠 볼 수 있다. 가지를 나누는 것은 아이와 함께 정해 본다. 주가지에 옷을 적었다고 하면, 세부 가지에 며칠 동안 여행을 가는 지도 적고 기간에 따라 잠옷, 외출복, 속옷, 양말의 개수를 정하고 날씨에 따라 긴팔을 챙겨갈지, 반팔을 챙겨갈지를 정한다. 어떤 옷을 챙겨갈지 그림으로 그려두면 짐을 챙기기가 더 수월하다. 글씨를 모르는 아이들의 경우 그림으로만 나타내도 충분하다. 짐을 잘 쌌는지 확인을 따로 하지는 않는다. 잘못 챙겼으면 어쩌나 걱정이 안 되는 것은 아니지만 온전히 아이들에게 맡겨보고 스스로 할 수 있는 기회를 경험하게 한다.

처음으로 아이들끼리만 짐을 챙기고 여행을 갔을 때였다. 막내의 가방 속에는 외출복 중에 티셔츠가 빠져있었고 잠옷은 바지만 있었다. 이때 아이의 반응은 어땠을까? 당황, 불편함, 다짐. 다음에는 꼭 잘 챙겨 온다고 다짐하고 약간은 불편하게 여행을 마쳤다. 그 다음 여행 짐을 챙길 때 아이는 어땠을까? 외출복과 잠옷의 짝이 잘 맞았다. 스스로 마인드맵을 그려서 짐을 챙기고 여행을 다녀온 아이들의 자존감과 자립심이 한 뼘 자랐을 것이다.

'엄마, 마인드맵이 조금 재미있는 것 같아요.' 초등학교 4학년에 올라가는 큰 아이가 하는 말이다. 얼마 전 한 학기의 교과 과정을 마인드맵으로 그리는 과정에 참여를 했다. 국어, 과학, 사회, 수학 네 가지 과목을 한 장으로 정리하며 개념을 짚어보는 것이었는데, 엄마랑 집에서 놀이하듯 그렸던 마인드맵과는 기분이 달랐나 보다. 첫날에는 몸을 비비 꼬면서 언제 끝나느냐고 여러 번 물어 보기에 지루한 가 했더니 점점 마인드맵으로 정리하고 그리는 것에 빠져가는 모습을 보았다.

둘째 날, 셋째 날이 되었을 때는 마인드맵으로 공부했던 것을 정리하니 예쁘고 기억도 잘 나고 정리가 잘 된다고 했다. 공부할 때 마인드맵으로 정리하니 낙서하는 것처럼 재미있고 기억하려 애쓰지 않아도 기억에 남는다나. 수학 공부는 해야겠는데 지겹고 어려워서 못하겠다고 하던 아이가 수학 교과 정리 마인드맵을 그리고 나서는 할 만하다고 하다니. 억지로 공부해라 할 것 없이 놀이처럼 개념을 정리하는 모습은 경이롭기까지 했다.

아이의 내적 동기를 일으키고 생각을 시각적으로 표현해 내는 방법으로 마인드맵이 아주 효과적이다. 말로 말하기 어려워하거나 생각 정리하는 것이 쉽지 않을 때 낙서하듯 가볍게 아이와 마인드맵을 그려보면 없던 말도 술술 나오게 된다. 아이의 마음을 알게 되니 육아가 더 쉬워졌다.

10
직장 생활 백서

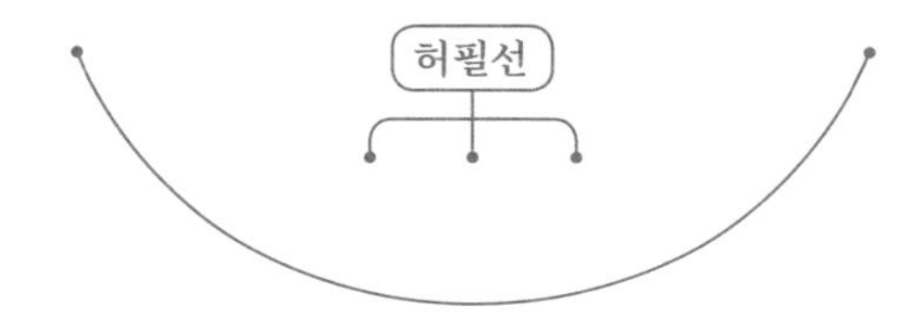

한번은 회사에서 회의가 끝나고 공개석상에서 상무님께 칭찬받은 적이 있다. 사실은 칭찬받을만한 일은 아니었다. 진실은 이랬다. 회의 시간에 집중도 잘 안 되고 해서 회의 내용을 마인드맵으로 그리고 있었을 뿐이다. 그런데 그 모습을 보신 상무님 눈에는 여러 가지 색으로 회의 내용을 정리하는 내 모습이 회의에 열심히 참여하는 모습으로 보였나 보다. 상무님은 내 마인드맵을 다른 사람에게 보여주며, '허과장은 이렇게 열심히 필기한다. 다른 사람들도 듣기만 하지 말고 생각을 정리했으면 좋겠다.'라고 나를 치켜세우셨다. 다른 사람도 내가 한 마인드맵을 신기하게 바라봤다. 회의가 끝나고 나서 몇 명의 사람들은 마인드맵 그리는 법을 물어보기도 했고, 한참이 지난 후에도 나에게 참 대단하다고 하는 사람이 있었다. 나에게는 마인드맵과 다양한 색으로 필기를 하는 것이 익숙한 것이지만, 필기 자체가 힘든 사람도 많고, 마인드맵이 신기한 사람도 많이 있었다. 그래서 마인드맵을 할 수 있다는 것 자체만으로도 다른 사람보다 능력이 있는 사람으로 보일 수 있다.

직장에서 마인드맵을 어떻게 사용할지 고민한 적이 있었다. 마인드맵이 좋은 건 알겠지만, 일하기도 바쁜 회사생활 중에 마인드맵을 위해 시간을 만들기가 힘들기 때문이다. 마인드맵을 하기 위해선 최소한 몇십 분의 시간이 필요하다. 시간을 효율적으로 사용하기 위해서 마인드맵을 사용하려고 했는데, 마인드맵을 그리느라 시간이 걸린다는 것은 일을 줄이기 위해서 다른 일로 시간을 늘리는 것처럼 여겨졌다.

한참이 지나 발상의 전환해보기로 했다. '마인드맵을 그리는데 별도의 시간을 들이지 않으면 될 것 아닌가?'라는 생각이 들었고, 어차피 필기해야 할 때 마인드맵을 사용해보기로 했다. 대신 마인드맵을 그리는 속도를 필기 속도와 거의 같게 맞추려고 했다. 나만의 방법을 찾고, 마인드맵의 기본 효과를 누리면서 시간은 최소화하기 위해 몇 가지 규칙을 만들었다.

우선 펜 하나에 여러 색이 들어있는 다색 펜을 사용한다. 색을 교체하기 위해 펜을 바꾸는데도 시간이 들어가기 때문이다. 필기하는 곳은 다이어리처럼 항상 휴대하고 다니는 곳에 한다. 나의 경우

일정 관리를 할 때와 미팅을 할 때 다이어리를 사용하기 때문에 다이어리 뒤쪽 메모란에 적기로 했다. 한동안 다이어리에 마인드맵을 적었고, 지금은 아이패드를 사용하고 있어 다이어리를 쓰지는 않는다. 일정 관리부터 많은 일을 아이패드 하나로 끝마친다. 현재 아이패드 메모 어플은 굿노트를 사용한다. 이전부터 원노트를 사용하는 사람이라면 원노트를 사용하는 것도 좋다. 나도 굿노트와 원노트를 용도에 따라 번갈아 가며 사용하는 중이다.

아침에 회사에 출근해서 제일 먼저 오늘 할 일을 정리한다. 할 일 순서와 상관없이 생각나는 대로 적는다. 일단 다 적고 나서 일할 순서를 정해서 번호를 매긴다. 그중 중요한 것에는 색을 칠하거나 별표 한다. 마인드맵의 색 강조와 기호화를 변형한 것이다. 이렇게 하면 투두리스트 하나로, 할 일 순서와 오늘 놓치면 안 되는 중요한 업무가 한눈에 들어온다.

회의 내용 정리할 때도 마인드맵은 유용하다. 회의는 보통 여러 사람의 의견이 오가고, 얘기를 멈추고 생각하는 시간이 있기에 마인드맵을 제대로 해보기에 안성맞춤이다. 회의 주제를 메인에 적고, 논의할 안건을 주 가지에 적는다. 우선 안건을 주 가지 위에 채운다. 그리고 회의를 진행하면서 나온 얘기들을 주 가지에 소가지를 만들어 요약해서 적는다. 회의 내용을 마인드맵으로 그리면 주제가 끝나기 전에 다른 안건을 얘기하는 것이 바로 보여, 논점을 이탈하는 것이 눈에 들어온다. 그럴 때는 '우선 이 안건을 끝내고 다음 안건으로 가시죠.'라는 말로 사람들이 하나의 안건에 집중할 수 있도록 한다. 마인드맵을 하고 있으면 가지의 연결을 항상 신경 쓰기 때문에 다른 사람이 논의 중인 주제 외의 이야기를 하면 바로 알아차릴 수 있다. 그래서 일 잘하는 사람처럼 보이게 하는 효과도 있다.

창의적인 아이디어를 도출할 때도 마인드맵을 사용하면 좋다. 전에 트리즈TRIZ 강의를 들으면서 알게 된 점이 있다. 트리즈TRIZ 강사는 아이디어가 떠오르지 못하는 가장 큰 이유는 한 번에 너무 큰 주제를 보고 있기 때문이라고 했다. 강의를 들은 후 아이디어 회의를 할 때는 우선 주제를 잘게 나눴다. 나누어진 주제 중 몇 가지만을 중점적으로 논의했다. 논의 주제가 전체로 했을 때는 의견이 중구난방이었다. 하나에 대해 생각을 못 했다. 칠판에 마인드맵으로 주제를 몇 가지로 나누고 하나의 가지에 대한 아이디어를 논의하자 달라졌다. 좁은 주제로 얘기하자 그 하나의 주제를 중점으로 깊이 생각할 수 있었다. 그리고 정말 생각하지 못했던 아이디어가 나오기 시작했다. 그렇게 하나의 가지에 대한 논의가 끝나면 다른 가지로 넘어가 같은 방식으로 아이디어 논의를 했다. 이제야 정말 쓸모있는 아이디어가 나왔다. 그리고 오히려 시간도 줄어들었다.

교육할 때도 마인드맵은 상당한 효과가 있었다. 마인드맵의 특성인 키워드 요약 때문이다. 교육의 중요 내용을 마인드맵으로 정리하면 핵심 내용을 한 장으로 볼 수 있다. 그래서 나는 사람들을 교육할 일이 있으면, 교육 내용을 한 장의 마인드맵으로 정리해서 준다. 그러면 교육받는 사람의 만족도가 높아진다. 그리고 당연히 기억도 더욱 잘한다.

고객과의 미팅이 있다면 말로 설명하기보다는 마인드맵을 활용했다. 특히 외국인과의 미팅 시에 효과를 발휘했다. 서로의 의사소통에 문제가 있을 수 있으니 보통 글로 적으며 논의했다. 두 개의 종이를 준비해 일반적인 설명을 할 때는 하나의 종이에 하고, 중간중간 다른 종이에 마인드맵으로 지금 한 얘기를 정리했다. 그리고 미팅이 끝날 때, 정리한 마인드맵을 보면서 오늘 미팅의 내용을 서로 확인하고, 그 마인드맵을 회의록처럼 서로 보관했다. 별도의 회의록을 작성할 필요도 없고, 회의 내용도 명확히 보여서 서로 만족스러웠다. 나중에 미팅할 때 이전 미팅 때 작성한 마인드맵을 보며 이전 내용을 확인하기도 빠르고 편했다.

종일 마인드맵을 할 시간이 없다면, 쉬는 시간에 머리를 식힐 겸 그려보는 것도 좋다. 시간이 남으면 주제를 정한다기보다는 그냥 편하게 이런저런 생각을 적었다. 낙서한다는 생각으로 편하게 그림도 그리고, 글도 쓰고, 선도 연결했다. 직장에서 온종일 일하다 보면 머릿속에 경직되곤 한다. 이럴 때 그림을 짧게 그려보는 것, 머릿속에 떠오르는 것을 편하게 적어보니 환기가 되었다.

제4장

마인드맵을 통한 인생 비전

01
새로운 목표가 생겼다

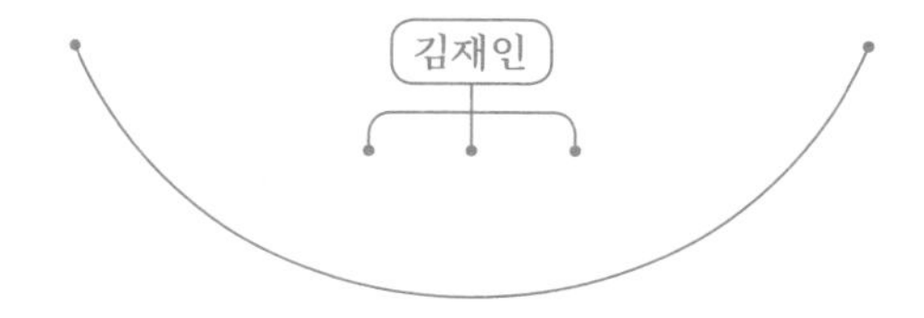

연년생 아이들을 낳고 키우며 산후우울증이 왔다. 자신감과 자존감은 낮아질 대로 낮아졌다. 온 세상을 부정적으로 보며 짜증과 거친 말을 내뱉는 나날을 보내왔다. 언제까지 이렇게 살 것인가.

'이제는 좀 달라져야 내가 살고 아이들에게도 좋겠지.'

라는 생각을 할 때 마인드맵이 기적같이 내 인생에 찾아왔다. 마인드맵이 나를 얼마나 달라지게 할까 의문이 들기도 했다. 처음에는 그냥 묵묵히 그렸다. 오랜만에 무언가에 집중한다는 게 재미있기도 했다. 나를 돌아보면서 울기도 하고 즐거운 일을 회상하며 웃기도 했다. 그냥 그렇게 그려 나갔다. 그게 치유의 과정 중 하나였을까.

'나도 많은 사람에게 선한 영향력을 끼치고 싶다.'

마인드맵을 지속해서 그리다 보니 이런 마음을 갖고 하루하루 살아가게 되었다. 그중에서도 나처럼 힘들어하는 엄마들에게 희망과 용기를 줄 수 있는 일을 하고 싶어졌다.

남편이 싫어하지만 나는 틈틈이 자기 계발을 지속했다. 살기 위한 나만의 몸부림이었다. 마인드맵을 그리고 책을 읽고 강의를 듣는 내가, 남편이 보기에는 시간이 남아돌아서 하는 거라고 비난했다. 한편으로는 남편 입장도 이해했다. 하지만 나의 산후우울증을 해소할 수 있는 유일한 방법이 마인드맵과 자기 계발이라는 걸 몰라주는 남편이 야속했다. 이 책을 읽고 나를 조금은 더 지지해주면 좋겠다는 말을 다시 한번 전하고 싶다. 남편이 바빠서 내 옆에 있어주지 못할 때 위로가 되어준 게 마인드맵이라고. 이제는 단순히 자기 계발이 아닌 이제 수익화를 위한 단계를 밟아 나갈 테니 지켜봐 달라고 말이다.

그렇게 나는 마인드맵을 만나고 나서 새로운 인생을 살기 위한 삶의 목표라는 게 생겼다.

"마인드맵 그게 뭐야? "

아직도 이런 질문을 하는 사람들이 있다. 그만큼 마인드맵을 모르는 사람이 여전히 많다. 좋은 도구라는 것을 더 널리 알릴 필요성이 있다는 것이다. 마인드맵은 정말 다양하게 활용 가능하다는 장점이 있기에 어떤 분야에도 접목할 수 있다. 여러분이 하는 분야에도 충분히 적용할 수 있다. 마인드맵을 꾸준히 그리면 좌뇌와 우뇌가 균형 있게 발달 된다. 똑똑하게 살고 싶지 않은가? '나는 머리가 나빠'라는 말은 이제 할 수 없다. 어른이 되어서도 충분히 우리의 두뇌는 마인드맵을 통해 발전할 수 있다. 오소희 강사님뿐만 아니라 나와 다른 많은 마인드맵퍼들이 산 증인이 아닐까 싶다.

내가 공저로 이렇게 책을 쓸 수 있게 된 것도 마인드맵 덕분이다.

"내가 책을 쓴다고? 절대 불가능해."

몇 년 전의 내가 책을 쓴다고 했으면 손사래를 치며 도저히 엄두도 못 냈을 것이다. 마인드맵이 나의 두뇌를 열심히 활성화해준 덕분에 이제는 글도 수월하게 써 내려갈 수 있게 되었다. 나는 전형적인 이과 계열 두뇌라 책 쓰기를 할 수 있을 것이라고는 전혀 상상도 못 하고 살았다. 비록 뛰어난 문체도 아니고 작가라는 말을 붙이기도 부족하다. 그러나 막힘없이 글을 줄줄 써 내려갈 수 있다는 것만으로도 나에게는 엄청난 발전이다. 몇 년 동안 자기 계발을 꾸준히 해 온 당신이니까 가능한 것이 아니냐는 말은 접어두길 바란다. 나도 많이 부족했던 사람이기에 독자인 여러분도 충분히 할 수 있다고 말하고 싶다. 마인드맵부터 그리기 시작한다면 언젠가 책을 쓰는 작가가 충분히 될 수 있다.

마인드맵으로 내가 가장 활용해보고 싶은 것은 강의와 독서 모임이다.

첫 번째, 강의로 마인드맵 활용법을 많은 분께 알리고 싶다. 물론 주 타겟층은 육아 맘들이겠지만 남녀노소 가리지 않고 모두에게 가르쳐주고 싶다. 아이들은 교육적으로 도움이 될 것이고, 성인 남녀들에게는 삶을 더 윤택하게 만들어주는 도구가 될 것이다. 노인분들에게는 무료한 삶에 즐거움이 되고 치매 예방에도 엄청난 효과를 주지 않을까 싶다. 이처럼 좋은 것을 나 혼자만 하지 않고 많은 분께 알리고 싶다. 그리고 단순히 배우는 것에 그치지 않고 꾸준히 활용할 수 있게 도와주고 싶다.

두 번째, 독서 모임에 마인드맵을 활용하여 진행하고 싶다. 책을 읽고 마인드맵으로 정리를 하는 게 이제 나는 자연스러운 일 중 하나가 되었다. 아직 도전해보지 못한 장르도 있지만 다양한 장르의 책을 읽고 마인드맵으로 정리해보고 싶다. 혼자 하는 것보다 여러 사람과 함께 한다면 시너지가 엄청나지 않을까. 그래서 마인드맵을 활용한 독서 모임을 하고 싶다. 다양한 사람들의 마인드맵을 보면서 내가 배우는 점도 있을 것이다. 우선 내가 사는 지역에서 독서 모임을 진행하고 싶다. 가능하다면 온라인으로도 마인드맵을 활용한 독서 모임을 이끌어나가는 리더가 되는 것이 목표다. 강의와 독서 모임 외에도 마인드맵을 활용할 수 있으면 어떤 것이든 적용하고 도전해보고 싶다.

이렇게 목표를 하나씩 하나씩 적어 내려가는 것만으로도 심장이 두근거리고 설렌다. 그 목표를 이루었을 때 나의 모습을 생각하면 나도 모르게 미소를 짓게 된다. 인간에게 목표가 있는 것이 얼마나 중요한 것인지 몸소 느끼고 있다. 집에서 육아만 하고 있을 때 내 모습은 초라하기 짝이 없었다.

목표가 없다면 삶이 무료할 수밖에 없다. 지금 삶이 지치고 힘들다면 마인드맵을 배워보기를 추천한다. 한 장 두 장 마인드맵을 그려 나가다 보면 자신을 되돌아보게 되고 내가 좋아했던 게 무엇인지 깨닫게 된다. 그리고 잃어버린 꿈이 생기게 될지도 모른다. 나처럼 인생의 새로운 목표가 생길 수 있다.

02
내 인생의 내비게이션

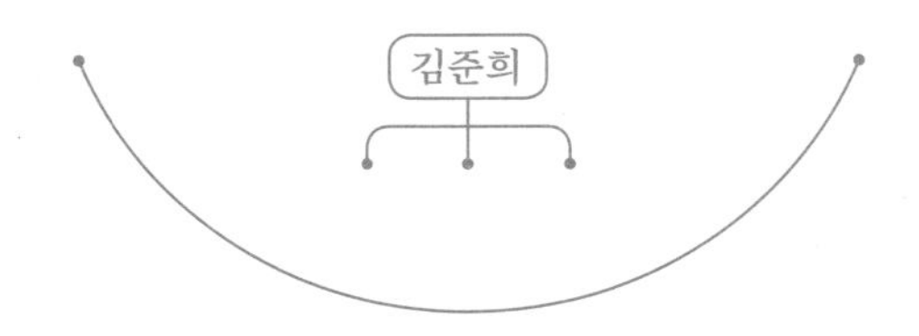

어린 시절, 집에는 지도가 참 많았다. 관광지도, 도로교통지도, 고속도로지도, 국도안내지도 등등 종류별로 있었다. 부모님께서는 여행가기 전날 밤이면 그 지도들이 다 꺼냈다. 지도들을 펴고 둘러앉아 가야 할 길을 미리 확인했다. 길을 가다가도 헷갈리면 갓길에 차를 세우고는 지도를 한참 들여다보시던 모습이 생각난다. 여름휴가 때는 사촌들과 함께 바다로 놀러 가기도 했는데, 역시나 다들 지도를 손에 들고 모였다. 핸드폰도 내비게이션도 없던 시절이었다.

다섯 가족이 지도를 펴서 목적지를 함께 확인하고 출발한다. 밀리는 휴가철 차량에 뿔뿔이 흩어졌지만, 바다에 도착하면 다시 한곳에서 만났다. 다들 갓길에 차를 세워가며 길을 찾아 왔으리라. 내비게이션이 일반화된 지금 생각해 보면 웃음이 나는 추억이다.

마인드맵 수업을 할 때면 아이들에게 꼭 해보게 하는 것이 있다. 지도를 보며 도착지까지의 길을 설명하게 한다. 반대로 지도가 없다면 가야 할 길을 어떻게 설명할 것인지 생각해 보게 한다. 지도를 보면서 설명을 하면 갈림길에서 주저 없이 길을 안내한다. 여러 갈래의 길 중 목적지까지 가장 빠른 길도 잘 찾아 설명한다. 가는 길에 무엇이 있는지도 상세히 알려준다. 하지만 지도를 가리고 얘기해보라 하면 머뭇거리며 확신을 갖지 못한다. 지도를 보며 설명하는 것과 보지 않고 생각을 더듬어 설명하는 것은 큰 차이가 있다. 당연히 지도를 보며 설명하는 것이 편하다.

마인드맵은 생각을 볼 수 있게 해주는 생각 지도이다. 그런데 마인드맵은 지도보다는 내비게이션과 더 닮았다. 지도는 목적지까지의 길만 알려준다. 가는 길의 상황까지는 예측해 주지 않는다. 반면, 내비게이션은 지금 가려는 길이 밀리지는 않는지, 사고 난 구간은 없는지 분석해서 가장 빠른 길을 알려준다. 그리고 도착 예상시간과 돌아갈 수 있는 다른 경로까지도 보여 준다. 행여나 튀어나온 방지턱에 놀랄까 미리 준비할 수 있게 해주고, 가는 길에 지치지 않도록 휴게소까지의 거리도 안내해준다. 그렇게 마지막 도착지까지 함께 한다. 내 인생에서 그런 멘토와 같은 내비게이션은 바로 마인드맵이다.

마인드맵 지도자 과정을 하면서도 여러 장의 꿈을 향해 가는 지도를 그렸다. 마인드맵 지도자로의 역할을 고민해야 했다. 마인드맵 수업을 커리큘럼으로 만든 플레이마인드맵의 방향성도 찾고 싶었다. 어떻게 해야 하는지 고민이 될 때마다, 주저하지 않고 마인드맵을 그렸다. 머릿속의 떠오르는 키워드들을 엮어내어 길을 찾을 수 있게 지도를 만들었다.

내비게이션과 같은 마인드맵을 그릴 때는 항해하는 배 한 척을 중심이미지로는 그려주었다. 새로운 목적지를 향해 나아가는 배다. 순항을 위한 바람도 그려주었다. '마인드맵'이 그려진 돛을 활짝 펼친 배가 항해를 시작한다. 꿈을 실은 플레이마인드맵 배이다. 첫 주가지 위에는 가야 할 방향성을 기억하기 위해 마인드맵을 향한 진심을 썼다. 그 마음은 항해를 끝까지 마칠 수 있는 에너지원이 될 것이다. 다른 주가지에는 마인드맵 지도자가 되기 위해 해야 할 것들을 적고, 부가지를 내어서 지금 당장 해야 하는 일들도 써 보았다.

매일 마인드맵을 그려야 했다. 바쁜 하루 속에 마인드맵을 그려야 할 시간을 정했다. 마인드맵을 보이는 곳에 붙이고 정해진 시간이 되면 잠시 일을 멈춘 후 마인드맵을 그렸다. 그 외에 배워야 할 것들도 계획했다. 일단 가지를 그려놓으면 빈칸을 채우기 위해 고민하게 된다. 그러면 여러 가지 방안들이 떠오른다. 하지만 때론 한참을 들여다봐도 답이 나오지 않을 때도 있다. 생각해 보면 그것은 지금 당장 하기가 어려운 일이었다. 교재를 만들고 싶은데 책을 만드는 과정을 잘 알지 못했다. 무엇부터 해야 하는지 막막했다. 지도를 보며 막다른 길과 돌아가는 길을 걸러내듯이, 마인드맵을 그려보면 내가 할 수 있는 것과 할 수 없는 것을 구분할 수 있게 된다. 혼자서 하기 힘든 일은 관련 분야를 잘 아는 사람을 찾아 도움을 요청할 계획을 세웠다. 마인드맵을 그려봤기 때문에 준비할 수 있었다.

그렇게 플레이마인드맵의 여정을 시뮬레이션 해보며 나만의 내비게이션을 그렸다. 그런 내비게이션과 같은 마인드맵은 벌써 여러 장이 만들어졌다. 내비게이션이 없던 시절의 우리 부모님은 지도를 주기적으로 교체하셨다. 길이 새로 생겨나면 지도가 바뀌어야 했다. 닳고 닳은 지도는 구겨진 부분이 흐려져서 잘 보이지 않는다.

마인드맵도 마찬가지이다. 시간이 지나면 다시 그려봐야 한다. 해야 할 일들이 잘 진행되고 있는지, 또 다른 방법은 없는지 점검해야 했다. 내비게이션은 앞에 사고가 나면 다른 경로를 빠르게 찾아 알려준다. 하지만 '나만의 내비게이션'은 다시 그려봐야만 바뀌는 상황들을 알아챌 수 있다. 그리고 다시 그릴 때마다 목적지까지의 에너지원이 충분한지도 확인한다. 여전히 하고 싶은 마음이 뜨거운지, 또 다른 고민이 생겼는지 나에게 물어본다. 그래야 나를 움직이게 하는 '나만의 내비게이션'을 제대로 설정할 수 있다. 단 며칠의

휴가를 위해 늦은 밤 머리를 맞대고 상의하셨던 나의 부모님처럼, 나의 내일을 향해할 마인드맵은 더욱 정성껏 그려야 한다.

마인드맵을 알기 전에는 해보고 싶은 일이 있어도 어떻게 해야 할지 막막할 때가 많았다. 지금 상황과 하고 싶은 일이 하나의 길로 연결되지 않아서 시작도 느렸다. 갈림길에서 망설이느라 시간도 지체했다. 내비게이션처럼 하나의 진한 선으로 목적지까지의 길을 찾을 수 있다면 얼마나 좋을까.

이제는 매일 아침이면 마인드맵을 들여다보며 오늘 할 일을 찾아서 한다. 그런 하루하루가 꿈을 향해 가는 경로 속의 한 점이 되고, 그 점들을 모아 목적지를 향한 길을 만들고 있다. 종이와 펜만 있다면 나의 한 점을 어느 곳에 찍을 것인지 계획할 수 있다. 머릿속이 아닌 종이 위에 시각화된 한 장의 마인드맵은 내일을 향해해 갈 '나만의 내비게이션'이다.

03
시련을 만날 때마다

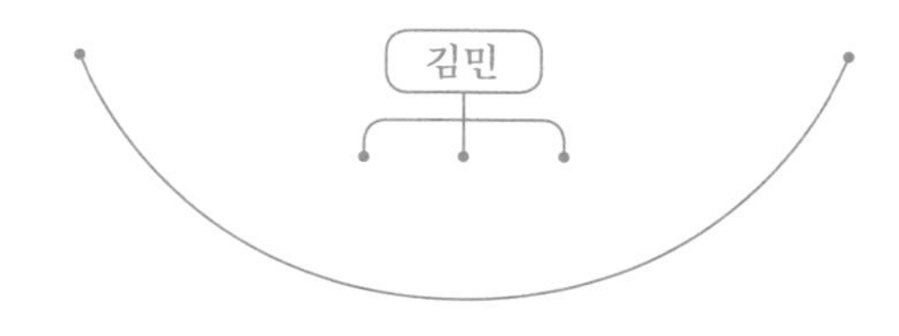

살다 보면 그런 날이 있다. 하나부터 열까지 신경 쓰이고 짜증이 가득한 날. 다른 사람은 다 잘 사는데 나만 왜 이러고 사나 싶기도 하고 툭 건드리면 울 것처럼 마음이 힘든 날 말이다. 세상의 모든 불행과 힘든 것은 나에게만 일어나는 일 같고, 이따금 이유도 없이 가슴이 답답한 날. 가슴이 답답해서 쾅쾅 소리가 날 정도로 두드려 봐도 하나도 시원하지 않고, 나만 이런 상황에서 지쳐서 비틀거리는 거 같고, 일상에 가득 파묻혀서 뒤처지는 느낌, 혼자된 느낌 가득한 날.

나도 내 기분을 종잡을 수 없을 정도로 오르락내리락할 때가 있다. 아이들과 신랑이 없는 곳으로 달려 나가고 싶기도 하고, 귀가 얼얼하고 속이 뻥 뚫릴 정도로 소리를 지르고 싶기도 하지만 현실은 집안일과 해야 할 일들의 컨테이너 벨트에 올라있는 기분일 때도 있다. 아이들과 오랜 시간 함께 있는 것은 너무나도 좋은 일인데, 엄마도 사람이라 마음이 힘들 때도 있을 수밖에.

아이도 엄마도 컨디션이 좋지 않은 날, 아이와 트러블이 생기고 나면, 엄마는 마음이 작아진다. 아침부터 내내 유독 짜증이 심했던 아이의 말에 저녁쯤 되어서는 폭발하게 되어 말이 뾰족하다 못해 쓰라리고 아프게 나올 때가 있다.

"다른 사람이 듣기에도 조금 부드럽게 표현해 주면 어때? 엄마도 지금 기분이 안 좋아지고 있어. 너는 지금 너의 말투가 어떻게 들릴 것 같아? 엄마도 시간을 좀 줘, 감정이 격해져서, 거실 정리하고 올 테니 그 이후에 얘기하자. 너도 생각해봤으면 좋겠어. "

아마 예전의 나였다면, 엄청 날카로운 말로 아이에게 상처를 주고 나에게도 상처를 입혔을지도 모르겠다. 아이에게 뾰족한 말을 쏟아내고 나서 늘 '내가 왜 그랬을까? 좀 더 상황을 좋게 만들 수 있었는데 왜 그러지 못했을까? 아이에게 미안하다.'는 생각을 많이 했었다. 좋은 엄마가 되어보겠다고 마음공부를 하고 심리서적도 많이 읽고, 하브루타와 마인드맵을 공부하면서 부드럽게 표현하는 방법을 연습했었기에 나의 상태를 알아차릴 수 있었다. 조금은 부드럽게 말할 수 있었다. 마음으로는 이미 폭발한 상태였지만, 나름 차분한 말투로 표현하려 노력했다. 얼굴 표정까지 숨길 수는 없었다.

미간에 깊게 잡힌 주름이 내 기분을 표현하고 있었다.

아이들과 떨어진 공간에 들어왔다. 문 하나를 사이에 두고 있지만, 차단된 공간에 들어온 것만으로도 조금은 가라앉는 기분이다. 심호흡도 크게 몇 번 해본다. 허리에 손을 올리고 천장을 쳐다보기도 한다. 가슴도 팡팡 몇 번 두드려 본다. 어느새 흘러나온 눈물도 닦는다. 그러고는 자리에 앉아 종이를 펴본다. 잘 써지는 펜도 들어본다. 스스로에게 몇 가지 질문을 하며 종이에 끼적이기 시작한다.

어떤 부분에서 내가 감정 조절이 안 되었나? 어떤 부분에서 내가 자극을 받았나? 다른 날은 어떻게 행동하고 말했기에 감정 조절을 잘했었지? 다음에 또 이런 일이 생겼을 때 어떤 말을 할까? 다음에도 이런 상황일 때 어떻게 하면 좋은 결과를 가져올 수 있을까?

질문에 스스로 대답을 하며 감정에 대한 마인드맵을 그려본다. 화가 난 상황에서 웬 마인드맵이냐 할 수 있다. 손으로 그림을 그리거나 글씨를 써서 감정을 표현하는 것은 감정 해소에 큰 도움을 준다. 그냥 그림을 그리는 것이 아니라 마인드맵을 그리며 스스로에게 질문하며 대답하는 과정은 나의 감정이나 상황을 한발 짝 뒤에서 바라볼 수 있게 해 준다. 제삼자의 시각으로 객관적인 관찰을 할 수 있게 된다. 특히, 겉보기와는 다르게 소심하고 마음이 여리고 스트레스에 취약한 소심형인 사람에게는 큰 도움이 된다. 말 못 하고 혼자 속으로 삭히거나 감정의 굴을 파고 들어가 앉아있거나 아무도 모르게 눈물 흘리기도 했는데, 이제는 마인드맵으로 감정을 살필 수 있게 되었다. 몸이 힘들고 스트레스가 쌓여 분출하고 싶을 때, 조금은 현명한 방법으로 나를 그려보며 표현해 보게 되었다.

단지 감정이 요동칠 때에만 마인드맵으로 감정을 다스리는 것이 아니다. 고민이 생겼을 때에나 어떤 문제가 발생했을 때에도 중앙 이미지에 고민과 문제를 적어두고 차근차근 질문하며 가지를 뻗어가 본다. 왜 이런 일이 생겼을까? 원인은 뭘까? 어떻게 해결되었으면 좋을까? 나를 도와줄 사람이 누가 있을까? 내가 할 수 있는 것은 무엇일까? 언제까지 이것을 해결하고 싶은가? 그러기 위해서는 무엇이 필요한가? 도움이 되는 책은 무엇이 있을까?

질문을 하며 마인드맵을 그려 가다 보면 해결의 실마리를 발견하게 되는 경우가 종종 있다. 종이에 적힌 실체를 바라보면 생각했던 것보다 큰 문제가 아니기도 했다.

살면서 이런저런 시련을 겪을 때가 종종 있다. 그럴 때 마인드맵을 이용해서 원인과 해결 방법, 할 수 있는 일과 할 수 없는 것들을 살핀다. 객관적으로 바라볼 수 있게 된다. 미처 발견하지 못했던 나의 긍정적인 면을 발견하고 더 발전시키게 되는 기회가 된다. 부족한 면은 보완하고 채우는 과정도 경험하게 된다. 이런 과정을 반복하다 보면 어제보다 1mm라도 성장하게 된다. 좀 더 나은 내가 되어간다.

04
가치를 창출하다

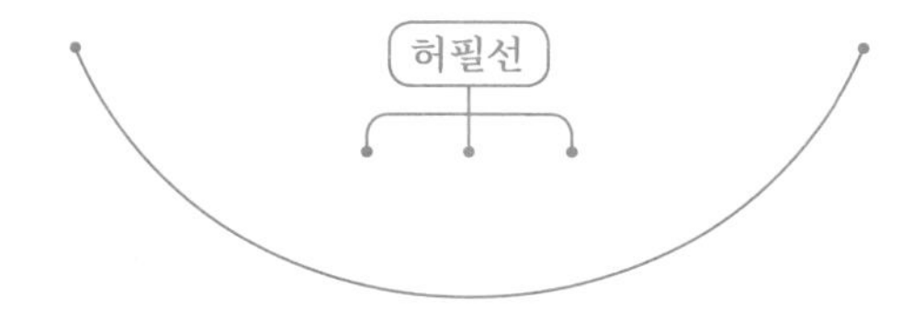

마인드맵을 알게 된 것은 정말 오래전이었다. 하지만 그동안은 개인적 용도로만 사용해왔다. 그저 주위에 마인드맵이 궁금하다고 하는 사람 몇 명에게 알려준 것이 전부였다. 어디 마인드맵뿐이겠는가? 회사에 다니며 알게 되고, 배웠던 수많은 기술과 방법을 오직 나와 회사를 위해서만 사용했다. 내가 볼 수 있는 시야가 회사라는 테두리 안에 갇혀 있었기 때문이다. 다른 세상이 있다는 것을 모르니, 다른 사용 방법을 생각해 볼 수 없었다. 하지만 책을 읽고, 글을 쓰면서 다른 세상으로 들어갈 수 있다는 것을 알게 되었다.

여러 가지 경험의 폭이 넓어지고, 지금까지 만나지 못했던 다른 세상을 만나면서, 내가 가진 것과 알고 있는 것을 다른 곳에서 사용할 수도 있다는 것을 알았다. 내가 가진 아주 작은 지식이라도 그

지식을 필요로 하는 사람을 만날 수만 있다면, 그 작은 지식이 큰 도움이 될 수 있었다. 단톡방을 만들고, 독서와 글쓰기에 대한 몇 가지 프로그램을 운영하면서 정말 다양한 사람을 만나고, 내가 가지고 있는 것들을 나눌 수 있는 계기가 되었다. 지금까지 만나던 사람들에게서 벗어나, 다른 사람들을 만나면서 나는 자연스럽게 다양한 머니 파이프라인이 만들어졌으며, N잡러가 되어 갔다. 그리고 마인드맵도 나 혼자만 알고 있는 것이 아닌 다양한 방법으로 활용할 수 있다는 것을 알게 되었다. 그리고 그 시작은 '오소희 강사'와의 만남이었다.

마인드맵 온라인 강의가 있다는 것을 알게 되고, 한국 대표 마인드맵 강사인 '오소희 강사'의 강의를 들었다. 온라인으로 듣는 강의였지만, 작은 체구에서 품어져 나오는 에너지는 정말 대단했다. 얼마 지나지 않아 오소희 강사님이 독서 모임을 시작한다는 것을 알게 되고 참여했다. 독서 모임을 계기로 오소희 강사와 얘기할 기회가 많아졌다. 마인드맵도 배우고, 이런저런 얘기를 하며 독서와 마인드맵을 접목할 방법은 없을까? 라는 얘기가 나왔다. 그 당시에 나는 여러 곳의 의뢰를 받아 다양한 독서 모임을 운영하고 있었고, 마인드맵도 오래전부터 사용하고 있어 독서 모임에 적용하는 것이 그리 어려워 보이지 않았다. 오히려 마인드맵과 독서 모임을 결합하면 더 큰 시너지가 날 것으로 생각했다. 우리는 서로 여러 가지 생각을 나누고, 기획하면서 마인드맵과 독서를 습관으로 만들어주는 프로그램이면 좋겠다는 합의점에 이르렀다. 어렵게 하는 독서나 마인드맵이 아닌, 누구나 아주 쉽게 접할 수 있는 프로그램이 되었으면 좋겠다고 생각했다. 책을 읽으며, 키워드를 찾고, 책에 낙서하듯 마인드맵을 그리고, 자기 생각을 확장하고 옮겨 적을 수 있는 프로그램을 생각했다. 그렇게 마인드맵 독서 모임, 줄여서 맵독이라는 프로그램이 탄생했다.

처음에는 우선 적은 인원의 사람들과 맵독을 테스트하려고, 베타테스터를 모집한다는 공지를 블로그에 올렸다. 그런데 이상할 정도로 신청자가 많았다. 신청 시트에 신청자가 폭발적으로 늘어가기 시작했다. 처음에는 뭔가 잘못된 것 아닌가? 싶었다. 20명 정도 생각하고 모집을 시작했는데, 3시간이 안 돼서 100명이 지원했다. 그래서 바로 마감 모집 글을 올리고, 신청서를 닫았다. 마감 공지를 올리는 잠깐에도 신청자는 계속해서 늘었다. 마감 공지를 올리자 이번에는 댓글로 참여하고 싶다는 글이 올라왔다. 우여곡절 끝에 베타테스터가 120명이 넘었다. 그렇게 마인드맵과 독서가 결합한 세상에 단 하나뿐인 독서 모임이 시작되었다.

맵독을 수개월 진행하다 협회를 만들면 어떨까? 하는 얘기를 하게 되었다. 그래서 이번에도 '그럼 하시죠.'라고 하며 일을 벌이기 시작했다. 이번에는 맵독처럼 쉽게 접할 수 있는 프로젝트를 하고자 하는 것이 아니었다. 오소희 강사는 마인드맵을 전문적으로 가르치는 강사를 만드는 협회를 생각하고 있었다. 마음으로는 이번에는 일이 좀 커진다는 생각이 들기는 했다. 하지만 오소희 강사의 그 비전이 너무 좋았다. 비전이 좋으면 해야 하지 않겠는가? 협회를 만드는 것이 좀 큰일이기는 했지만, 함께 만들어보기로 했다. 그리고 한참이 걸려서 협회 승인이 났다. '글로벌 마인드맵 지도자 협회' 승인이 난 것이다. 그리고 오소희 강사의 바람대로 협회 이름에도 '지도자'라는 단어가 들어갔다. 협회를 만들면서 오소희 강사, 이혜령 원장과 함께 '마인드맵 지도자 코스'도 만들었고, 단 5분 만에 정원이 마감되었다.

맵독을 기획하며 나는 어떤 가치를 중요하게 생각하는지에 대해 계속해서 생각했다. 내가 생각하는 인생의 중요한 가치는 변화였다. 내가 변할 수 있는 것, 그리고 다른 사람이 변할 수 있게 하여주는 것이 인생에서 중요한 가치라고 생각한다. 나는 누구나 자신이 원하는 것을 어느 정도는 얻을 수 있다고 생각한다. 다만 그것이 현재 능력보다 현저히 높은 목표만 아니라면 말이다. 내가 충분히 얻을 수 있음에도 대부분 원하는 것을 얻지 못한다. 나는 그것이 지극히 기술적인 부분이라고 생각한다.

맵독을 생각하며, 열심히 하지만 성과가 없는 사람들에게 도움이 되는 프로그램이었으면 좋겠다고 생각했다. 마인드맵을 잘하고 싶은 사람, 독서를 잘하고 싶은 사람이 있으면 그것을 가장 쉬운 방법으로 익숙하게 만들어 줄 수 있었으면 했다. 그리고 협회를 만들면서도 지도자 코스는 이미 충분한 능력을 갖춘 사람이 그 능력을 표출할 수 있도록 도와주는 것으로 가치를 잡았다. 내가 하고 싶은 것이 있다면, 그것을 이룰 방법은 충분히 있다. 단지 내가 그 방법을 모를 뿐이다.

마인드맵의 핵심은 결국 '관계'이다. 키워드간의 관계를 어떻게 효율적으로 이을 수 있는지가 가장 중요하다. 나는 마인드맵을 하면서, 생각의 관계뿐만이 아니라 사람과의 관계가 확장했다. 정말 좋은 사람을 많이 만났고, 그중에서도 특히 중요한 두 사람 오소희 강사와 이혜령 원장을 만났다. 마인드맵이 주는 내 삶의 비전은 잘 모르겠지만, 이 두 사람이 내 삶에 준 비전은 잘 알고 있다. 마인드맵은 나에게 비전을 주기보다 인생 정말 소중한 두 사람을 만나게 해주었고, 그 두 사람이 내 인생에 비전을 주었다.

05
가족의 행복을 위하여

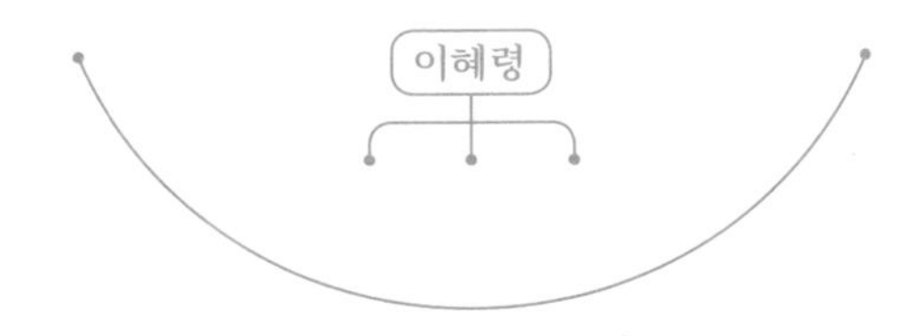

요즘 정말 바쁜 날들을 보내고 있다. 이 바쁜 날들은 한동안 이어질 것이라는 생각이 든다. 그 이유는 내가 한동안 바쁘기로 선택했기 때문이다. 이렇게 바쁘게 지내다보면 언젠가 내가 원하던 나의 모습, 그리고 가족의 모습, 그리고 세상의 모습을 만들어갈 수 있지 않을까? 하는 생각이 든다. 언젠가부터 나에게 큰 꿈이 생기기 시작했다. 후원재단을 만들어 도움이 필요한 사람들을 도와주는 것이다. 다른 사람에게는 조금은 허황되고 불가능해 보이지만 나에게는 허황된 얘기가 아니다. 그 목표점이 명확히 보이기 때문이다. 언젠가는 반드시 이룰 나의 미래이다.

나는 다른 사람들이 잘 되는 것을 도와주는 것을 좋아한다. 물론 나도 잘되고 싶은 마음도 많다. 하지만 그 이면에는 나를 통해 다른 사람이 잘되는 모습을 보는 것이 더 의미 있고 행복한 일이다. 내가 지금운영하고 있는 학원이 바로 그 행복일지도 모른다. 내가 하는 작은 일들과 행동이 여러 사람에게 영향을 미쳐 세상을 조금은 나은 모습으로 바꾸고 싶다 그로 인해 많은 사람들이 행복해질 수 있다면 내가 하는 일에 대한 의미는 충분할 것이라 생각한다. 반드시 언젠가는 후원재단을 설립할 것이다.

내가 가는 길에 있어 꼭 필요한 것들이 몇 가지 있다. 첫 번째는 교육이고 다른 하나는 툴이다. 그리고 툴 중에 최고로 중요하다고 생각하는 것이 마인드맵이다. 내가 학원 업계에 들어와서 마인드맵을 교육에 적용한 후 지금까지 마인드맵의 활용도는 점차 늘었다. 이제는 거의 대부분의 과목에 마인드맵을 적용한 수업을 하고 있다. 앞으로도 마인드맵의 수업 빈도와 양은 점차 늘어날 것이다. 올해 나는 학원의 규모를 크게 만들 일이 있어서 이전보다 훨씬 더 다양한 마인드맵의 활용을 만들 것이고, 더 많은 곳에서 마인드맵을 활용할 수 있도록 할 예정이다

학습을 넘어 나는 앞으로 마인드맵을 우리 아이의 인생을 만들어 가는데도 적용해보려고 한다. 첫째 예림이가 곧 초등학교 고학년이 되기에 조금만 있으면 진짜 학습의 시기로 접어들 것이다. 그때 나는 예림이가 마인드맵을 사용했으면 좋겠다. 엄마가 마인드맵을 하면서 나의 삶을 돌아보고 미래를 계획했던 것처럼, 예림이도

마인드맵이 자신이 가는 길의 안내자 같은 역할을 했으면 한다. 아직은 어린 나이이지만 마인드맵을 하면서 좀 더 분류적인 사고를 하고, 진짜 생각과 가짜 생각을 구별해 낼 힘을 길렀으면 한다. 단순히 학습할 때 사용하는 마인드맵을 넘어, 삶의 태도를 바로잡는 '마인드맵퍼' 가 되었으면 한다.

지금은 집에서 조금씩 마인드맵을 가르쳐주고 있다. 아직은 어려운 것을 하기 보다는 작은 습관부터 만들어나가야 하는 시기이기에 할 일을 관리하는 도구로 마인드맵을 사용하고 있다. 매일 또는 주간단위로 해야 할 일을 마인드맵을 통해서 정리하고 완료 여부를 확인하는 방법으로 사용하고 있다. 아이들은 성인에 비해 사고가 정말 유연하기 때문에 나도 아이의 상상력 가득한 모습들을 보면서 깜짝 놀라곤 한다. 한 번은 이런 적도 있었다. 예림이가 도화지에 선을 그리며 마인드맵을 하고 있었다. 마인드맵을 다 그린 예림이는 나에게 가지고 와 설명하기 시작했다.

"엄마, 내가 이거 그렸는데 뭔지 알겠어?"

"아니, 잘 모르겠는데 뭐야? 예림이가 설명해 줄래?"

"이건 동생하고 내가 요리할 때 필요한 걸 마인드맵으로 만든 거야. 요리할 때 나누어 준비하면 싸우지도 않고 좋잖아."

이 이야기를 들을 때 나는 깜짝 놀랐다. 나는 이런 상상을 단 한 번도 한 적이 없다. 스스로 필요한 걸 만들어 내고 동생과의 싸움이 일어나기 전에 대비하는 모습, 어쩌면 마인드맵 도구를 통해 더 많은 가르침이 전달되고 있는 것 같아서 행복한 순간이었다. 그런 모습을 보면서 '우리 딸 참 많이 컷구나' 라는 생각이 들었다. 한편으로는 대견하기도 했고, 한편으로는 너무 빨리 크고 있는 아이가 아쉽기도 했다.

아이의 이런 모습을 보면서 아이가 크면 클수록 마인드맵과 함께 하는 것이 많아지겠다는 생각이 든다. 내가 마인드맵을 사용하는 것보다 더 자연스럽게 다양한 분야에 사용하고 있을 것이다. 이런 생각이 들자, 마인드맵이 우리 가족의 삶에 참 많이 들어와 있다는 것을 알 수 있었다. 마인드맵은 우리 가족에게 생각의 유연성을 만들어주는 틀이다. 내가 기존에는 생각하기 힘들었던 것을 보여주고, 지금까지 생각하던 방향과는 다른 방향을 보여주는 정말 유용한 툴이다.

그리고 이런 유연성을 가진 마인드맵이 나와 우리 아이들에게 좀 더 자유스러운 삶을 살 수 있도록 도와주기를 희망한다. 하고 싶은 것을 함에 있어 주저함이 사라지고, 마음속에 그리는 삶의 모습을 현실로 이루는 그런 삶에 한 발짝 다가서게 만들어 줬으면 한다. 그리고 그렇게 될 것이다.

예림이가 나중에 10년 20년이 지나 자신의 모습을 돌아봤을 때,

엄마처럼, '마인드맵을 하기를 참 잘했다. 마인드맵이 있었기에 지금의 자유로운 모습을 가질 수 있었구나'라는 걸 느끼게 되리라 생각한다.

가족, 언제나 나를 눈물 나게 만드는 단어다. 나는 이상하게 엄마라는 단어보다 가족이라는 단어를 들으면 더 애틋해진다. 아마 우리 가족이 겪어왔던 삶의 풍파 때문이지 않을까? 하는 생각을 한다. 사람들은 보통 행복을 바라지만, 나는 좀 다르다. 행복보다는 지금과 같이 무탈하기를 바란다. 너무 많은 것을 바라면 너무 많이 힘들어질 수가 있을 것 같아, 언젠가부터 나의 바람은 작아졌다. 그렇다고 지금 우리 가족이 아주 많은 것을 가지고 있는 것은 아니다. 지금 있는 것들이 얼마나 소중한지 알고, 큰 문제가 없는 지금의 모습이 그래도 충분히 좋은 상태라고 여기며 살아가고 있다. 물론 개인적으로는 앞으로 많은 일이 있겠지만 가족 전체로는 지금과 큰 차이가 없이 그저 지금과 같은 정도만 유지가 되어도 좋겠다는 생각을 한다.

06
지속적인 성장과 발전

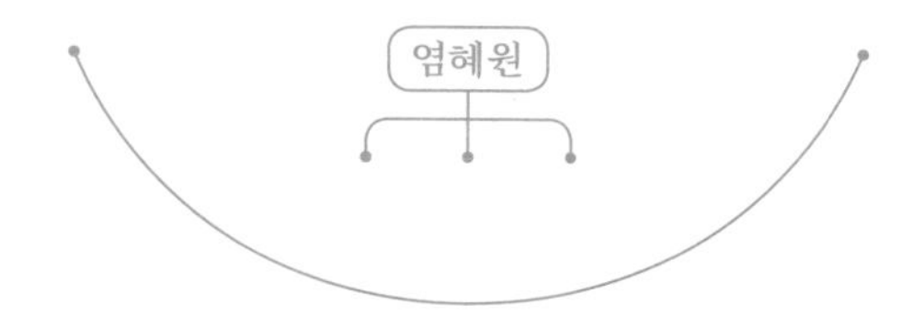

번아웃이 왔다. 그동안 내 감정이나 욕구보다는 할 일이 우선이었다. 교회학교 교사와 리더, 수학학원 원장으로서 할 일이 많았다. 다른 사람들을 먼저 챙기다 보니 나는 계속 작아졌다. 마인드맵을 계기로 나에게 집중하는 시간을 가질 수 있었다. 기분, 장점, 단점, 가고 싶은 곳, 먹고 싶은 것을 썼다. 욕구를 들여다보고 생각을 종이 위에 분출하면서 마음이 편해졌다. 타인이 알아줘야 풀어질 것 같았던 인정욕구가 해소되었다.

마인드맵을 통해 마음이 안정되니 다시 다른 사람이 돕고 싶어졌다. 내가 잘 하고, 좋아하는 일은 가르치는 일이다. 좋아하는 일을 했던 건데 일만 한 게 문제였다. 나처럼 자신의 마음을 돌보지 못해 무기력에 빠진 사람이 있다면 마인드맵을 그려볼 수 있도록 안내해 주고 싶다.

마인드맵 경험을 다양하게 해보면서 실력을 높여야겠다는 생각이 든다. 마인드맵 지도자 과정을 거치는 사람은 최소 1000장은 그린다고 들었다. 장수를 채우기 위한 마인드맵이 아니라 나를 성장시키고 다른 사람에게 도움을 줄 수 있는 마인드맵을 그리고 싶다.

구체적으로 마인드맵의 주제와 방법을 지속적으로 발전시키고 싶다. 주제는 내 개인의 문제에서 다른 사람들을 위한 것으로, 방법은 아날로그에서 디지털로 발전시키고자 한다.

학원에서 마인드맵을 어떻게 이용할까? 어떻게 하면 학생들이 효과적으로 공부해서 오래 기억할 수 있을까? 공부를 위한 마인드맵은 컬러 시스템을 만들어서 정리하면 좋겠다는 생각이 들었다.

일기를 쓸 때 색으로 내용을 구분해서 썼던 적이 있다. 일상은 검은색, 깨달은 점은 파란색, 말씀이나 책의 문장을 인용할 때는 빨간색으로 구분을 했다. 장점은 나중에 읽어 볼 때 원하는 색만 읽을 수 있다는 거였다. 생각의 변화가 어떻게 이루어졌는지도 쉽게 확인할 수 있었다.

개념을 확실히 기억하고 있어야 하는 도형과 함수 단원에서 적용해 보고 싶다. 예를 들면 도형의 정의는 빨간색, 성질은 파란색으로 그리는 식으로. 기왕이면 색에 대한 이해를 바탕으로 시스템을 만들어보고 싶다. 색채심리를 공부하고 싶어졌다. 컬러테라피를 조금 알고 있다면 마음 마인드맵을 할 때 조금 더 도움을 줄 수 있지 않을까? 더 많이 공감해 주고 적절한 위로를 해 줄 수 있지 않을까?

방사형의 마인드맵의 좋은 점은 생각을 끊임없이 확장해 나갈 수 있다는 점이다. 어떻게 도울 수 있을지 어떤 방법으로 적용할 수 있을지 계속 그려나가면서 최적의 방안을 찾아야겠다.

컬러 시스템과 더불어 나만의 강조 기호, 화살표, 연결선을 만들어 내 스타일의 마인드맵을 만들고 싶다. 멋진 화가의 예술작품처럼 내 마인드맵이 아름다움과 경쟁력을 갖출 수 있으면 좋겠다. NFT 시장에 내놓을 수 있는 마인드맵을 그리고 싶다. 내가 NFT에 내는 마인드맵은 어떤 주제의 마인드맵이 될까?

1000번째의 마인드맵은 종이와 색연필로 그리지 않을 것 같다. 발전하는 기술에 맞춰 나의 마인드맵도 성장하고 달라질 수 있도록 새로운 것들을 도입해 볼 거다. 메타버스 세계에서는 어떤 방법으로 마인드맵을 그릴 수 있을지 궁금해졌다.

지금 그리는 방법에서 예쁜 마인드맵을 그리려면 이미지를 제대로 활용해야 한다. 이미지를 찾아서 사용할 수도 있지만 직접 그릴 수도 있다. 표현력의 한계로 이미지가 아닌 문장으로 쓰게 되는 상황을 줄이고 싶다. 이미지로 나타내려면 평소에 특징이 무엇인지 관찰해야 한다. 특징을 살려 간단하게 그리는 연습을 꾸준히 해야겠다.

마인드맵을 어떻게 활용할지 미래엔 어떤 방향으로 나가게 될지 생각해 보았다. 어떤 도움을 줄 수 있을까 생각해 보니 자연스럽게 공부할 분야가 확장된다. 배우면서 성장시킬 부분이 많다는 것을 발견하니 다시 학생이 된 것 같다. 인생이 끝난 것처럼 더 이상의 발전은 없을 것처럼 착각하고 있었다. 배우고 성장하는 사람, 잘 배워서 잘 가르치는 사람이 되자던 20대로 돌아간 것 같다.

뭔가 배우고 싶어도 수업 끝나고 이동하려면 배울 수 없는 게 많았다. 인터넷 강의는 어색해서 찾아볼 생각도 안 했고 꾸준히 보지도 못했다. 코로나로 인해 어쩔 수 없던 거지만 온라인으로 진행되어 다행이었다. 찾아가느라 시간을 오래 쓰지 않아도 되고, 늦은 시각을 피하지 않아도 된다. 나이도 사는 곳도 다르지만 같은 목표를 갖고 함께 가는 사람이 있다는 것은 연대감을 느끼게 해 주었다. 온라인으로도 함께 하는 것의 힘을 경험할 수 있다는 게 신기했다.

마인드맵을 배우면서 무기력이 해결되었다. 하루 살아내는 것도 겨우 했는데 미래를 생각하는 사람이 되었다. 더 성장할 모습을 꿈꾸게 되었다. 다양한 방법으로 소통할 수 있고 배울 수 있는 기회가 많은 세상이다. 예전 것만 고집하느라 썩고 싶지 않다. 마인드맵처럼 시야를 확장시키며 더 발전해 가고자 한다.

07
소명을 찾아서

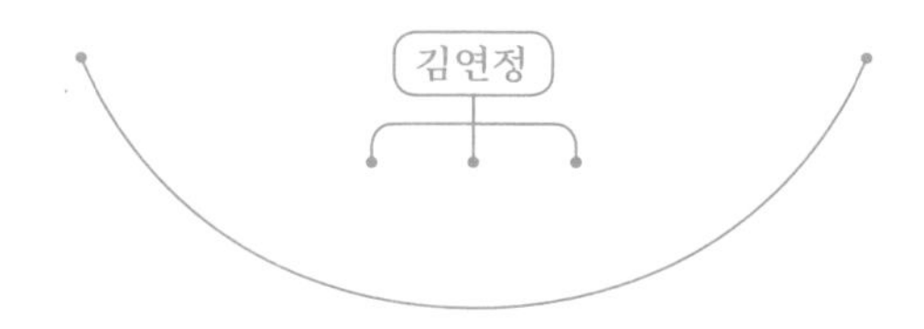

"연정아, 우리 소명(召命)을 다해 살자."

지난 9월 친할머니 장례식장에서 큰고모가 내 손을 꼭 붙잡고 당부했다. 그리고 3개월 뒤, 그녀는 소천 했다. 나는 큰고모의 영정 사진 앞에서 그때를 떠올렸다. 그녀가 남긴 유언과도 같은 말. 그것은 내 소명의 시작이었다.

나는 소명이라는 단어를 싫어했다. 기독교 가정에서 태어나 목회자 자녀로 자라며 지겹도록 들었다. 어렸을 때는 단어의 의미조차 정확히 몰랐다. 주변 목사님이나 선교사님들을 보며 소명을 가진 사람의 모습을 그렸다. 누군가를 위한 섬김과 희생은 고귀하고 존경받아야 마땅하나 현실은 달랐다. 최선을 다해 소명대로 살아도 사람들은 뒤에서 수군거렸다. 필요할 때는 도와야 하고 쓸모가 없으면 버려지는 것이 사역자들이 겪는 삶의 현장이었다. 어린 마음에 배신감이 싹텄다. 그런 소명 따위는 전혀 부럽지 않았다. 할 수만 있다면 온몸으로 피하고 싶었다.

교회를 출석하고 교회 생활을 하다 보면 교회 봉사는 필연적이다. 사람들은 교회 봉사를 많이 하는 사람을 믿음이 좋고 신실한 신앙인으로 보는 경향이 있다. 더러는 교회 직무를 큰 덕목으로 여긴다. 혹자는 교회 봉사를 소명과 사명의 관점으로 해석하기도 한다. 네이버 사전은 소명을 다음과 같이 정의한다. 〈사람이 하나님의 일을 하도록 하나님의 부르심을 받는 일〉 부르심이 맞는지 아닌지는 부르심을 받는 자가 안다. 부르심을 받지 않은 자에게, 또 확신이 없는 자에게 강요할 수 없다. 안타깝게도 현 교회는 '주의 자녀'라는 명목으로 누군가에게 '소명'의 올무를 씌우기도 한다.

내 나이 열넷, 얼떨결에 교회 반주자가 됐다. 나는 작은 개척교회에 사례 없이 피아노 반주를 할 수 있는 유일한 사람이었다. 자발적인 봉사가 아니었다. 그래서였을까? 갈수록 마음이 힘들었다. 의무감에 부담스러웠으나 책임감에 가까스로 했다. 내가 욕먹기도 부모를 욕보이기도 싫은 마음이었다. 그사이 내 안에 질문은 멈추지 않았다.

‘이 마음을 하나님이 기뻐하실까?’

‘믿음의 공동체에서 헌신과 희생은 당연한 걸까?’

‘누구를 위한 것일까? 하나님을 위해서? 교회 운영을 위한 것은 아닐까?’

‘그 누구도 봉사하지 않으면 교회는 위기에 빠질까?’

부르심의 목적대로 소명을 다하는 삶을 나도 살고 싶었다. 교회와 목사님의 권위에 순종했다. 부르심에 확신이 없어도 최선을 다했다. 분란을 일으키지 않으려 잠잠한 태도를 취했다. 어디 그뿐이겠는가. 말도 아꼈다. 사람들은 내 입이 무겁다고 하나 정작 내 속은 타들어 가 감정의 잿더미들로 쌓였다. 정녕 소명은 그러한 것인가? 10대에 나는 입 밖으로 꺼낼 용기가 없었다. 아니, 굳이 믿음 없는 자로 보일 필요가 없었다. 타인의 시선과 평가가 두려웠기에 나는 입을 닫았다.

20대 되어 반주를 그만두기로 결단했다. 문제가 생겼다. 내 결단에 꼬리표가 달렸다. ‘사명감 없는 반주자’ ‘소명 의식이 부족한 반주자’ 그동안 해온 봉사는 온데간데없이 결국 나는 미성숙한 신자로 남았다.

큰고모가 말한 소명은 대체 무엇일까? 누군가 지운 혹은 강요한 사명이 아닌, 하나님께서 직접 내게 주신 것이 있다면 알고 싶었다. 창조된 이유와 목적이 이끄는 삶은 충분한 만족과 기쁨을 준다고 어느 목사님이 말했다. 나도 진정 원했다. 세속적 가치보다 내 존재의 가치에 따른 소명자가 되고 싶었다. 그 순간 여러 이미지가 머리 위로 지나갔다. 지금까지 그려온 '묵상 마인드맵'이 파노라마처럼 펼쳐졌다.

내 소명이 묵상 마인드맵이라고? 순간 멍했다. 아니 잠깐만. 왜 지금 묵상 마인드맵이 떠오르는 거지? 그때 나는 성경 말씀을 읽고 깨닫는 부분을 마인드맵으로 그리고 있었다. 묵상을 시작한 지 고작 1년째였다. 내게 묵상은 성경 말씀으로 하나님과 대화하는 시간이었다. 거창한 소명의 사전적 의미와는 먼 매일 습관이었다.

> 예수께서 그들에게 대답하셨다. 하나님께서 보내신 이를 믿는 것이 곧 하나님의 일이다. - 요한복음 6:29

묵상과 소명을 단 한 번도 연결 지어 생각하지 않았다. 하나님의 일은 내가 감당할 수 없는 그 무엇이라 여겼음을 깨달았다. 요한복음 6:29 절에 분명하게 적혀있다. 하나님의 일은 하나님께서 보내신 예수그리스도를 믿는 것임을. 머리로 이해했던 말씀이 가슴까지 내려왔다. 나도 모르게 삶과 신앙을 분리한 채로 살았다. 하나님의 일을 물질적 가치와 생산적 관점에서 보았다. 선한 열매인 결과도 반드시 있어야 한다고 믿었다.

'소명을 다해서 살자'라는 큰고모의 말씀은 내 삶과 신앙을 하나로 만드는 계기를 마련했다. 그토록 갈망했던 소명을 다하는 삶은 결코 어려운 것이 아니었다. 멀리 있지 않았다. 이미 내 생활 속에 있었다. 말씀이 내 안에, 내가 말씀 안에 거하는 삶. 그 삶이 소명의 삶이다. 소명의 의미를 재정립한 지금, 나는 자신 있게 큰고모에게 고백한다.

"큰고모, 앞으로 남은 시간도 소명(召命)을 다해 살게요."

08
생각을 생각하다

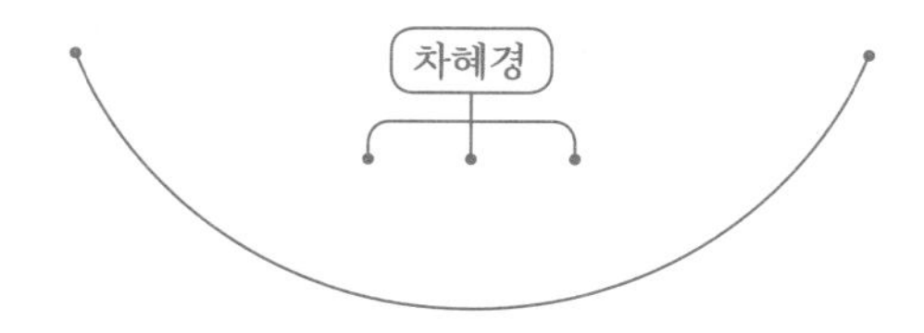

게으름뱅이도 나름 바쁘게 살아간다. 아이들이 어렸을 때, 어린이집에 아이들을 보내고 혼자 있는 시간을 잘 활용해보고 싶었다. 어떻게 보내야 후회 없는 시간으로 잘 썼다고 할 수 있을까 생각하다가 관심이 있던 분야의 자격증을 공부했다. 아이를 어린이집에 보내보니 선생님들의 노고와 헌신에 감사했고, 나도 언젠가 저런 선생님이 되고 싶다는 마음으로 보육교사 자격증을 땄다. 또 집 정리를 체계적으로 해보고 싶어서 정리수납 전문가 2급도 땄다.

집은 화성이었지만, 안양으로 실습을 다녔고 교육을 받으러 안산을 가기도 했다. 어린이집 운영위원회에도 들어가 엄마 손이 필요한 봉사를 요청하면 주저 없이 나서서 다녔다. 몇 년 동안의 이런 생활들에 지쳐갈 때쯤, 아이들이 학교에 갔다. 학교에 가면 아이들을 위해 내가 할 일은 없을 것 같았다. 하지만 학교에 가니 엄마가 할 일은 더 많아졌다. 학교에서도 엄마들의 봉사를 원했다. 학부모회에 들어가 사서와 녹색 어머니 봉사활동을 했다. 그리고 소소하게 용돈도 벌고, 아이들 학원비 하나는 내가 책임져야겠다는 생각으로 파트타임 아르바이트를 시작했다. 봉사와 아르바이트 때문에 나의 바쁨은 여전히 계속됐다. 그나마 아르바이트하는 시간이 집에 있는 시간보다도 오히려 여유가 있는 시간이었다. 일을 마치고 집으로 돌아가면 가족들을 챙기느라 여전히 바빴다. 몸도 마음도 하루도 편안할 날이 없었다. 결혼하고 아이를 낳고 기르느라 늘 아이들이 우선이었고, 가족이 우선이었다. 그런 삶에 부딪히며 살다 보니 나는 정작 나를 위한 생각이라는 걸 해본 게 언제인지 가물가물했다. 원래부터 생각이 많은 나인데, 현실에 안주하며 살다 보니 내 미래에 대해 생각을 하지 못했다. 그저 하루하루 바쁘게만 살아온 것이다.

그러다 마인드맵을 만났다. 한 장의 그림을 직업으로 삼아 누군가에게 마인드맵에 대해 가르치는 사람도 있고, 마인드맵을 통해 인생 비전을 강의하는 사람. 비즈니스를 할 때 활용하는 사람들, 그리고 아이들 수업에 마인드맵을 활용하는 선생님을 보면서 '혹시 나도 마인드맵을 이용하면 지금과는 다른 삶을 살 수 있지 않을까?'라는 호기심 반, 기대 반으로 마인드맵에 더 빠지게 되었다.

처음 마인드맵을 그릴 땐 나도 쉽게 잘할 수 있을 거로 생각했다. 중심 이미지 그리고 뻗어 나가는 주 가지와 세부 가지들. 그 가지들 위에 연상되는 키워드를 적는다. 이론은 쉬웠다. 하지만 이론은 이론일 뿐, 처음 중심 이미지를 그리는 것부터가 어려웠다. 다른 사람들은 뚝딱 그려내고 거기다 알록달록 예쁘기까지 한데, 나는 가지 하나 그리기도 벅찼다. 분명 생각은 많으니 잘할 수 있을 것 같았는데 제대로 그릴 수가 없었다. 그래서 강의도 자주 듣고 마인드맵을 이해하려 노력했다. 그리고 열심히 그렸다. 예쁘지 않아도 서툴러도 계속 그렸다. 그렇게 그림도 못 그리고, 가지도 잘 못 그리던 내가 열심히 연습했더니 조금씩 나아지는 것 같았다. 물론 아직 내 마음에 썩 들진 않지만, 변화는 분명히 느껴졌다.

마인드맵의 그림과 가지보다 더 변화된 것은 생각이었다. 처음 마인드맵을 그릴 때는 오로지 한 장의 그림을 완성해야 한다는 생각뿐이었다. 그런데 조금씩 마인드맵에 익숙해지기 시작하면서 생각을 꺼내 시각화하는 방법을 터득했다. 언젠가부터 마인드맵을 그리면 머릿속에서 생각하고 있던 것들이 하나씩 정리가 되기 시작했다. 내가 어떤 생각을 하고 있고, 어떻게 해야 하는지 마인드맵을 통해 알 수 있었다. 그리고 마인드맵이 다시 생각을 만들어 냈다. 생각이 마인드맵을 그리게 했고, 마인드맵이 다시 생각하게 했다.

마인드맵으로 나의 현재를 그려보았다. 주 가지에 쓸 키워드는 집안일, 아르바이트, 그리고 취미생활이다. 집안일은 엄마이자 아내로서 쭉 유지되어야 하는 당연한 일이고, 아르바이트는 소소한 용돈벌이면서 잠깐의 쉴 틈이다. 그리고 나의 취미생활, 독서. 사람이 두려웠던 순간을 보내며 관계를 끊어버렸던 그때, 다시 읽기 시작한 책. 책을 모으는 것도 좋아하고, 읽는 것도 좋아하고, 필사하는 것, 독서 모임을 하는 것도 좋아한다. 단순히 책만 읽고 끝나는 것이 아닌, 책을 읽고 난 후 각자의 느낌을 공유할 수 있는 편안하고 부담 없는 독서 모임이 좋다. 내가 서울까지 '북라이트' 라는 독서 모임을 찾아간 이유도 이것 때문이었으니까.

마인드맵을 그려놓고 현재의 내 삶에서 변화를 줄 수 있는 것이 무엇일까 생각해봤다. 가장 먼저 보인 키워드는 역시 취미생활인 독서였다. 취미로만 즐기기엔 독서로 할 수 있는 일이 많이 있었다. 타인의 성장을 돕고 나도 함께 성장할 수 있는 독서 모임을 내가 직접 만들고 이끌어 본다든지, 북 큐레이션으로 활동을 해본다든지, 그림책 독서 수업도 아이들과 함께라면 가능할 것 같았다. 독서 마인드맵 과정을 만들어 독서와 마인드맵 두 마리 토끼를 잡을 수 있는 수업도 개설해 보고 싶었다. 이런저런 독서와 관련된 모임이나 수업을 해보고 싶다고 막연하게 생각만 하고 있었는데, 그런 생각들이 마인드맵을 그리게 했고, 그 마인드맵이 앞으로 내 인생의 비전을 생각하게 했다.

마인드맵은, 생각을 꺼내 이미지화시키고 내 생각을 객관적으로 바라보게 하는 도구인 동시에 생각을 만들어 내는 도구이다. 마인드맵을 통해 바쁜 일상 속에서 놓치고 살았던 내 생각을 꺼내어 보고 나의 미래를 생각해 볼 수 있는 시간도 만들어졌다. 앞으로 하고 싶은 일은 무엇인지, 내가 원하는 삶은 어떤 것인지 마인드맵으로 정리하면서 작은 꿈이 생겼다. 이렇게 좋은 생각 정리 도구를 우리 아이들에게 알려주고 싶다. 생각을 확장하고 창의력을 길러주며 정리도 할 수 있는 훌륭한 도구인 마인드맵을 가르쳐주고 싶다. 아이들과 함께할 수 있는 수업을, 작게나마 만들어 시작해 보고 싶어졌다. 또 독후활동으로 마인드맵을 그리는 어른들의 독서 모임도 만들고 싶다. 생각만 해도 짜릿하고 즐거운 기분이다.

소중한 꿈이 생겼다. 당장이라도 하고 싶은 일들이지만, 아직은 때가 아닌 것 같다. 마인드맵을 좀 더 배우고, 알아보고 싶다. 나중에 가르치게 될 아이들에게, 혹은 어른들에게 부끄럽지 않은 선생님이 될 수 있도록 더 노력하고 열심히 배우고 싶다.

마인드맵은 분명 생각을 정리하는 도구이다. 하지만 마인드맵을 더 알고 보면 생각을 만들어주는 도구인 동시에 나의 미래를 찬란하게 만들어줄 비전을 갖게 해주는 도구이기도 하다. 나는 마인드맵이 좋다.

09
조금씩 나아진다

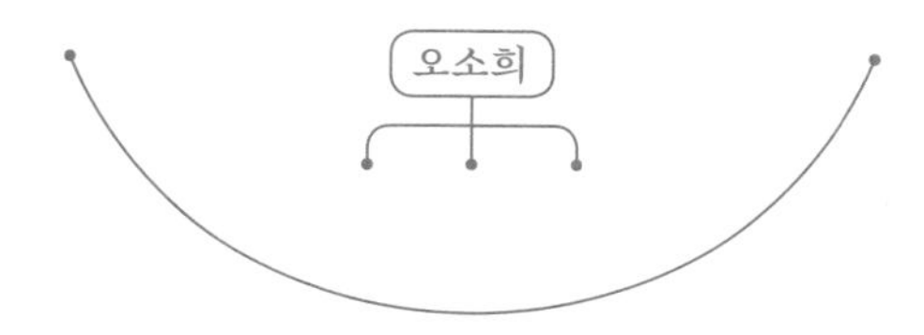

김연아? 유재석? 아니, 오소희!

마인드맵 교육의 1인자가 되고 싶다. 마인드맵을 내가 만든 것은 아니지만, 손 마인드맵과 셀프리더십을 접목하여 기업교육 하는 강사로 지난 15년년을 활동했다. 나름 마인드맵 기업 교육계의 1인자였다. 2021년 글로벌마인드맵지도자협회를 만들고 교육자들을 양성하기 시작했다. 2019년 지방에 계신 엄마들을 위해 시작한 맵스쿨. 수료하신 분들이 1000명 가까이 되었다. 교육자의 꿈을 꾸다가 마인드맵을 통해 교육과정을 만들어 활동하시는 분들이 꽤 있다. 이미 교육자였던 분들이 마인드맵을 활용하여 한 차원 질 높은 교육활동을 하기도 한다.

"자, 오늘부터 그리는 마인드맵 위에 꼭 적어 넣으세요. [#1] 오늘 그린 마인드맵이 1번 마인드맵입니다."

마인드맵은 역사다. 내가 생각한 과정이요 내가 성장한 과정이다. 모든 것이 소중한 과정이 되어 기록물로 남는다. 시간이 담겨있고 생각과 정성이 담겨있다.

마인드맵을 만난 지 13년차가 되어간다. 이론부터 배우며 마인드맵을 그리지 않았다. 6~7세 아이들이 한글을 그림으로 먼저 익히는 것과 같았다. 나 또한 원초적이고 본능적인 방법으로 마인드맵을 배웠다. 색상의 의미와 활용도 모른 채 색연필을 집어 들어 색칠했다. 키워드로 쪼개서 나누어 작성했다. 가지치기를 흉내 냈다. 잘하려고 하지 않았다. 10년간 족히 10000장이 넘는 마인드맵을 그렸을 것이다. 숫자를 적지 않은 것이 너무 후회가 되었다. 나의 1번 마인드맵이 있었다면 얼마나 좋을까. 오늘 마인드맵 번호와 나란히 두고 사진을 찍어보고 싶다. 과거의 나와 오늘의 나를 나란히 두고 보고 싶다. 남들의 잣대에 익숙해져버린 요즘. 타인이 아닌 나의 과거와 마주하고 싶다.

마인드맵에 새겨진 번호는, 우리의 성장 번호다. 마인드맵을 잘 그리거나 못 그리는 것이 중요하지 않다. 마인드맵이 쌓여가는 만큼 성장하는 것이 우리의 생각과 마음이다. 타인의 마인드맵과 비교하면 안 된다. 어제의 내 생각과 마음을 기억하고, 오늘 더 나아진 마인드맵을 발견하면 된다. 기준은 나의 과거와 나의 오늘이다. 그 기준을 위해 마인드맵에 번호를 매기는 것이다.

결과를 낸다는 것은 매우 중요하다. 아웃풋을 내지 않는 인풋은 소용없다.

독서마인드맵 작성 시 가장 중요하게 여기는 것은 "무엇을 배울 것인가" 이다. 책의 한 문장을 통해 깨달음을 얻고 나의 삶과 생각에 적용하며 하나의 행동을 만들어낼 것! 그것이 내가 독서를 하는 이유이다. 사색을 넘어 행동으로의 변화. 인풋을 통해 아웃풋을 만들어낼 때 우리는 성장하고 변화한다. 강의를 들으며 작성하는 기록마인드맵에서도 마찬가지이다. 4~5개의 상위 가지치기 중에서 가장 집중하고 발견하려 애쓰는 가지는 "실행" 가지이다. 강의를 들은 후 나 스스로에게 주는 미션이라고 볼 수 있다. 좋은 교육을 듣고 고개를 끄덕이며 노트를 덮는 사람이 99명이라면, 나는 그 노트 속에 스스로 제안하는 미션을 설정하고 실행해나가며 행동하는 사람이 되는 1명이고 싶다. 단순히 기록으로 끝나는 것이 아니라 나의 생각의 변화와 행동의 변화 말이다. 독서든 강의이든, 시간을 투자하여 배웠다면 실행과정을 통해 성장할 때 노력을 투자 한만큼 우리는 더 나은 사람이 되어간다.

마인드맵은 결과지가 아니다. 과정의 기록물이다.

예쁜 그림과 정갈한 글씨, 화려한 색상이 있으면 더 보기 좋을 수 있다. 맨 얼굴로 나간 백화점 쇼핑보다 예쁘게 단장하고 간 백화점 쇼핑이 더 자신 있는 것처럼 예쁜 마인드맵이 보기 좋은 건 사실이다. 허나 그것만이 본질은 아니다. 중앙에 작성하기 시작한 주제를 갖고 펼쳐지는 생각의 보물지도이다. 표현되는 키워드 하나, 상상하며 그려지는 그림 하나 모든 것에 나의 생각이 담겨 져있다. 가지모양을 어떻게 표현할까, 글씨가 왜 이리 삐뚤거릴까, 빈 공간을 어떻게 채워 넣을까, 어떤 색상으로 칠해볼까, 오른쪽 먼저 쓸까 왼쪽 먼저 쓸까, 이 두 키워드 중에 어떤 것이 상위 키워드일까, 쏟아지는 생각들을 어떻게 분류할까, 생각나는 이미지가 없으니 글자를 이미지화 시켜야겠으니 그림자를 넣어야 겠다 등등…!!

펜을 손에 쥐고 시작한 점 하나하나 선 하나하나가 모두, 나의 생각과 마음을 표현하는 도구가 된다.

정답 두 글자만 적힌 시험답안지가 우리 인생을 바꿀 수 없다. 빼곡히 적히고 수정액을 덧칠한 마인드맵 노트는 우리 인생을 바꿀 수 있다. 때로는 실패하고, 때로는 성장하며 오롯이 기록한 나의 마인드맵 노트가 지금 적고 있는 이 어설픈 글보다 나를 더 잘 설명해주는 에세이가 될 수 있다. 상상하며 그려내고 분석하며 기록했다. 고민하며 작성했고 보고 난 후에는 스스로 피드백 했다. 마인드맵은 나의 생각의 모든 과정을 담아내는 기록이다. 기록을 통해 발달되어진 생각의 기술로 이제는 쓰지 않아도 분류하고 상상하는 모든 것들이 가능하다. 그렇게 하기 까지는 수십 장 수백 장의 마인드맵이 필요하다.

마인드맵을 통해 인생을 배운다. 세상에 모든 위인들이 갑자기 어떤 성과를 내지는 않았을 것이다. 세상에 모든 부자들이 어느 날 갑자기 돈방석에 앉지는 않는다. 우리의 생각정리도 어떤 도구를 만났다고 해서 단번에 해답을 내놓지 못한다. 마인드맵을 사용하며 배운 수많은 교훈 중에서 나를 가장 성장시킨 한 가지는 '천천히 해답을 찾아가는 과정과 인정'이다. 마인드맵 가지치기 안에서 실패도 먼저 접하고 또 다른 가지치기를 통해 시행착오를 줄여나갔다. 예측하고 도전하고 모든 것을 마인드맵 위에서 펼쳐냈다. 도전했으나 실패 했을 때 머리 속에 습관처럼 떠오르는 생각은 이러했다. '지금 내가 수많은 가지치기 중 한 가지에 도전중이구나' 실패가 두렵지 않다. 나한테는 내 맘대로 뻗어나갈 수 있는 가지치기들이 있고, 내 인생은 그 마인드맵위에서 끊임없이 펼쳐지고 있을 뿐이다.

어떤 것도 해답은 없다. 해답을 찾아내려하면 두려움이 커질 뿐이다. 우리는 늘 과정 속에서 움직인다. 어제보다 나은 내가 되어가는 과정 속에서 도전하고 실패하며 오늘 하루를 살아낸다. 오늘도 나를 칭찬한다. 마인드맵위에 또 하나의 가지를 크게 뻗어 낸 나를 칭찬한다. 내일은 또 다른 가지치기에 열매를 만들어내기 위해 한 발 한발 내딛는다. 그렇게 조금씩 난 나은 사람이 되어간다.

10
분홍 가지에 설레다

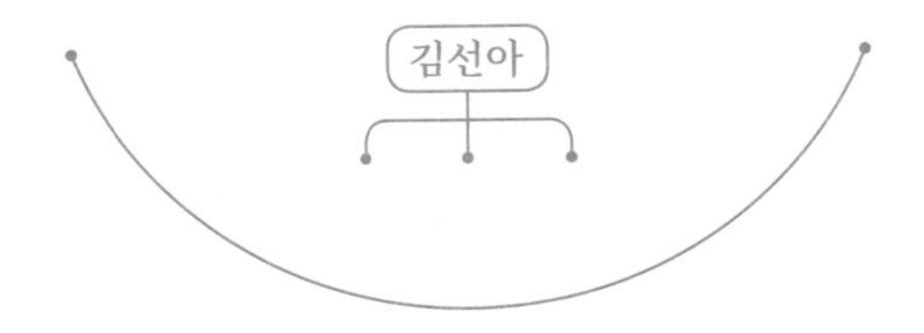

2018년 첫째 준현이가 초등학교에 입학했다. 아이는 어린이집 때와 달라진 게 없는데 학부모 엄마의 마음은 많이 달랐다. 낯선 공간, 많은 아이들, 지나치게 건강한 음식, 불통 끝 어딘가에 간신히 발을 걸치고 있는 희미한 소통. 선배 학부모들에게 전해들은 학교다. 아이의 하교시간까지 불안한 마음으로 버틸 자신이 없었다. 아이가 있는 곳에 나도 있어야 했다.

준현이 여섯 살 때 일이다. 어린이집 단짝 친구가 있었다. 아이들 덕분에 엄마들도 가깝게 지냈다. 그 날도 어느 때와 다름없이 아이들은 집에서 함께 게임을 하고 있었고 나와 민호 엄마는 주방에서 차를 마시고 있었다. 즐거운 수다가 오고 가는 사이 갑자기 쿵 하는 소리가 들렸다. 화장실에서 나를 부르는 준희 목소리에 난 화장실로 향했고 민호 엄마는 소리의 정체를 확인하기 위해 안방으로 들어갔다. 그때 민호 엄마의 다급한 목소리가 들렸다.

"준현아, 정신차려봐!"

준희를 안고 안방으로 뛰어 들어갔다. 민호 엄마는 침대 아래에 누워있는 준현이를 깨우고 있었고 아이는 희미한 목소리로 속삭이듯 말했다.

"아…파…."

두꺼운 옷으로 아이를 칭칭 감고 병원으로 달렸다. 몇 가지 검사를 했고 결과를 기다리는 사이 민호 엄마에게 전화가 왔다. 아이에게 자초지종을 물었고 민호는 준현이가 침대 끝에서 뛰다가 떨어졌는데 일어나지 않았다고 했다.

검사 결과가 나왔다. 쇄골 골절이었다. 의사는 어떻게 떨어지게 된 건지 물었고 아이는 침대에서 놀다 떨어졌다고 했다. 준현이는 가방처럼 생긴 깁스를 한 뒤 처치 실에서 나왔다. 어깨부터 등까지 연결된 깁스가 불편할 만도한데 인상 한 번 찡그리지 않았다.

아이의 모습을 본 남편은 화를 억누르고 있는 듯 했다. 나를 향한 화였을 것이다. 시끄럽게 울리는 벨소리가 적막함을 깼다. 준현이를 걱정한 민호의 영상통화였다. 민호는 준현이에게 다시는 위험하게 침대에서 뛰지 말라고 했다. 그런데 준현이의 반응이 이상했다. 민호의 얼굴을 바로 쳐다보지 못했고 급기야 눈물을 흘렸다. 남편과 나는 당황했다.

"준현이 침대 아래에 어떤 모습으로 누워있었어?"

남편의 물음에 옆으로 누워있었다고 대답했다. 내 말을 듣고 미간을 찌푸리던 남편은 아이를 데리고 장난감 방으로 들어갔다. 닫힌 문 가까이 귀를 가져갔지만 블록 놀이를 하고 있을 뿐이었다.

그렇게 한 시간 후 방에서 나온 두 남자의 눈에 눈물이 고여 있었다. 남편 말은 충격적이었다. 침대에서 잠이 든 준현이를 민호가 뒤에서 발로 밀어 떨어트렸다고 했다. 아래로 떨어진 준현이가 너무 아파서 엄마를 부르려고 하자 장난이니 엄마한테 이르지 말라고 귓속말을 했다고. 준현이는 민호의 무례한 장난을 친구라는 이름으로 참고 있었다.

그날 밤, 가슴을 치며 소리 없이 울었다.

학교에서 봉사 안내문이 왔다. 빠짐없이 신청하다 학부모회 임원까지 하게 되었다. 지역에서 가장 큰 유치원 운영위원장까지 해

본 나지만 학교는 너무 낯설었다. 아는 사람 하나 없이 학부모회에 지원한 맨땅 헤딩녀는 봉사도 쉽지 않았다.

많은 봉사활동 중 '북 마미'는 정말 매력적이었다. 북 마미는 1~2학년 아이들을 대상으로 책을 읽어주고 독후활동을 해 주는 학부모회 동아리다. 20명으로 시작했던 수업은 60명이 되었고, 마지막 행사는 100명의 아이와 함께했다.

북 마미 활동을 하면서 배움의 필요성을 느꼈다. 지역 도서관에 '독서지도사' 수업을 신청했다. 그렇게 2년 동안 독서 관련 자격증을 땄다. 가장 힘들고 어려웠던 건 '동화구연지도사'였다. 총 두 번의 시험을 봤고 같이 공부했던 동료들 대부분이 시험 보는 중간에 울며 교실을 나갔다. 시험에 합격하지 못하면 될 때까지 자격을 인정하지 않았다. 얼마나 무서웠는지 이마에 흐른 땀 때문에 공들인 화장이 다 지워졌다. 아침 10시에 시작된 시험은 오후 5시가 넘어서야 끝이 났다. 강사님은 나를 불렀다.

오늘 시험 본 선생님들에게 내가 하는 걸 보여주고 싶다며 칭찬했다.

어려운 시험을 통과하고 1년 뒤 전수자 교육까지 완료했다. 자격증을 따는 것으로는 실력을 정확히 알 수 없다는 생각이 들었다. 부족한 점은 무엇인지, 나만이 가진 강점은 무엇인지 알고 싶었다. 열정을 품은 도전 정신이 꼬물거렸다.

색동회에서 주최하는 동화구연대회가 열렸고 동상으로 시작해 작년에 드디어 대상을 받았다. 내 이름이 화면에 크게 나오자 눈물이 터졌다. 수상 소감을 말하는 내게 누군가 꿈을 물었다.

'애 셋을 키우는 30대 아줌마에게 꿈을 묻다니 자기 계발서 같은 분이네'라고 생각했다. 꿈을 잃어버린 나를 너무도 당연하게 받아들이고 있었다. 아이가 걱정 되어 시작한 봉사활동으로 한 번도 꺼내 본 적 없던 모습이 내 안에서 나왔다. 진짜 내가 하고 싶은 일, 잘하고 싶은 일, 잘 할 수 있는 일을 찾았다. 그런데도 망설였다. 수업을 열고 아이들을 만나면 되는데 멈칫거렸다. 용기 없는 난 의심 가득한 질문만을 반복 하고 있었다.

마음이 복잡해지니 자연스레 종이와 펜을 찾았다. 중심이미지로 나를 예쁘게 그렸다. 주 가지에 나의 꿈, 꿈을 방해하는 요소, 방해 요인 제거로 키워드를 썼다. 노란색으로 꿈을 키웠다. 초록색으로 보기 싫은 방해요소의 불편함을 줄였다. 필요한 것은 분홍색으로 예쁜 날개를 달아 내 것으로 만들었다. 강점과 필요한 점은 증가하였고, 불필요한 점은 감소하였다. 더는 망설일 이유가 없었다. 심장이 콩닥거렸다.

낯선 번호로 장문의 문자가 왔다. 지인을 통해 나에 대한 이야기를 들었다며 독서 교육 강의를 해 줄 수 있냐고 했다. 냉큼 기회를 잡았고 드디어 오늘 아이들과 수업을 했다. 결과는 대성공. 아이들과 함께 하는 시간은 언제나 설렌다. 관장님의 반짝이는 눈빛을 보니 나에게 좋은 기회가 올 것만 같다.

"선생님, 상의할 게 있는데 혹시 시간 괜찮으세요?"

분홍 가지위에 꿈 하나가 더해졌다. 많은 아이들에게 마인드맵을 알리고 싶어졌다. 마인드맵이란 도구의 끝없는 쓰임새를 함께 발견하고 경험하며 배우고 싶다.

가슴이 뜨거워진다.

제5장

마인드맵퍼가 되는 길

01
손은 제2의 뇌다

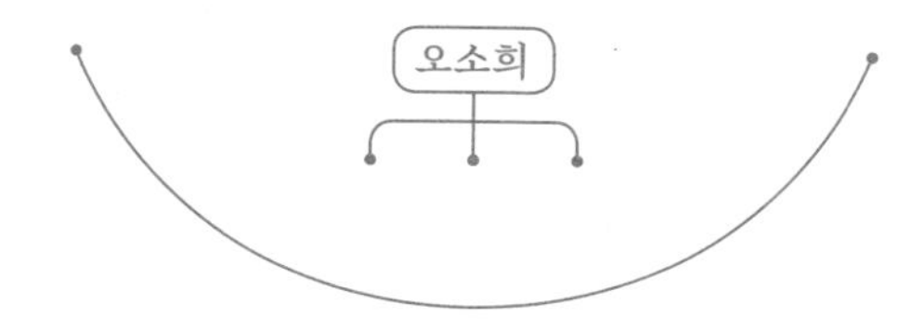

"제발 좀 써라".

마인드맵으로 2권의 책을 저술하고 이번이 세번째 책이다. 어떻게 내가 저자가 됐지? 지금도 새롭고 놀랍다. 바로 '기록' 이다. 기록하고 기록하고 기록했다. 기록한 것을 블로그에 올린 것이 온라인이요, 바인더로 모은 것이 오프라인이다. 기록해서 모으는 것에 재미가 생겼다. 10년이 넘게 쌓인 나의 시간과 이야기. 블로그에 글을 올리니 댓글이 달렸고, 강의를 들으며 마인드맵을 그리니 사람이 모였다. 관심도 받고 성과가 나니 재미가 생겼다. 기록하는 법을 공부하기 시작했다.

학창시절 누구나 한번쯤 꾸며봤을 추억의 교과서와 알록달록 스티커가 붙은 다이어리가 난 없다. 30년 인생 처음 다이어리를 썼다. 2010년부터 사용한 3p바인더에는 나의 과거. 현재. 미래가 모두 저장 되어있다. 84장의 수료증과 자격증을 프린트해서 넣어두고 내가 낸 책 표지들을 넣어두었다. 2022년 계획을 작성한 마인드맵도 들어있고, 신년목표 옆에는 어떤 행동들을 할지도 적어둔다. 월간계획표도 있고 주간계획표도 있다. 주간계획표를 사용하다 보니 계획과 실행에 격차가 있었다. 마인드맵 중앙이미지에 목표를 작성하고 행동을 끌어내기 위한 계획을 가지치기했다. 기존 사용하던 바인더 양식에 마인드맵을 추가하며 만들어 맵스쿨 에서 교육했다. 네모의 꿈 사장님이 도와주셔서 네이버 스마트스토어에 판매도 하고 있다. 독서 마인드맵 양식도 개발하여 교육하고 활용한다.

목표를 위해 시간을 계획했다. 나의 목표와 시간 안에서 독서가 차지하는 비율은 컸다. 많은 책을 읽었고 많은 독서모임에 시간을 쏟아 부었다. '1년에 독서 300권' 수치화에 목숨 걸며 독서를 하던 중 공허함이 왔다. 남는 것이 없었다.

놓치고 있는 것이 있었다. 책은 읽는 것이 아니라 쓰는 것이라는 걸 뒤늦게 깨달았다. 저자만 쓰는 것이 아니라 나도 써야 했다. 저자의 생각도 다시 느껴보고 나의 생각도 적어야 했다. 책의 글을 그대로도 적어보고, 저자와 다른 나의 생각도 끄적여 봐야했다. 글을 통해 지식을 나누고 생각과 의견을 나누는 것이 독서라는 것을 깨달았다.

마인드맵은 내 모든 기록의 도구이다. 강의를 들을 때도 아이디어를 낼 때도 책을 읽을 때도 마인드맵을 그린다. 다이어리에 담겨진 마인드맵은 나를 만나는 많은 사람들이 관심 있게 펼쳐본다. 미팅을 나가서도 다이어리는 빠지지 않는다. 기억력이 좋지 않은 나는 무조건 적어야만 일을 할 수 있다.

천재는 1%의 영감과 99%의 노력으로 만들어진다고 했던가.

현재 나를 만든 99%는 모두가 기록이다. 그리고 그 99% 중 49%는 다이어리이고, 50%는 마인드맵이다. 손에서 펜을 놓는 순간 난 원래대로 머리 안 좋고 행동이 느린 사람이다. 책도 단순히 읽은 행위에 그치지 않는다. 손에서 펜을 쥐면 또 다시 양쪽 뇌를 잘 활용하고 계획력이 있으며 실천력이 강한 사람이 된다. 책 한권을 읽어도 내 안에 다양한 감정들을 발견하게 되고 배울 점을 찾아내게 되고 실행하게 된다.

강사의 길을 걸으며 수많은 책을 읽었다. 성공한 사람들의 행동을 모방하려 애썼다. 그 모방 중 가장 잘했다고 칭찬하는 것은 바로 '기록'이다.

단순한 기록이 아니라 '마인드맵'이다. 다이어리를 사용함과 동시에 마인드맵을 함께 사용했다. 생각의 도구였고 빠른 선택력과 빠른 행동력이 따라왔다. 받아적기 식의 기록과는 엄청난 차이가 있다. 마인드맵은 책을 읽는 것과 동시에 생각을 펼쳐내며 기록한다. 배울 것을 함께 생각해 내고, 행동할 것을 끄집어낸다.

기록하지 않으면 생각은 바로 다음 생각에 지배되어 사라진다. 책을 읽을 때 메모지가 없다며 기록하지 않으면 몇 분 뒤 우리는 같은 생각을 다시 할 수 없다. 우리의 생각은 쉴 새 없이 떠오르며 흘러가버린다. 잡아두지 않으면 내 것이 아니다. 똑똑한 사람보다 기록하는 사람이 훨씬 사고력과 실행력이 강하다. 일반적인 기록은 '나중에 읽고 떠올리기' 위함이고 마인드맵으로 하는 기록은 '오래 기억하고 재창조 하는 일' 이다.

마인드맵은 6개의 규칙이 있다. 그 중 색상/이미지/키워드/가지치기/방사형구조 는 좌뇌와 우뇌를 쉴 새 없이 발전시키는 강력한 시스템이다. 마인드맵은 단순한 기록을 넘어 뇌를 성장시키는 놀라운 도구이다. 손을 움직여 작성함과 동시에 눈으로 피드백하고, 뇌로 구조화시키며 또 다른 생각을 불러일으키는 도구이다. 손과 눈과 뇌. 세 가지 신체구조를 활용하여 생각을 정리하고 확장할 때 우리는 훨씬 나은 선택과 계획과 행동을 해낼 수 있는 사람이 된다.

똑똑한 사람이 똑똑한 생각을 한다. 나와 같이 평범한 사람도 똑똑한 생각을 하고 똑똑한 행동을 할 수 있다. 그것은 바로 마인드맵을 사용하고 마인드맵을 전달하는 일이다. 마인드맵을 그리는 우리 손은 뇌의 생각의 속도, 방향과 함께 움직인다. 독서를 하고 강의를 하는 모든 순간에 쉴 새 없이 손은 바빠야 한다. 가끔 '필기하지 마라'는 이야기도 들린다. 그 경우는 '문장을 적느라 다음 내용을 놓치기 때문'이다. 마인드맵은 키워드로 작성하기 때문에 해당되지 않는다.

듣고 → 걸러내고 → 작성하고 → 보고 → 자극받고 → 기억해내고 → 행동하는 것이 마인드맵의 기록이다.

손은 제 2의 뇌다. 우리 모두가 다 같이 사용하면 할수록 다 같이 똑똑해질 수 있는 훌륭한 도구이다.

02
못 그려도 괜찮아

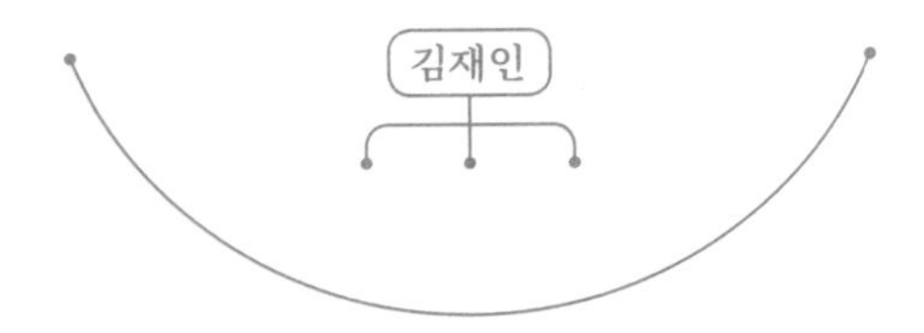

책의 뒷부분까지 읽어온 여러분도 이제는 마인드맵퍼가 될 준비가 되어있다고 본다. 마인드맵을 전혀 모르는 분이라면 마인드맵에 대한 궁금증이 더 생길 것이다.

"그래서 도대체 마인드맵은 어떻게 그리면 되나요? "

마인드맵을 그리는 방법은 다음과 같다. 종이 가운데 주제와 관련된 이미지 하나 적당한 크기로 그린다. 주제에서 파생되는 4~5개의 주 가지를 정한다. 주 가지에서 연결되는 부 가지들을 방사형으로 뻗어 나가듯이 생각의 가지를 펼쳐나가며 그리면 된다. 말로만 설명을 들으면 이해가 잘되지 않을 수도 있다. 아쉽게도 이 책은 마인드맵의 이론적인 부분을 다루는 것은 아니다. 오소희 강사님의

'매일 마인드맵' 책과 인터넷에 검색하면 다양한 예시가 많으니 참고하길 바란다.

나와 같은 마인드맵퍼가 되기 위해 가장 필요한 마인드 셋을 위한 방법을 이 장에서 이야기해볼까 한다. 마인드맵을 그릴 때 명심해야 할 점이 몇 가지 있다. 그중에서 가장 중요한 것이 세 가지 있다. 이 부분만 잘 기억하고 실천한다면 마인드맵퍼가 되는 것은 어려운 일이 아니다.

다른 사람들의 마인드맵과 비교금지

그림 실력은 중요치 않다

완벽함 내려놓기

처음에 마인드맵을 시작할 때 특히 완벽주의 성향이 있으신 분들은 이 부분을 내려놓기 어려울 수 있다. 나도 완벽주의 성향이 있어서 처음에는 마인드맵 그리는 게 어렵고 시간도 오래 걸렸다. 하지만 위에 언급한 세 가지만 기억하고 마인드맵을 꾸준히 그려보길 바란다. 완벽함을 내려놓고 마인드맵을 그리면 당신의 삶은 더 나아질 것이다. 충분히 마인드맵퍼가 될 수 있다. 맵스쿨을 진행하며 오소희 강사님께 귀에 딱지가 앉을 정도로 저 이야기를 들었지만 쉽진 않았다.

"와, 이거 진짜 잘 그렸네요! 어떻게 그리신 거예요?"

한 시간 넘게 신경 써서 그렸던 마인드맵을 제치고 대충 그린 마인드맵을 보고 잘 그렸다는 말을 들었다. 이 계기를 통해 완벽함을 내려놓게 되었다. 다 내려놓으니 한결 마음이 편했다. 마인드맵 그리는 게 더 즐거워졌다. 그렇게 발전하게 되었다.

위의 명심할 세 가지 부분은 아래에 한마디로 축약될 수 있다.

"못 그려도 괜찮다! "

누구에게 보여주기 위해서 마인드맵을 그리는 것이 아니다. 물론 어느 정도 그리다 보면 내 마인드맵을 다른 사람들에게 자랑하고 싶은 마음도 자연스레 생긴다. 하지만 우리는 예술작품을 하는 것이 아니다. 나의 상처를 치유해줄 도구, 나의 삶을 윤택하게 만들어 줄 도구로 마인드맵을 활용하는 것이다. 대충 끼적끼적 가지를 뻗어 나가며 그리는 낙서 같은 마인드맵도 마인드맵이다. 그리고 심혈을 기울여서 그리는 마인드맵도 마인드맵이다. 마인드맵을 정확히 어떻게 그려야 한다는 제약은 없다. 마인드맵의 기본적인 특징 몇 가지만 기억하고 그 틀 안에서 자유롭게 그리면 된다. 나의 기록을 모두 남겨두다 보면 어떻게든 발전하는 모습이 보인다. 비교하려면 남이 아닌 나의 1번 마인드맵과 100번 마인드맵을 비교해보길 바란다. 그림을 잘 그리지 못하는 나도 인터넷에 그리고 싶은 그림을 따라 그리다 보니 그림 실력이 조금 늘었다. 부끄럽게도 그림을 잘 그린다는 말을 들을 때도 있다. 여전히 혼자 창의적으로 그리는 것은 못 한다. 검색에 의지하면 어떤가. 그림보다 중요한 것은, 하나의 마인드맵을 완성하는 것이다.

"나는 그림 실력이 없어서 못 하겠어. 너처럼 잘 그릴 자신이 없어."

주변에서 이 말을 정말 많이 듣는다. 강요하는 것은 아니지만 이런 말을 들을 때마다 안타깝다. 그림 그리는 게 정말 부담스럽다면 가운데 중심 이미지를 글씨로 대체하거나 스티커를 붙여보기도 권한다. 어떻게든 일단 마인드맵 그리기 시작하는 게 중요하다. 산후우울증으로 시달리다가 지푸라기라도 잡는 심정으로 시작했던 마인드맵이 나의 인생을 달라지게 하였다. 여러분의 현재 상황이 견디기 힘들 만큼 안 좋다면 나를 믿고 한번 마인드맵을 시작해보면 어떨까? 진심으로 더 많은 분들이 마음이 아프지 않았으면 한다. 지금보다 더 나은 삶, 행복한 삶을 살았으면 좋겠다.

엄마들은 아이들을 키우다 보면 엄마가 아닌 '나'로서의 삶이 없다. 그렇다 보니 무언가 새로 시도해보는 것에 두려움을 가지기 마련이다. 그 마음을 누구보다 잘 알기에 엄마들의 자신감과 자존감을 올려주고 싶다.

못 그려도 정말 괜찮다. 이 책을 읽고 한 장의 마인드맵이라고 그리기 시도했다면, 달라질 기회는 충분히 있다. 시작이 반이다. 마인드맵퍼가 되는 길에 동행해보겠는가.

03
습관 만들기

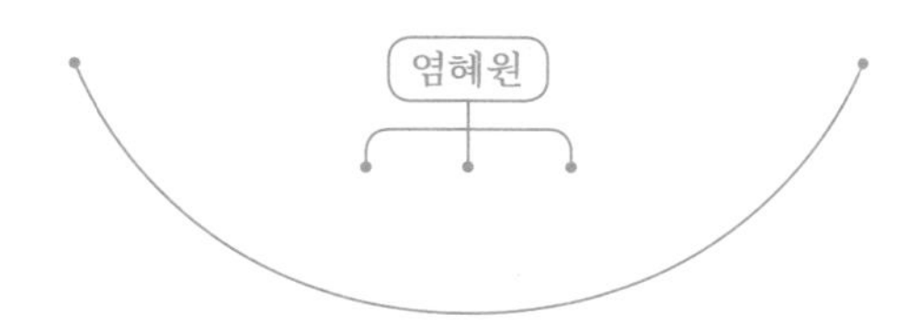

맵스쿨 첫 번째 과제는 마인드맵을 배우는 이유를 적는 거였다. 키워드로 10개를 적은 후에 한 문장으로 정리해 보라고 하셨다. 당황스러웠다. 그저 안 해보았던 것을 해보려고 등록한 거였기 때문이다. 솔직히 마인드맵에 대한 기대가 없었다. 번지점프처럼 일회성 체험으로 생각하고 있었다.

그런데 수료하면 다음 기수는 무료로 참여할 수 있다고 하니 열심히 하고 싶었다. 본전을 뽑고도 남겠다는 생각이 의욕을 불태웠다.

마인드맵을 배우는 이유를 3개의 가지로 나눴다.

첫 번째, 블로그 활성화. 그동안 취미라고 할 만한 것이 없었다. 마인드맵을 취미로 만들어 봐야겠다는 생각이 들었다. 요즘에는 취미를 특기로 살려서 1인 기업을 세우기도 한다. 블로그를 잘 키우면 수익을 얻을 수 있다는 얘기를 들었다. 꾸준히 올릴 게 없어서 시작하지 못했는데 마인드맵을 블로그에 올리기로 했다.

두 번째, 두뇌 훈련. 첫 번째 강의를 듣고 좌뇌만 주로 사용하고 있다는 걸 알았다. 그림을 그리면서 우뇌, 키워드로 분류하면서 좌뇌를 자극한다고 하니 두뇌훈련을 위해 배운다.

세 번째, 활용. 학원 수업에 활용하기 위해 배운다. 마인드맵을 가르칠 수 있는 사람이 되기 위해 배운다. 가르치려는 마음을 먹고 배우면 훨씬 빠르게 습득할 수 있기 때문이다.

내가 적은 10가지 키워드는 '취미, 기록, 성장, 기억, 시각화, 두뇌활용, 정리, 교육, 독서, 나만의 무기'였다. 이를 토대로 정리한 문장은 '취미활동으로 꾸준히 즐겨서 나만의 무기가 되게 하자'였다. 나만의 무기라는 부담감에 금방 지칠까 봐 가볍게 즐기자는 쪽에 힘을 실었다.

90개의 마인드맵을 그리는 데까지는 어렵지 않았다. 본전을 뽑겠다는 강력한 동기가 있었기 때문이다. 게다가 30일간 90개의 마인드맵이라는 분명한 마감 날짜와 목표가 있었다. 수료 이후에도 마인드맵을 꾸준히 그리려면 외부 자극이 있어야겠다는 생각이 들었다. 혼자 기한을 정해두는 건 쉽게 타협하곤 했다. '내일 조금 더 그리지 뭐'하는 생각이 자주 올라왔다.

오픈 채팅방에 들어갔다. 한 달 동안 지킬 습관을 말하고 매일 인증한다. 안 했다고 뭐라 하는 사람은 없지만 30일을 성공하면 환급받는다. 습관을 지키는 데 도움이 되었다. 매일 마인드맵 오픈 채팅방도 있다. 자유롭게 본인이 그린 마인드맵을 공유한다.

100개가 넘은 마인드맵을 그리면서 깨닫게 된 것이 있다. 습관으로 만들고 싶은 것이 있다면 세 가지 조건을 갖추는 것이 좋다는 것이다.

첫 번째는 내적 동기. 마인드맵을 그려야 하는 이유가 있어야 한다. 억지로라도 해야 하는 이유를 적어두는 것이 필요하다. 한 번 적는 것은 오래가지 않는다. 금방 잊어버리기 때문에 주기적으로 되새겨야 한다. 과제여서 적은 거였지만 마인드맵을 배워야 하는 이유를 적었던 것이 큰 도움이 되었다. 이유를 적으면서 기대감이 생겼고, 점검도 할 수 있었다. 마인드맵을 계기로 블로그를 활성화시켰고 광고도 붙게 되었다. 그림 그리는 실력이 늘었다. 딱딱하게 경직되어 있던 생각이 풀어진 것 같다. 두뇌활동에 확실히 도움이 된 것 같다. 나로 인해 남편도 마인드맵을 그리게 되었다. 3개의 가지가 어느 정도 성취되었다는 걸 확인하니 뿌듯했다.

이제는 주기적으로 이유를 생각한다. 책의 내용을 기억하기 위해, 발표할 내용을 잘 전달하기 위해, 가르치는 사람이 되기 위해, 두뇌 훈련을 위해, 치매 예방을 위해서 등 목적이 생기니 좀 더 습관으로 유지할 수 있게 된다.

두 번째는 외적 동기. 할 수밖에 없는 상황을 만들어야 타협하지 않는다. 마감 날짜와 분명한 수량의 목표를 정한다. 그리고 커뮤니티에 소속된다. 혼자 하려고 하면 쉽게 미루게 되지만 함께하는 사람이 있다면 애써서 하게 된다. 특히 돈이 걸려있으면 환급을 위해서라도 열심히 하는 나를 보았다. 새롭게 정한 나의 정량적 목표는 올해 안에 1000개의 마인드맵을 완성하는 것이다. 마인드맵을 그릴 때마다 몇 번째 맵인지 써두니 횟수를 늘리는 재미가 있다.

세 번째는 환경이다. 집과 학원에 마인드맵을 그릴 수 있도록 도구를 마련해 두었다. 깨끗한 백지와 플러스펜, 그리고 색연필이다. 플러스펜 없이 색연필만 있어도 충분하다. 학원에는 A4용지가 많아서 그걸 사용하면 됐다. 집에는 3p 바인더용 무지 속지를 준비해 두었다. 코로나로 인해 외부 활동을 거의 안 하지만 카페에 갈 일이 생기면 가방에 무지 노트와 작은 색연필 세트를 챙겼다. 후에는 아이패드를 들고 다니니 훨씬 수월하게 마인드맵을 그릴 수 있었다.

하루는 인생의 축소판이다. 살고 싶은 모습이 하루 안에 들어있어야 한다. 마인드맵퍼로 살고 싶은 나의 매일은 마인드맵이 있어야 한다. 그래서 오늘도 마인드맵을 그린다.

04
15분의 혁명

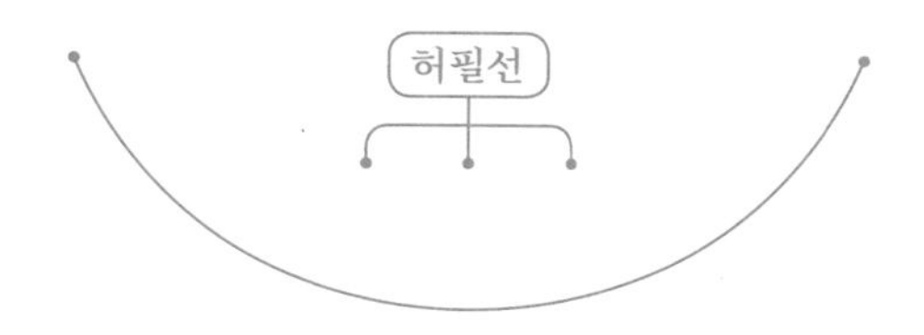

시간은 생명이다. 나는 이 말을 좋아한다. 물론 시간은 생명은 아니다. 하지만 생명처럼 중요한 것이다. 직장 생활을 하며 나는 시간의 중요성을 자주 느꼈다. 일의 완성도가 중요하지만 정해진 시간에 원하는 결과가 나오지 않는다면 완성도는 아무런 의미가 없다. 프로젝트 성의 일인 경우 단계마다 정해진 결과물이, 정해진 시점에 나와야 한다. 그래야 다음 단계로 넘어갈 수 있다. 정해진 시간에 결과물이 나오지 않으면 전 프로젝트에 영향을 미친다. 속도란, 성공에 대한 기본 발판일 뿐만 아니라, 다른 사람의 삶에도 영향을 미친다.

내 인생의 중요한 가치 중 하나가 속도이다 보니 마인드맵을 할 때도 나는 속도를 중요하게 생각한다. 하지만 마인드맵을 그리려면 그림도 그려야 하고 생각도 정리해야 해서 속도가 나지 않았다. 하나의 마인드맵을 그리는데 한 시간이 넘게 걸리는 경우도 많았다. 그래서 나는 마인드맵을 그리는 속도를 올리는 방법을 생각했다. 우선 시간이 오래 걸리는 주요 이유를 찾았다. 첫 번째는 그림을 그리는 시간이었다. 아무리 생각을 빨리 정리한다고 해도 그림을 그리기 시작하면 최소 30분 이상의 시간이 흘렀다. 속도를 위해서는 그림을 포기했다. 마인드맵에 그림이 없어도 될까? 라는 생각도 했었다.

마인드맵에 그림을 넣는 이유는 그림이 기억에 더 오래 남고 글보다 이해가 빠르기 때문이었다. 그림을 포기한다고 큰 문제 되는 것은 아니었다. 단지 기억하기 위해 마인드맵을 좀 더 유심히 들여다보고, 집중도를 높이면 되는 것이었다. 그래서 나는 마인드맵의 속도를 높이기 위해 그림을 포기했다. 물론 모든 마인드맵에서 그림을 포기한 것은 아니었다. 덜 중요한 마인드맵을 그리거나, 자주 들여다보지 않는 마인드맵을 그릴 때만 그림을 포기한 것이다.

마인드맵 그리는 속도를 늦추는 두 번째 이유는 가지에 어떤 키워드를 올려놓을까를 생각하는 데 오랜 시간이 걸린다는 점이다. 그래서 나는 마인드맵을 아이패드로 그리기 시작했다. 아이패드로 그리면 지우고 다시 쓰기 편하다는 장점이 있다. 그래서 키워드에 일단 생각이 나는 것을 쓰고, 잔가지를 그리며 매일 키워드 변경이 필요하면 그때 가서 키워드를 바꾸었다. 그리고 아이패드로 마인드맵을 그리면서 얻게 되는 장점은 또 있다. 여러 색의 펜이 준비하지 않아도 된다는 점이다. 아이펜슬 하나만 있으면 내가 원하는 색으로 쉽게 전환해서 사용할 수 있다. 색을 바꾸기 위해 색연필을 바꾸는 데 들어가는 시간을 줄일 수 있다. 물론 질감이라든지, 종이에 쓰는 느낌은 따라갈 수 없었지만 그런 감성적인 부분을 제외하면 아이패드로 마인드맵을 그리는 것은 많은 장점이 있다.

마인드맵을 그리는 시간을 줄이기 위해 내가 마인드맵을 그리는 방식을 분석하고 시간이 오래 걸리는 것들에 대한 방법을 줄이자 하나의 마인드맵을 그리는 데 들어가는 시간이 많이 줄어들었다. 나중에는 15분 정도면 하나의 마인드맵을 그릴 수 있을 정도로 빨라졌다. 이제 마인드맵이 부담스럽지 않게 되었다. 이렇게 속도가 빨라지자 마인드맵의 활용도가 확장되었다. 이전에는 필기하거나 메모할 때 마인드맵으로 그리면 시간이 오래 걸려 자주 사용하지 못했지만, 속도가 빨라지자 거의 모든 필기와 메모를 마인드맵으로 대체할 수 있었다.

회의 내용을 메모할 때도, 사람들과 대화할 때도 마인드맵을 사용한다. 머릿속에 여러 가지 생각을 정리하거나, 새로운 아이디어를 도출할 때도 마인드맵을 사용한다. 마인드맵이 장점 중 하나인

단시간에 많은 내용을 훑어볼 수 있는 점이 필기를 마인드맵 형식으로 바꾸는데 충분한 이유가 된다. 그리고 나만의 새로운 필기법도 생겼다. 일반적인 필기 방법과 마인드맵의 키워드를 섞어서 쓰는 방법이다. 중앙의 이미지를 그리지 않고, 제목을 일반 필기처럼 상단에 쓰고, 키워드는 한 개 대신 두세 개 정도의 단어로 적는다. 좌우 확산형으로 적기보다는 2단으로 적는 방법을 택하고, 가지를 치는 대신에 하나의 사고 단위를 통째로 동그라미를 친다. 이렇게 마인드맵의 변형 방법을 통해 나만의 필기법을 개발하고 적용하니 나에게 꼭 맞는 맞춤형 필기 방법이 만들어졌다.

시간을 절약할 수 있는 건 정말 많은 것을 변하게 한다. 마인드맵 형식으로 필기를 하면서 단순히 필기 방법만 바뀐 것이 아니었다. 필기를 바꾸자 사고방식도 바뀌기 시작했다. 하나의 중심 생각으로 가지를 그리며 연결을 하고 분화해서 생각하는 방식이 익숙해졌다. 이전보다 구조화해서 생각하는 능력이 향상한 것이다. 다소 산만했던 기억이 정리되고, 자신만의 연결고리를 가지기 시작했다. 단순히 필기 방식을 바꾼 것으로 생각까지 바뀌게 되었다.

나는 마인드맵을 하면서 꼭 기존의 방식을 따를 필요는 없다고 생각한다. 세상에 그 어떤 것도 완벽한 것은 없는 것처럼, 기존의 마인드맵도 완벽할 수는 없다. 마인드맵을 하는 사람 중에는 '토니 부잔'의 마인드맵이 정설이고, 변형된 방법은 마치 큰 죄를 짓는 것처럼 여기는 사람도 있다. 하지만 꼭 그럴 필요는 없다고 생각한다.

세상에 같은 사람은 단 한 명도 없는 것처럼 모두에게 적용될 수 있는 방식은 그 어떤 것도 없다. 단지 나에게 잘 맞는 방식이 있을 뿐이고, 다른 사람에게 잘 맞는 방식이 있을 뿐이다. 나처럼 15분 넘는 필기는 낭비라고 생각한다면 마인드맵에서 그림을 삭제해도 된다. 중앙 이미지가 불편하다면 중앙 이미지를 삭제해도 된다. '토니 부잔'이 기존 필기의 비효율성 때문에 마인드맵을 창시했다면, 나는 다시 마인드맵의 비효율성을 개선해 나만의 필기법을 만들 수도 있다. 그렇게 우리는 누구나 세상에 없던 것의 창시자가 될 수 있다.

05
제대로 배우고 꾸준히 연습하고

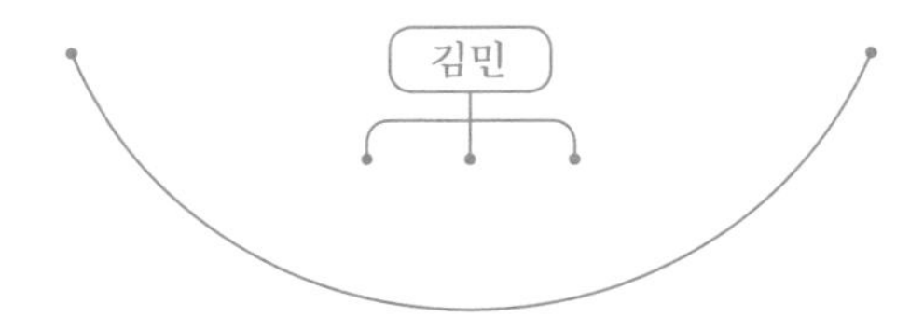

첫아이가 일곱 살 때쯤으로 기억한다. 두 발 자전거를 타려고 시도했던 첫날이었다. 무척 더운 날이었지만 두 발 자전거를 타고 신나게 달릴 수 있다는 생각에 아이는 무척이나 신이 나 있었다. 그늘에 앉아 아빠가 공구로 바퀴를 분리하는 모습을 열심히 보며 기대와 걱정이 뒤섞인 목소리로 물었다.

"아빠, 나 두 발 자전거 잘 탈 수 있을까?" "그럼. 연습하면 할 수 있어."

도란도란 아빠와 이야기를 나누면서 아이는 기대감에 눈이 반짝거렸다. 보조바퀴가 제거되고 바퀴 두 개만 가지게 된 큰 아이의 핑크 자전거는 신나게 달릴 준비가 다 되어있었다. 아이의 긴장된 숏은 어깨, 잔뜩 힘이 들어간 손.

"하람아, 자전거 탈 때는 한쪽 발로는 페달을 밟으면서 다른 한쪽 발로는 바닥을 세게 미는 힘으로 앞으로 나가는 거야. 그리고 균형을 잘 잡고 페달을 계속 돌리면 앞으로 갈 수 있어. 아빠가 잡아줄 테니까 한번 해보자."

"응, 알았어. 아빠."

아주 씩씩하게 대답을 하고는 자전거에 앉은 아이는 자리에 앉자마자 균형을 잡기 어려운지 살짝 흔들렸다. 그것에 아이는 겁을 집어먹고 말았다. 아빠한테 자전거 타는 법에 대해서 잘 들었지만, 현실은 달랐다. 한쪽 발을 올리면 다른 쪽으로 기울어져 넘어졌다. 겨우 페달을 한번 밟았다 싶으면 핸들이 이리저리 움직여서 부딪혀 또 넘어졌다. 아빠가 잡아주는 것도 잠시. 몇 번 넘어지더니만 자전거는 자기와 맞지 않는다면서 타지 않는다고 한다. 보조바퀴를 다시 끼워달라고 할 정도였으니.

그다음 주 주말, 두 발 자전거 타기를 다시 도전하겠다고 해서 가족 모두 바깥으로 나갔다. 동생들은 큰언니가 자전거 연습하는 것을 흥미진진하게 보고 있었다.

"아빠, 손 놓으면 안 돼!"

"응 알았어. 아빠가 잘 잡고 있을게."

"정말이지? 잘 잡고 있지?"

"그럼, 아빠 있으니까 마음껏 페달 밟아봐. 가고자 하는 방향을 멀리 쳐다보고 발 구르면 된다."

이렇게 매 주말마다 나가서 자전거 연습하기를 두 달이 넘어 세 달째 되어갈 때였다. 아빠가 잡아줘도 넘어지고 혼자 타도 넘어지니 혼자 연습해보겠다고 선전포고를 한 뒤 두 달이 되었다. 아직 자전거는 혼자 설 줄 모르고 비틀거리다가 넘어지기 일 수였다.

"아빠가 한 발은 페달에 올리고 한 발은 바닥을 밀면서 균형 잡고 페달 돌리라고 하셨지."

아이는 아빠가 해줬던 말을 기억하며 계속 연습을 했다. 왼쪽 발을 먼저 페달에 올려놓고 발을 구르기도 하고 오른쪽 발을 먼저 올리기도 했다. 상체를 숙이기도 하고 들기도 했다. 바닥을 보기도 하고 앞을 보기도 하면서 자신에 맞게 변형해서 시도했다. 아빠가 해줬던 자전거 타기의 정석을 지키며 연습을 했다.

"엄마, 아빠! 나 자전거 탔어! 나 봐봐!"

드디어 성공했나 보다. 아이의 신나는 목소리는 주변 사람까지 덩달아 기분 좋아지게 했다. 그 이후 둘째는 6살에 봄에 자전거 타기에 성공했고, 셋째는 6살이 되는 1월 1일에 자전거 타기에 성공했다. 옆에서 어떻게 하는지 잘 살펴본 시간이 있어서 그런지 많이 잡아주거나 설명하지 않아도 조금만 자세를 체크해주고 방법을 간단히 말해줘도 자전거를 타게 되었다.

마인드맵도 자전거 타기와 비슷하다고 생각한다. 어떤 몇 가지 특별한 스킬을 안다고 해서 마인드맵을 잘 쓸 수 있는 것이 아니다. 자전거 타기처럼 몸에 익혀야 하는 것이다. 바른 방법을 알고 나면 그것이 몸에 익을 때까지 중앙 이미지를 그려봐야 한다. 가지를 뻗을 때에도 어느 정도의 길이로 어떤 방향으로 뻗어갈지, 키워드 뽑는 것부터, 주가지와 하위 가지의 위계관계 등 연습하고 몸에 익어야 마인드맵을 자유자재로 사용할 수 있게 된다.

마인드맵을 알고 난 후 1000장 가까이 마인드맵을 그렸다. 하루 일과를 계획할 때, 요리 방법을 정리할 때, 책 읽은 후 내용을 정리할 때, 강의 내용을 필기할 때, 감사일기를 쓸 때, 운동 일지를 쓸 때, 세줄 일기를 쓸 때, 긍정 확언 쓸 때, 글쓰기 개요 짤 때, 여행 기록할 때 등등 어떤 내용을 기록하거나 정리할 때, 계획할 때 주로 사용하고 있다. 삶의 거의 모든 순간에 마인드맵을 사용하고 있다고 해도 과언이 아니다.

이렇게 되기까지 처음부터 쉬웠을까? 마인드맵의 원리와 방법을 잘 배우고 나서 몸에 익을 때까지 그리고 또 그렸다. 한번 그리고 놔두는 것이 아니라 다시 살펴보고 키워드도 바꿔보고 아쉬운 부분은 체크했다가 다시 그려보고 하는 시간들이 있었다. 그 시간들이 쌓여서 마인드맵이 익숙해지게 되었고, 지금은 편안히 마인드맵을 활용하게 되었다. 걸어만 다니다가 자전거를 타게 되면 가고 싶은 장소에 쉽고 빠르게 이동할 수 있는 것처럼, 마인드맵을 잘 사용하게 되니 기록하고 기억하는 데에 시간이 줄어들고 효율적으로 시간을 사용할 수 있게 되었다.

마인드맵을 하는 것을 많이 본 우리 아이들은 내가 처음에 힘들게 연습했던 것보다 짧은 시간에 그려낸다. 아마 눈으로 많이 보았기 때문에 그 또한 몸에 익는 연습이 되었을 것이다. 생각 정리와 확장, 그리고 효율적인 기억법을 익히고 싶다면, 이론 공부를 한 후 100장만 그려보라고 말한다. 어느 정도 몸에 익을 때까지 지속해서 연습해야 한다. 자전거 타기를 연습했던 때를 기억해보자. 마인드맵 익히는 데에는 올바른 방법의 안내와 연습이 꼭 필요하다.

06
성공의 디딤돌

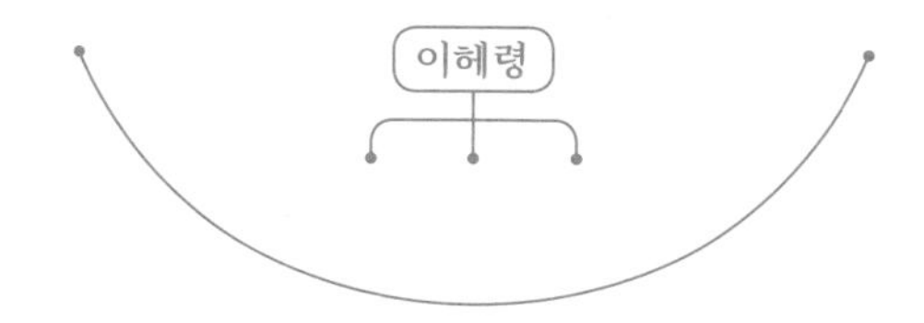

마인드맵을 처음 접한 것은 초등학교 때이다. 연상학습법 수업을 배우며 마인드맵을 처음 접했다. 다양한 색을 써서 글을 쓰는 것이 지금까지 학교에서 보던 필기법과는 너무 달랐다. 어렸을 때 봤던 알록달록한 필기법이 내 마음을 사로잡았다. 하지만 그 후로 마인드맵은 기억 속에 예쁜 그림을 그리는 법 정도로만 남아있었다. 소희언니를 통해 마인드맵에 대해 알게 되고 , 어린 시절의 추억이 되살아났다. 그때부터 다시 마인드맵에 눈을 뜨게 되었다.

마인드맵을 다시 배우며 나는 마인드맵 속으로 쏙 빠져버렸다. 내가 배운 것은 마인드맵보다 세상을 어떻게 봐라봐야 할지에 대한 것이 더 컸다. 마인드맵을 통해서 생각을 정리하고, 목표를 설정하며, 행동을 관리하는 방법을 배웠다. 마인드맵을 그린다는 것은 현재의 나를 파악하는 시간이었다. 내 속에 들어가 있는 것이 무엇인지 바라보는 시간이었던 동시에, 앞으로 어떻게 삶이 전개가 될지 그려보는 시간이기도 했다.

당시에 나는 일을 하지 않고 아이 양육만하고 있었다. 일을 하지 않기로 한 것은 나의 선택이었지만, 집에만 있다 보니, 나만 세상에서 단절되는 기분이 들었다. 그리고 내가 다시 세상으로 나갈 수 있을까?하는 걱정도 생겼다. 시간이 흐를수록 다가올 미래가 막막해져갔다. 언제나 나에게 주어진 일에 최선을 다하고 열심히 하며 살아왔다. 하지만 인생은 최선을 다 한다고 되는 것이 아니란 것은 안다. 나만 세상에서 떨어져 뒤에 남겨진 사람 같았다.

하루는 놀이터에서 가만히 앉아 멍하니 하늘을 바라보았다. 이런저런 생각들이 머리를 어지럽혔다. 그러면서 나의 상황을 정리해봤다. 아이는 조만간 어린이집을 갈 것이다. 주위의 아이 엄마들은 시간이 지나면 복직도 하고 다시 사회로 나아갈 것이다. 나도 점점 나이를 먹을 것이고 어떻게 살 것인가? 결국 생각은 불안한 미래로 이어졌다. 하지만 딱히 마땅한 방법도 찾을 수 없었다. 한참동안 생각을 했다. 그렇게 한참동안 놀이터에서 미래에 대한 막막함을 느꼈다. 그러다 문득 이런 생각이 들었다. '어차피 이렇게 된 바에는 도전이라도 해보자.' 나는 다시 열정의 그때로 돌아와 미래 마인드맵을 그려보기 시작했다. 머릿속이 정리되고 나니 마인드맵이 쉽게 그려졌다. 그 마인드맵 속에는 엄마로써 하는 것, 성공한 나의 모습, 생각, 스마트한 미래, 자유로운 미래, 워킹맘 으로써 해야 할 일들이 담겨있었다. 미래 마인드맵을 그리며 현재의 나와 미래의 나에 대해 그려보자 생각이 정리되기 시작했다. 엄마로써 힘들었던 삶이 나 때문이었다는 것을 알게 되었다. 우선 나 스스로 일어나야 하고, 내가 단단해져야 한다는 생각이 들었다. 정말 오랫동안 답을 못 내리고 있던 일들이 마인드맵을 통해서 명확히 보이기 시작했다. 미래가 마치 내 눈 앞에 펼쳐지는 것 같았다. 나는 일하기 시작했다.

'시작이 어려울 뿐이다'라는 말처럼 이전에는 엄두도 내지 못했던 일들이 일단 시작하고 나니 할 만 했다. 물론 후회 한 일도 있고, 그냥 적당히 만족하지 하자고 생각한 적도 있었지만, 그런 일들은 대수롭지 않게 여겨졌다. 어차피 지나갈 일들이고 며칠이 지나고 나면 다 해결될 일이라는 것을 알고 있었다. 지금 내가 집중해야 할 것은 이번에는 반드시 성과를 이루겠다는 것이었다. 가능한 다른 곳에 신경을 쓰지 않고, 지금 하는 일에만 집중했다. 하나의 일에만 집중하니 오히려 마음은 편해졌다. 다른 것들이 내 마음에 들어올 공간 자체가 없었다. 그저 근처에서 생겼다가 곧 사라지는 것뿐이었다.

3년 동안 정말 열심히 일했다. 그러자 정말 신기한 일들이 벌어졌다. 우선 첫 번째로 낮은 자존감이 사라지기 시작했다. 스스로 낮은 자존감으로 인해 사람들을 만나려면 항상 힘들고, 앞으로 나아갈 수 없었지만, 이제는 달랐다. 막히던 일들이 그냥 쉽게 이겨내고 앞으로 나아갈 수 있었다. 두 번째로는 여자로서 당당할 수 있게 되었다. 일할 때는 엄마라는 이름을 버리고 여자로서 나를 대했다. 나도 모르는 사이에 나는 자연히 여자로서 엄마들이 닮고 싶은 사람이 되어 있었다. 엄마들을 위로하며, 그런 모습은 이전의 나의 삶에서 찾아볼 수 없었던 것이었다. 내가 마치 다른 삶을 사는 듯했다. 내가 나를 인정하고 있었다. 어느새 나는 든든한 나의 편이 되어있었다. 세 번째는 미래를 바라는 힘이 커졌다. 마인드맵을 그리며 나의 과거를 보는 방식이 바뀌었다. 내가 무엇을 쌓아왔는지 알게 되었고, 미래를 바라보는 방식도 자연히 바뀌게 되었다. 그러자 불투명한 미래가 훤히 보이는 미래로 바뀌었다. 그래서 불확실한 한 것은 과감하게, 내려놓고 확실한 일에 집중하게 되었다.

마인드맵이란 나에게 미래의 길잡이 같은 것이다. 내가 넘어져 힘들었을 때, 내가 일어나야 하는 이유를 가르쳐 줬고, 내가 다시 달려갈 수 있도록 만들어 주었다. 마인드맵을 그리는 순간은 나에게 미래를 그리는 시간이었다. 그 시간으로 인해서 나는 다시 꿈을 꾸게 된다. 내가 내 삶의 주인으로 되는 길에 마인드맵은 항상 함께

하고 있었다. 늘 친구처럼 나에게 말을 걸어오고 있었다.

내 삶에 마인드맵을 빼면 어땠을까? 라는 생각을 해본 적이 있다. 만약 내가 마인드맵을 만나지 못했다면, 그리고 오소희 라는 사람을 만나지 못했다면, 나는 이전의 그 찌질한 모습에서 크게 변하지 않았을 것이다. 마인드맵을 만나고 변할 수 있었고, 오소희 강사를 만나고 성공의 점프를 할 수 있었다. 나에게 마인드맵은 굉장한 존재다. 때론 친구 같고, 때론 멘토 같고, 때론 나를 안아주는 엄마 같은 존재이다. 누군가 인생의 갈림길에서 갈팡질팡하는 사람이 있다면 나는 마인드맵을 배워보라고 얘기하고 싶다. 그리고 매일 마인드맵을 그려보라고 얘기하고 싶다. 그러면 어느 순간에 안개로 가려진 미래가 밝게 보이는 경험을 할 수 있을 것이다.

07
일단 시작하라

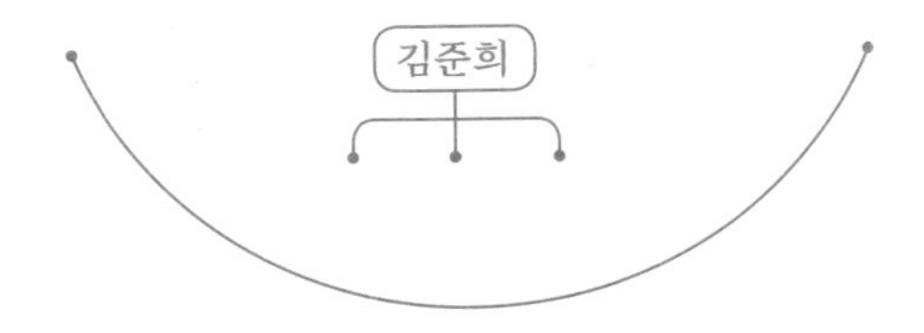

아기들은 무언가 궁금한 게 생기면 일단 만져 본다. 민감하게 느껴 볼 수 있는 입에 넣고 최대한의 감각을 동원해 그 대상을 탐구한다. 궁금한 것을 잡는데 망설임은 없다. 덥석 잡는 것을 점점 주저하게 되는 것은 아이에게 경험이 생기면서부터이다.

아이가 기어 다니기 시작하자 온갖 것을 만지기 시작했다. 꺼내고 쏟아 버리는 게 제 할 일인 듯 온 집안을 탐색했다. 초보 엄마인 나는 혹여나 아이가 다칠세라 따라다니며 치우기 바빴다. 아기가 '배 안에 있을 때가 좋은 때'라는 육아 선배들의 말이 피부로 와닿았다. 말도 하지 못하는 아기와의 실랑이는 종일 이어졌다. 그런 날은 커피 한잔으로 피로를 달랬다. 하지만 그 한잔의 여유조차도 쉬운 일이 아니었다. 엄마가 먹는 게 뭔지 궁금한 아이가 자꾸 컵을 만지려 했기 때문이다. 뽀얀 고사리손이 데일까 걱정되어 이리저리 컵을 옮겨가며 뜨거운 커피를 들이켰다. 여유는 사치였다. 그러던 어느 날 반복되는 컵 씨름에 지친 나는 아이의 눈을 보며 경고를 했다. 컵을 가리키며 "뜨!! 뜨!!"라고 외치고, 검지 손가락을 세워서 좌우로 흔들며 평소와는 다른 저음으로 "안 돼~ 안 돼!"라고 말했다. 아이의 손을 잡아 컵에 살짝 대어주기도 했다. 경험해 보지 못한 낯선 온도에 아이는 깜짝 놀란 것 같았다. 신기하게도 그날 이후로는 아이가 컵을 보고 덥석 잡지 않았다. 궁금하더라도 괜찮은 것인지 확인하기 위해 내 표정을 살피거나, "뜨?" 라고 물어보는 것이었다. 지난번과 같은 것인지, 만져도 되는 건지 엄마의 대답을 기다렸다. 섣불리 만지지 않았다. 어린아이에게도 경험에 대한 기억이 다음의 행동을 결정짓게 한 것이다.

둘째가 유치원을 다닐 때쯤, 그거 "나 안 좋아하는데."라는 말을 종종 했다. 특히 그림을 그리자고 하면 좋아하지 않는 거라고 하며 하기 싫어했다. 그런데 가만히 들여다보니 좋아하지 않는다고 하는 건 대부분 잘하지 못하는 것들이었다. 세 살 차이 나는 누나는 이미 소근육이 발달해서 그림을 잘 그렸다. 둘째는 아직 야물지 않은 손으로 그림을 그렸기 때문에 형체가 뚜렷하지 않았다. 어설픈 게 당연한데도 누나처럼 잘 그리고 싶어 했다. 잘하지 못하는 제 모습도 들키고 싶지 않았다. 그래서 '안 좋아하는데'라고 표현한 것이다. 기왕이면 잘하고 싶은 마음은 어른들도 마찬가지여서 아이의 행동이 이해가 되었다. 그래서 아이에게 큰 전지를 깔아주고 물감과 크레파스를 갖고 놀게 했다. 오로지 그리는 행위를 즐기게 해주려 했다. 무언가를 그려내야 한다는 부담감 없애주고 싶었다. 아이는 전지 앞에서 어떻게 그려야 하는지 망설였다. 쉽게 시작하지 못했다. 안타까운 마음에 내가 먼저 마구 색칠하고 그리자 주저하던 아이도 마음껏 그려대기 시작했다. 다 그린 후 아이의 그림을 함께 보며 인정해주고 이야기를 들어주었다. 그러자 그림 안에 자신의 스토리를 담아 이야기한다. 나만의 작품을 만들 수 있게 되었다.

시작을 두려워하는 것은 잘 해내고 싶은 마음에 기인한다. 실패가 아닌 완벽하게 잘 해내고 싶은 마음 말이다. 그 완벽성을 내려놓으면 시작은 쉬워진다. 시작이 즐거워질 수 있다. 처음부터 완벽한 결과를 기대하면 마음이 부담스러워서 쉬이 시작하지 못한다. 지금 하려는 행동만큼만 결과를 기대하면 되는 데 말이다.

내가 처음 마인드맵을 시작하게 된 계기는 단순한 호기심에서였다. 시간 관리 강의를 들으러 갔다가 우연히 오소희 작가님을 만났다. 마인드맵을 한 권에 담으셨다 해서 작가님의 책을 찾아보았다. '매일 마인드맵'이다. 그 책에는 다양한 마인드맵이 그려져 있었다. 책에 그려진 마인드맵을 보다 보니 마인드맵이 그려보고 싶어졌다. 집에 있는 연습장의 빈 곳을 찾아 넘긴 후 첫 마인드맵을 그려보았다. 종이 한가운데에 마인드맵의 주제를 쓰고 가지를 내어 떠오르는 생각들을 썼다. 규칙도 모르고 순서도 몰랐다. 그림은 그리지도 않았다. 그냥 책에 나온 마인드맵을 보고 내 생각을 글자의 형태로 시각화해 본 것이다. 나의 첫 마인드맵은 그렇게 단순한 호기심에서 시작했다. 마인드맵 지도자 자격증을 따서 아이들에게 마인드맵을 알려 주겠노라 계획하고 시작한 것이 아니다. 일상 속에서 늘 마인드맵과 함께 하는 마이드맵퍼가 되어야겠다고 작정하고 시작하지 않았다. 그렇게 큰 목표를 가지고 시작했다면 아마 마인드맵이 재미있지 않았을 것이다.

내 생각을 그려내야 하는 마인드맵에 답안이 있을 리 없다. 완벽함을 측정할 수도 없다. 하지만 마인드맵을 그리다 보니 제대로 하고 싶어졌다. 그래서 오소희 작가님이 운영하시는 맵스쿨 프로그램을 신청했다. 맵스쿨 수업의 첫 마디 역시 "일단 그리세요!"였다. 주저할 것 없이 그리기부터가 시작이었다. 다른 이의 마인드맵과 비교 하지 말고, 내 생각에 집중해서 나만의 마인드맵을 만들어 내는 것이 먼저였다. 잘 그리는 것은 그 후의 일이다. 그렇게 마인드맵을 한 장 두 장 그려가다 보니 어느새 몇 권의 마인드맵 노트가 만들어졌다. 쌓인 노트만큼 내 안의 변화도 생겼다. 마인드맵을 그리는 것은 할수록 잘하게 된다. 하지만 그보다 더 큰 변화는 나를 알고, 나와 소통하게 된 것이다. 정신없이 흘러가던 하루가 마인드맵 노트 속에 정리되기 시작했다. 불협화음이 일어나던 아이의 마음을 그려보고 이해할 수 있게 되었다. 내 감정의 원인을 파악해서 해소할 수 있었고, 내일을 계획하며 설레는 아침을 맞이하게 되었다. 그러자 마인드맵 안에서 내가 하고 싶은 것들이 보이기 시작했다. 하고 싶은 마음을 그려보며 가지를 계속해서 나누었다. 세부가지를 나눠 계획했다. 가지 위에 쓰이는 키워드에 집중했다. 그 키워드들을 따라 행동했다. 그러다 보니 아이들에게 마인드맵을 가르쳐주는 주니샘이 되었다. 궁금해서 그려본 마인드맵이었다. 그 위에 쓰인 키워드들을 들여다보고, 또 떠오르는 생각들을 적어 내려갔다. 그렇게 내 마음이 원하는 방향으로 한 템포 씩 진행 시킨 것이 모든 변화의 시작이었다.

이제 마인드맵은 일상이 되었다. 그림을 그릴 수 있는 종이 한 장과 펜 하나만 있으면 된다. 그냥 떠오르는 생각들을 줄줄이 가지를 내어 따라 쓴 뒤 다시 보면 전체 그림이 보인다. 그게 지금 내 머릿속에 차 있는 생각들이다. 할 일이 많아 머릿속이 엉켜있는 오늘도 마인드맵을 그린다. 종이 가운데에 오늘 날짜를 쓴 뒤, 가지들을 내어서 이 시간 이후의 해야 할 일의 목록을 적어본다. 세부가지에 그 일을 몇 시에 할 것인지 쓰고, 어떤 모습으로 하고 싶은지 나의 마음도 같이 그려본다. 그렇게 마인드맵을 완성한다. 그 한 장의 마인드맵으로 나를 들여다본다. 나를 움직이게 한다. 나와 소통하는 도구로 사용한다. 일단 그리면 된다. 그게 시작이다.

08
함께 가면 멀리 간다

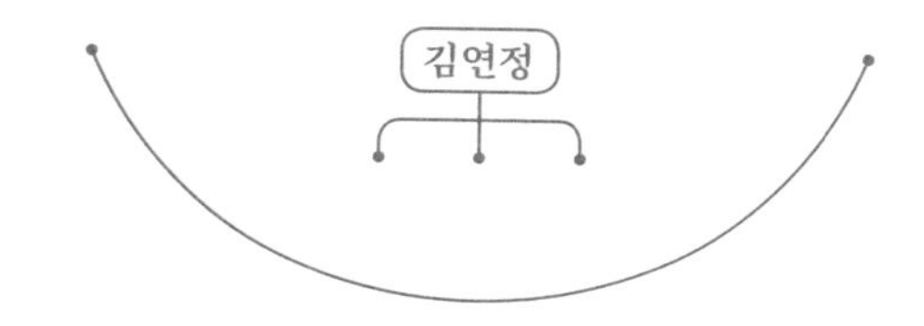

2021년 9월, 하루 한 장 하나님 말씀과 함께, '하하 프로젝트'를 시작했다. 성경 묵상 마인드맵 그리기 과정이다. 〈묵상은 마라톤이다〉부제와 함께 단거리, 중거리, 장거리, 그리고 마라톤 과정을 계획했다. 각 과정은 3주 필수 인증과 1주 선택 인증으로 총기간은 4주이며, 장거리까지 3개월 코스다. 이후 마라톤 과정에서 묵상 마인드맵 정식 멤버가 되면 성경 전권을 마인드맵으로 묵상한다. 매일 성경을 묵상하고 마인드맵으로 기록하여 마침내 2021년 12월 31일, 100장의 묵상 마인드맵을 함께 완성했다.

내가 묵상 마인드맵을 본격적으로 시작한 것은 2020년 10월이다. 매일 묵상 마인드맵을 그린 후 블로그에 공유했다. 묵상을 마인드맵으로 그리기 시작한 것은 실로 우연이었다. 당시 〈샤넬보다 마인드맵/매일마인드맵〉 저자인 오소희 강사가 진행하는 맵스쿨에 등록했다. 현실에 조금 지쳐있을 때 마인드맵을 배우며 삶에 활력을 느끼고 싶었다. 맵스쿨은 마인드맵을 3장씩 30일 동안 총 90장을 그려야 수료할 수 있다. 당시 나는 직장과 집을 출퇴근하며 시간에 쫓기는 일상을 보냈다. 마인드맵을 그릴 시간과 여유가 없었으나 놓치고 싶지 않았다. 마인드맵을 그리는 동안 신기한 경험을 했기 때문이다. 가령 현실을 그리지만, 현실을 초월하는 경험이랄까. 급기야 나는 미라클 모닝, 새벽 시간을 깨워 마인드맵을 그렸다. 내 루틴 속에 운동과 마인드맵, 그리고 독서를 넣었다.

쓰고 보니 무언가 허전했다. 오랜 교회 생활 덕분일까. 새벽이라는 단어는 '예배'와 연결되었다. 나는 야심 차게 성경 묵상을 결심했다. 성경을 꾸준히 읽지 않았기에 매일 묵상이 쉽지 않았다. 이른 새벽부터 도전이었다. 습관을 위한 묵상과 마인드맵은 해야 하는 일과 하고 싶은 일이었다. 두 개의 끈을 하나로 매듭지었다. '묵상 마인드맵'이 탄생했다. 1년 반을 꾸준하게 지속한 덕분에 끈기가 생겼고 믿음이 조금씩 자랐다. 묵상 마인드맵은 무늬만 신자였던 내가 매일 묵상을 하게 한 놀라운 도구였다. 나만 알기 아까웠다. 좋은 것을 함께 하고 싶은 마음으로 '하하 프로젝트'를 만들었다.

'하하 프로젝트' 미션은 오직 하나, 매일 묵상 마인드맵을 그리고 공유하기다. 묵상 나눔을 통해 서로가 느낀 풍성한 은혜는 삶의 감사로 이어졌다. 각자의 삶을 움직이는 말씀은 모두 달랐다. 누군가에게는 아픔과 깨달음으로, 또 누군가에게는 위로와 사랑으로. 우리는 자기 삶의 현장에 맞추어 말씀을 이해했다. 묵상은 성경을 바탕으로 한 자기 성찰이며 회복의 과정이다. 따라서 개인의 이야기를 꺼낼 수밖에 없다. 숨기고 싶고 드러내기 어렵다는 것을 안다. 솔직하지 못해서가 아니다. 자기 모습을 바라볼 용기가 없기 때문이다. 또한 자기 자신을 공개하지 않는 것이 때로는 상대방을 위한 배려가 된다. 내 마음을 정리하여 표현했던 이야기가 상대에게 상처로 남을 수 있기 때문이다. 그래서 용기와 절제가 필요하다.

마인드맵으로 내 이야기를 풀어본 적이 있는가? 마인드맵은 키워드, 즉 단어를 사용한다. 단어가 가진 함축적 의미는 자신만이 정확하고 명확하게 안다. 그런 까닭에 마인드맵은 내 언어를 담은 비밀노트가 된다. 나는 묵상 마인드맵에 이것을 적용하며 유레카를 외쳤다. 하나님과 나누는 긴밀한 대화를 모두 마인드맵에 담았다. 분명 비밀노트지만 타인과 공유할 수 있다. 비밀의 문이 두 개 있기 때문이다. 하나는 내가 열고 들어가는 문으로 깊은 내면의 상태를 온전히 마주하는 공간이다. 또 다른 문은 상대방과 공유하며 공감할 수 있는 공간이다. 하나의 키워드를 쓰는 사람과 보는 사람이 자신의 상황과 가치관에 따라 다양하게 해석한다. 함께 나눌수록 깨달음과 말씀 뿌리 근육이 자란다.

건강한 공동체는 개인의 변화와 성숙을 도우며 선순환을 만든다. 얼마 전 묵상 마인드맵 멤버 중 한 명에게 메시지를 받았다. 내용을 요약하자면 이렇다. 친구들과 묵상 마인드맵을 시작하려 한다는 것이었다. 본인에게 유익했기에 나누고 싶은 마음이 생겼다고 했다. 나는 메시지를 받고 마음이 기뻤다. 나와 같은 시작이었다. 그 분의 마음이 참 귀하고 아름다웠다. 혹자는 밥그릇 싸움으로 생각할지 모르겠다. 오프라인 못지않게 온라인 시장에도 콘텐츠 복사가 빈번하게 일어난다. 지적재산보호가 안되어 예민하기도 하다. 감사하게도 묵상 마인드맵은 나에게 생계수단이 아니다. 많은 분들이 자신이 속한 공동체에서 묵상 마인드맵을 시작하길 소망한다. 일회성으로 끝나는 것이 아니라 주님 만나는 그 순간까지 평생 지속하기를 바란다. 복음은 유지가 아니다. 확장이다. 묵상 마인드맵이라는 도구로 그의 나라와 그의 의가 땅 끝까지 전해지길 진심으로 바란다. 함께 멀리 가고 싶다. 내가 정의하는 '멀리'는 단순히 시간만을 의미하지 않는다. 시간적 연속성과 더불어 공간적 무한성을 뜻한다. 묵상 마인드맵이 우리나라를 넘어 세계로 전파되어 많은 공동체가 말씀묵상에 삶을 걸기를 진심으로 기도한다.

코로나19로 사회적 거리 두기가 실시되며 많은 것에 단절을 경험했다. 마음만 먹으면 만날 수 있는 사람을 마음먹어도 만날 수 없게 됐다. 일상에 통제와 제재가 생겼다. 사람과 사람 사이 물리적 거리가 생겼다. 그 대안으로 나는 온라인 모임을 찾았다. 비대면 방식으로 편리함과 효율성을 경험했다. 시공간을 초월한 새로운 세계의 경험은 신선했다. 나와 결이 맞는 이들과 함께 활동을 이어가니 즐거웠다. SNS를 통해 일상과 배움을 공유하며 자아를 확장했다. 서로 비슷한 관심사를 나누며 새로운 공동체를 형성했다. 타인과 긴밀한 관계와 소속감은 삶의 의미와 존재를 재규정하는 기회였다.

'하하 프로젝트'를 시작하고 7개월이 흘렀다. 각 과정마다 속도는 본인이 정한다. 매일 꾸준히 달리는 사람, 조금 쉬었다 힘을 내는 사람, 초반에 열심히 달려 조금 지친 사람 등 다양하다. 분명한 것은 마지막 골인 지점에 도착하려면 멈추지 말아야 한다. 완주하기 위해서 전략이 필요하다. 그것은 다름 아닌 '함께' 다. 나는 매 과정에서 그 힘을 보았다. 너와 내가 다름을 인정하며 하나의 교집합을 형성하는 시간 속에서 우리는 무수한 장애물을 함께 넘었다. 우리는 서로에게 힘이 되어 오늘도 내일도 함께 달린다.

09
인생 나침반

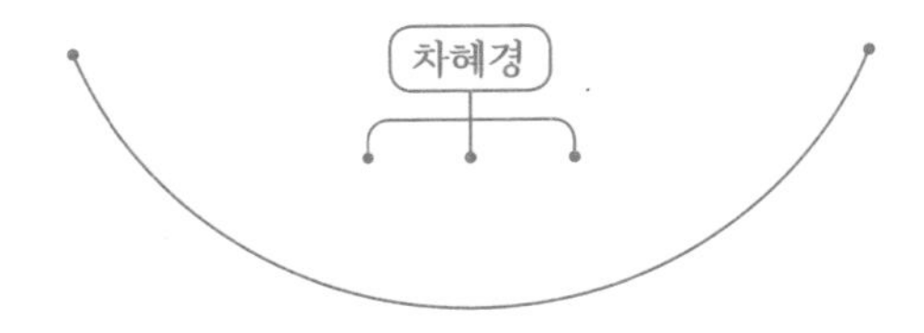

내년을 준비하는 자세. 매년 연말이 되면 다가올 새해를 기대하며, 다이어리를 구매한다. 다이어리를 펼쳐놓고 올해보다 나은 내년을 기약하며 1월부터 12월까지의 계획을 써 내려간다. 단기적으로 달마다 이뤄내고 싶은 일을 적어두기도 하고, 장기적으로 한 해 동안 이루고 싶은 일을 계획하기도 한다. 그렇게 써두었던 한 해의 계획들을 돌아보며 반성을 하기도 하고, 뿌듯해하기도 하면서 새해를 맞이한다. 물론 이루어낸 일보다, 이루지 못한 일들이 더 많아 반성을 많이 하는 연말을 자주 보냈다는 게 좀 서글픈 일이긴 하지만 말이다. 시간이 오래 걸리긴 해도 계획한 일을 이루어 낸 해도 있었다. 집에서 살림만 하고 육아만 해오던 내가 짧은 시간의 아르바이트를 하며 적지만 소중한 돈을 벌기 시작했고, 친구의 권유로 함께 관심이 있고 좋아하던 일의 자격증도 여러 개 땄다. 그런 내가 마인드맵과 만났다.

2020년 11월, 온라인 맵스쿨 11기. 마인드맵 오픈채팅방에서 맵스쿨 11기를 모집한다는 글을 보았다. 이번 기수는 무조건 참여해야 할 것만 같은 기분이 들었다. 2년 가까이 오픈채팅방에서 유령회원으로 존재했다. 왠지 채팅방을 나가면 안 될 것 같았고, 계속 함께 있어야 할 것만 같았다. 그렇게 2년이라는 시간이 흐르고 있었다. 채팅방에 올라오는 마인드맵을 보며 그저 감탄만 해오던 나인데, 그때는 무슨 마음이었는지 이번엔 꼭 참여해야겠다는 생각이 들었다. 마인드맵을 제대로 배워보고 싶고, 내 것으로 만들고 싶었다. 두근대는 마음을 안고 신청서를 클릭했다.

맵스쿨이 시작됐다. 첫 번째 시간에 앞으로 10년 계획을 미리 써보라는 미션이 주어졌다. 1년의 계획을 세워놓고도 제대로 실천하지 못해 반성을 많이 했던 나인데, 10년의 계획이라니. 장기적으로 이루고 싶은 계획을 쓰면서 과연 이룰 수 있을지 반신반의했다. 그러다 문득, '꿈인데 뭔들 어떻겠나. 무조건 이뤄내라 하는 것이 아니니 부담은 내려놓고 하고 싶은 거 다 써봐야지!' 그렇게 작성된 나의 10년 계획. '말하는 대로, 바라는 대로, 기록하는 대로, 이루어지지라!.' 서른여덟 살의 내가 앞으로 10년 뒤인 마흔여덟 살까지의 계획을 작성했다. 서른여덟 살에 계획했던 일 중 두 가지를 이루었다. 아파트 분양받기와 몸무게 5kg 감량 성공. 서른아홉 살에 계획했던 일 중에서도 두 가지를 이루었다. 주 2회 이상 운동하기와 독서 100권. 올해 마흔 살이 된 나의 계획은 벌써 이루어졌다. 자격증 취득과 여유자금 만들기. 말하고 바라고 기록했더니 이루어졌다. 계획했던 모든 일을 이루어낸 것은 아니지만, 마인드맵을 만나고 나는 달라지고 있었다. 하루를 살아가면서 생각만 하지 않는다. 마인드맵을 그리고 쓴다. 계획을 실행에 옮기고 이루어지길 바라면서 종이 위의 기적을 만난다.

맵스쿨의 미션은 하루에 세 장씩 주어진 주제에 따른 마인드맵을 그리는 것이다. 그림에 소질도 없고, 배워본 적도 없는데 그림을 그리라고 했다. 미적 감각이 전혀 없는 나는 중심 이미지를 골라 그리는 것부터가 난관이었다. 일단 남들 하는 걸 보고 따라서 그렸다. 맵스쿨의 수장인 오소희 교장 선생님께서도 따라서 그려보라고 하셨다. 그러다 보면 어느 순간 내 것이 만들어진다고. 강의도 열심히 들었다. 모르니 알고 싶고, 알면 알수록 매력적인 마인드맵이라서 잘 배우고 싶었다. 그렇게 미션을 해나갔다. 나의 마음을 들여다보는 감정 마인드맵, 책을 읽고 쓰는 독서 마인드맵, 하루의 일과를 정리하는 정리 마인드맵. 그렇게 하루가, 삶의 조각이 마인드맵으로 기록됐다. 글로 표현되지 않는 것들은 그림을 그리거나 스티커도 붙여보았다. 머릿속에 떠다니는 생각들을 가지에 적어가며 나에 대해 돌아보기도 했고, 생각의 정리와 감정의 마인드맵을 통해 마음이 치유되는 경험을 겪기도 했다.

마인드맵을 배우고 직접 그려보면서 나는 눈에 띄는 성장을 했다. 마인드맵을 만나기 전 나의 모습은 그저 보통의 육아를 하는 평범한 주부였다면, 마인드맵을 만나고 나는 많은 것이 달라졌다. 무엇이든 할 수 있는 자신감이 생겼고, 나를 나로서 사랑할 줄 아는 자존감이 생겼고, 무엇보다 사람이 이젠 두렵지 않다. 마음을, 감정을, 생각을 마인드맵으로 다스리면 되니까. 나는 할 수 있으니까.

사람이 두려웠던 적이 있었다. 그들의 시선이 무서웠고, 무거웠고, 따가웠다. 두려움에 숨어버리고 싶을 때도 많았다. 할 수 있는 일임에도 평가당하는 게 두려워 쉽게 나서지 못했고, 자신감도 자존감도 부족한 사람이라서, 늘 당당하고 자신감이 넘치는 사람들을 부러워했었다. 그랬던 내가 마인드맵을 만나고 조금씩 달라지고 있다.

나는 마인드맵을 잘 그리는 사람이 아니다. 생각의 가지치기도 여전히 서투르다. 그래서 남들이 그린 마인드맵을 따라서 그려보기도 하고, 가지를 치는 방식도 여러 가지 방법으로 시도해 보기도 한다. 그렇게 나만의 마인드맵을 그려가며, 인생 기준을 세워가며 나는 마인드맵퍼가 되어가고 있다. 이렇게 부족한 나도 마인드맵을 통해 성장하고 있다. 많은 사람이 마인드맵을 그려보았으면 좋겠다. 생각의 정리, 감정의 정리, 관계의 정리. 인생의 나침반으로 활용하기에 마인드맵은 너무나 훌륭한 도구이다.

마인드맵 오픈채팅방에는 800여 명의 회원이 참여 중이다. 마인드맵퍼로 활발하게 활동하는 회원들은 그리 많지 않지만, 그런데도 회원이 줄어들지 않는 이유는 마인드맵에 관심이 많은 회원이 많다는 이야기일 것이다. 관심은 많지만, 과거의 나처럼 어떻게 해야 할지 몰라서 보기만 하면서 그저 오픈채팅방 회원 수를 묵묵하게 지키는 유령회원들에게 해주고 싶은 이야기가 있다.

"무조건 도전하세요. 누구나 할 수 있습니다. 저도 했습니다. 느림보, 게으름뱅이도 하는 마인드맵입니다. 걱정도 넣어두고, 두려움도 넣어두고, 그냥 하세요. 하면 됩니다. 우리 같이 배우고 함께 성장해요!"

누구나 성공을 꿈꾼다. 나 역시 마찬가지다. 성공으로 가는 지름길을 알고 있다면 좋겠지만, 나는 알지 못한다. 성공하기 위해, 꿈을 이루기 위해 마인드맵은 활용도가 굉장히 높은 도구이다. 살아감에서 한 장의 그림이 인생길의 길잡이 역할을 해주기도 한다. 적어도 나에겐 마인드맵이 그랬다. 마인드맵을 알게 되어 기쁘다. 마인드맵을 꾸준히 활용하고 삶에 적용하고 싶다. 그래서 마인드맵으로 통한 내 인생이 꽃길이면 좋겠다. 반짝이는 은하수처럼 밝게 빛나는 인생길이면 더 좋겠다. 우리 모두 마인드맵퍼가 되자.

10
포기하지 않는 용기

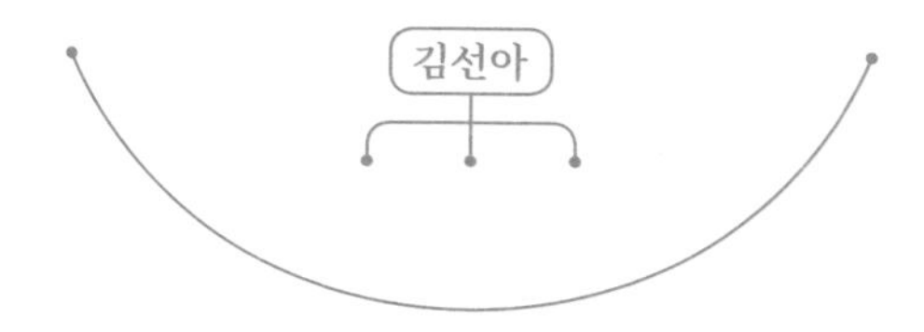

어린이집 재롱잔치가 열리는 날. 엄마들은 특별 공연으로 댄스 무대를 준비했다. 심장도 춤을 추고 싶은 걸까 밖으로 나오려 쿵쾅거렸다. 큰 숨을 쉬어 심장에게 나대지 말라고 경고했다.

무대가 시작되었다.

'좋아! 신나게 흔들어 보자.'

언니들의 다정한 눈빛에 용기를 얻는다. 나를 향한 따뜻한 손길이 좋다.

화려한 조명이 감싸던 밤 우리는 까탈레나로 무대를 흠뻑 적셨다.

결혼 후 낯선 화성에 왔다. 지인들은 무서운 사건이 있던 곳으로 시집을 가자 걱정부터 했다. 안심 시켜주고 싶었는데 걱정에 걱정을 더하게 만들었다.

연년생을 키우는 동안 남편이 쉬는 주말을 제외하고는 거의 외출을 하지 않았다. 낯선 곳에서 어린 생명을 지켜야 하는 겁 많은 보호자는 세상과 멀어져 점점 안으로 깊이 들어갔다. 그렇게 우리는 내가 만든 감옥에 갇혔다. 아이들은 엄마가 보여주는 세상이 전부라고 믿었을 것이다.

집이 가장 안전한 동굴이라 믿었던 나를 세상 밖으로 꺼내준 건 준현이의 어린이집 엄마들이었다. 언니들과 동네 이곳저곳을 다니며 작고 예쁜 우리 동네의 매력에 빠졌다. 언니들이 이끄는 곳이라면 어디든 갔고 함께 하자고 손을 내밀면 무엇이든 했다. 내게 첫 감투가 생긴 것도 언니들의 추천 덕분이었다. 우리는 지금도 9년 가까운 시간을 함께하고 있다.

과거의 나는 아이들을 내 삶의 주인으로 만들고 남편을 외롭게 했다. 힘들게 하는 누군가로부터 괴로워하고 도망치느라 소중한 아이를 잃었고 돈을 잃었고 시간을 버렸다. 무엇보다 내 사람들을 걱정시켰다. 점점 내가 가진 빛을 잃어 갈 때 즈음 마인드맵을 만났다.

마인드맵으로 나를 그렸다. 문제점과 개선점을 찾기 위해 사고를 확장했다. 그렇게 뻗어 나간 가지를 쳐내고 다듬어 구체화 시켰다. 마지막으로 단순화시킨 나만의 찐 키워드를 발견했다.

정리 된 마인드맵을 보니 인연을 이어가고 싶은 사람과 끊어내야 할 사람이 명확하게 구분되었다. 그렇게 진짜와 가짜를 구분했고, 끊어내지 못했던 것들을 정리했다. 놀라운 변화가 나에게만 일어난 것은 아니었다. 거짓으로 날 흠집 내던 친구의 지인이 나에게 진심으로 사과했다. 상처가 깊어 용서할 수 없을 거라고 생각했는데 그녀는 인연을 더 이어가고 싶은 가지위에 있었다. 이미 맵 위에서 만났던 우리이기에 난 그녀를 안아줄 수 있었다. 내 노력이 아니다. 억지로 그들을 이해하려 혹은 용서하려 애쓰지 않았다. 그저 나를 들여다봤고 중심을 나로 옮기며 글로 적었을 뿐이다.

치열하고 열정 넘치는 20대를 보내며 매출 1위라는 업무 성과를 냈고 빠른 승진까지 했던 나였다. 갑상선 암, 유산 후 불임 판정은 날 무너뜨렸지만, 엄마이기에 포기하지 않았다. 일어났다. 잘 살고 싶었다. 거뜬하지 않았던 아픔의 무게를 상대에게 탓하지 않기 위해 관계를 정리했다.

내 사람들에게 집중하면서부터 감사하게도 주위에서 많은 응원을 받는다. 날 두렵고 힘들게 만드는 것들보다 날 웃게 하는 한 가지에 집중하고 싶은 이유다. 포기하지 않았더니 방법이 찾아졌다. 포기하지 않았기에 일단 폈다. 그리고 펜을 들고 그렸다. 마지막으로 움직였다. 기회를 잡기 위해, 지키기 위해, 성장하기 위해, 정리하기 위해.

빠르면 빠를수록 좋다. 나처럼 너무 늦지 않았으면 좋겠다.

흰 종이에 그려낸 마인드맵이라는 도구로 잊고 살았던 꿈을 꺼냈고, 새로운 꿈들을 가지위에 얹히며 확장 시키고 있다. 책을 좋아하고 필사를 좋아했던 소녀는 기록의 중요성을 알기에 마인드맵이라는 도구를 놓치지 않았다. 기록 된 나를 보며 늘 준비하고 노력하고 있다. 어느 날은 동화구연가로, 어느 날은 보리차 향이 가득한 서점 주인으로, 어느 날은 멋진 독서모임 클럽 장으로, 어느 날은 전국 방방곡곡을 다니는 유명 강사인 내 모습을 그린다. 꿈을 향해 끊임없이 도전하고 쉴 틈 없이 배우며 나를 위한 가꿈에도 소홀하지 않는다. 내가 하고 싶은 일을 하며 온 세상을 나로 가득 채우기 위해 오늘도 종이와 펜을 꺼낸다.

준희 꿈 마인드맵에 내가 있다.

"나는 엄마처럼 되고 싶어요. 엄마는 내 꿈 이예요."

내 꿈같은 나의 아이들이 내가 꿈이라고 말한다. 더 잘 살고 싶다. 더 바르게 살고 싶다. 더 멋있게 살고 싶다.

'당신의 마인드맵에 어떤 모습의 당신이 서 있는가?'

'당신의 꿈이 적힌 가지는 무슨 색을 띠고 있는가?'

나와 함께 그려보자고 떼쓰고 싶다.

가장 좋아하는 색으로 가지마다 '나'를 그리고 '당신'을, '내 꿈'을 그리고 '당신의 꿈'을 함께 세우자. 반짝 반짝 빛나는 우리의 미래를 가지 위에 함께 그리자. 그렇게 우리, 미래를 꿈꾸고 그리는 '마인드맵퍼'가 되자.

마치는 글

오소희

새롭다. 그리고 따뜻하다.

혼자서 두 권의 책을 냈을 때와는 다르다. 마인드맵이라는 도구로 하나가 되었다. 각자의 스토리지만 한 목소리로 이야기 하고 있다. 이 도구는 '진짜'라는 것을 함께 이야기 하고 있다. 우리는 앞으로도 마인드맵을 통해 '진짜' 생각을 하며 '진짜' 꿈을 이룰 것이다. 퇴고하는 지금 이 순간, 너무 짜릿하다!

김선아

여전히 그림 대신 예쁜 스티커로 마인드맵을 완성합니다. 잘하려고 애쓰지 마세요. 하다보면 알아차리게 되요. 마인드맵도. 우리의 마음도요. 마인드맵 덕분에 가지 위에 있는 나를 위로하고 응원하고 사랑하는 법을 알았습니다. 가지 위에 내가 지쳤을 땐 연두색으로 위로 했어요. 노란색으로 반짝이는 미래를 쓰고, 분홍으로 설렘을 더했습니다. 그렇게 저만의 색깔로 우리의 밝은 미래를 그렸습니다. 지금 이 순간 제 가지 위에 함께 해주셔서 감사합니다. 모두 덕분입니다.

김 민

'하루의 15분이라도 나의 꿈을 향해 가는 행동을 하자.' 아이들 키우며 '나를 위한 15분'을 낸다는 것은 쉬운 일이 아니었습니다. 짧은 시간을 효율적으로 써야 했습니다. 마인드맵. 생각 정리하며 행동을 계획하고 마음을 다독이기에 유용한 도구가 되었습니다. 삶의 많은 부분을 마인드맵에 적용했습니다. 하루하루를 성실하게 지냈습니다. 어제보다 조금 나은 하루를 보냈습니다. 마인드맵 강사가 되고 책도 쓰게 되었습니다. 마인드맵은 꿈을 현실화하는 도구입니다.

김재인 나를 포함한 열 명의 마인드맵퍼와 공저를 쓰는 시간은 참으로 의미 있는 시간이었다. 살면서 처음으로 책을 쓴다는 설렘도 평생 잊지 못할 것이다. 짧은 시간이었지만 함께이기에 가능했다. 아직 그렇게 길지 않은 인생을 살아왔지만, 나를 되돌아보며 느낀 점이 많았다. 앞으로 어떻게 살아가야 할지에 대해서 깊은 사색의 시간을 가질 수 있었다. 이 책을 읽는 모든 분들에게 마인드맵이 선한 영향력을 끼치기를 바란다. 그로인해 앞으로 그대들의 인생에 행복한 날들이 가득하길 응원한다.

김연정 마인드맵으로 생각하고 글 쓰는 일상을 살고 있다. 인생 2막, 내 이야기를 만드는 그 길에 마인드맵 공저에 참여했다. 마인드맵의 시작은 우연이었지만 지금은 내 인생에 필연이 되었다. 생각의 흔적들을 마인드맵으로 엮어 한편에 글이 되어 새 옷을 입는 것이 마냥 신기하다. 공저를 시작으로 아직 계발되지 않은 다양한 영역에 마인드맵을 적용할 수 있도록 돕고 싶다.

김준희

마인드맵은 늘 곁에 있는 친구가 되었다. 힘든 일이 있을 때 속마음을 털어놓기도 하고, 걱정거리가 있으면 같이 상의도 한다. 나를 응원하고 지지해주는 변치 않는 친구가 생겨서 든든하다. 좋은 건 함께 나누고 싶다. 아이들에게도 그런 친구를 만들어주고 싶었다. 그래서 지도자 자격증을 이수하고 초등친구들에게 마인드맵과 친해지는 법을 알려주고 있다. 우리의 경험담을 담은 이 책을 통해 마인드맵의 가치를 아는 사람이 많아졌으면 좋겠다. 마인드맵을 사랑하는 많은 마인드맵퍼를 만나고 싶다. 그날을 기대한다.

염혜원

마인드맵을 그리면서 감정을 돌아보고 비전을 다시 그려볼 수 있었다. 나를 발견하는 시간을 가지게 해준 고마운 마인드맵이 공저의 기회까지 주니 더욱 감사하다. 책을 쓰면서 기록이 얼마나 중요한 지 실감했다. 선명하리라 생각했는데 기록을 찾아보기 전에는 희미했다는 것을 자주 발견했기 때문이다. 글을 쓰며 재미를 느꼈지만 얼마나 부족한 글 실력인지 깨닫게 되면서 글쓰기를 제대로 배워야겠다는 목마름이 커졌다.

이혜령

믿기지가 않는다. 설렘이 가득하다.

마인드맵 한 장으로 시작해서 책으로 함께 할 수 있음이 그저 기적이다. 한 장의 마인드맵을 완성했을 때의 뿌듯함, 도구로써 많은 사람들과 함께 할 수 있음이 그저 신기하다. 이 설렘을 많은 사람들과 함께 나누고 싶다! 그려보세요! 시작해 보세요!

한 장이라도 완성해 보세요! 인생이 바뀔 거 에요

차혜경

세 잎 클로버들 사이에 살포시 숨어있는 네 잎 클로버를 찾아냈다. 행복 속에 숨어있던 뜻밖의 행운을 발견하듯, 기회가 왔고 놓치고 싶지 않았다. 덕분에 열 분의 마인드맵퍼와 함께 할 수 있었고, 힘든 시간도 견뎌낼 수 있었다. 글을 쓰면서 나를 돌아보는 시간도 가질 수 있어 감사했다. 그리고 마인드맵을 통한 긍정적 삶의 변화로 인해 지금의 난 좋아하는 일을 하면서 즐거운 인생을 만들어가는 중이다. 자, 다른 네 잎 클로버는 또 어디에 숨어있을까?

허필선

마인드맵을 처음 시작하면서 단어의 뜻 자체가 너무 좋았다. 한국말로 번역하면 '마음 지도'이다. 마인드맵은 마치 내 마음 속에 어떤 것이 들어있는지 들여다보는 시간과 같다. 그 속에는 그림이 들어가기도 하고, 글이 들어가기도 하고, 여러 가지 색이 들어가기도 한다. 장난을 치듯 마인드맵을 그리고 있으면 내 마음속을 여행하는 것 같다. 내가 무슨 생각을 하고 있었는지, 내가 무엇을 좋아하고, 무엇이 필요한지 내 안을 살피는 시간이 된다. 그렇게 마인드맵은 나의 마음의 지도가 되고 인생의 지도가 된다.